——小姐，
那一天妳將會喪命。
U0045775
庫法・梵皮爾
隸屬於「白夜騎兵團」的刺客，也是梅莉達的家庭教師。雖然努力地鍛鍊梅莉達至今，卻接到了無情的暗殺命令……
刺客守則 7
ASSASSINSPRIDE
暗殺教師與業火劍舞祭

莎拉夏・席克薩爾
擅長使矛，擁有「龍騎士」位階的席克薩爾公爵家千金。希望能好好珍惜與梅莉達她們的友情。
「哼。」
「庫法老師愈是想當個紳士，我愈會燃燒起來呢。」
繆爾・拉・摩爾
拉・摩爾公爵家千金，位階為「魔騎士」。一再地對梅莉達與庫法做出意義深遠且原因成謎的行動。

梅莉達・安傑爾
生於「聖騎士」之家卻不具備瑪那，其出身遭到質疑。由庫法賦予的位階為「武士」。
愛麗絲・安傑爾
繼承了「聖騎士」之力，梅莉達的堂姊妹。對梅莉達以外的人十分冷淡，但與莎拉夏她們也構築起親密關係。
「我有點害怕。要是說出事實，結果有什麼改變的話……」
「莉塔說她什麼都不知情，別責怪莉塔。」

「梅莉達，既然這樣，
就用更多不一樣的遊戲來一決勝負吧？」
「咦？好……好是好啦……」
「還有，反正都要比賽，乾脆附帶個獎品吧。」
繆爾這麼說，
用力地將梅莉達一把拉近。
「像是與喜歡的人接吻……之類的。」
「妳說接吻……是那個接吻喔？
繆爾同學，妳能跟老師……
接吻嗎？」

「妳不曉得嗎？
我非常愛慕他呢。」
從容不迫的成熟笑容，
毫不掩飾地這麼宣告。
——對梅莉達而言是憧憬的女孩，
竟成了最大的情敵。

「做好覺悟吧……我現在的一擊
甚至能媲美公爵家的當家！」
「審判時間到了。」

「遭到否定的人應該消失嗎？
還是仍遺留著反抗之路呢？」
「梅莉達‧安傑爾
並非聖騎士——」
罪孽深重的天使閃耀著「金色」光芒。

庫法這次毫不猶豫地飛奔而出，
奔向通往鬥技場內部的出入口。
與展現給少女們看的燦爛微笑相反——
當那身影混入通道陰影處，
來自後方的視線一中斷，
他的表情立刻隨之一變。

刺客守則

ASSASSINSPRIDE

暗殺教師與業火劍舞祭

7

天城ケイ

KeiAmagi

ニノモトニノ

illustration

Ninomotonino

Kadokawa Fantastic Novels

彩頁、內文插圖／ニノモトニノ

ASSASSINSPRIDE
CONTENTS

CHARACTER

庫法・梵皮爾

隸屬於「白夜騎兵團」的
瑪那能力者，位階為「武士」。
雖然被派來擔任梅莉達的
家庭教師兼刺客，
卻違抗任務培育梅莉達。

梅莉達・安傑爾

雖生在三大公爵家的「聖騎士」家，
卻不具備瑪那的少女。
即使被輕蔑為無能才女
也並未灰心喪志，
是勇敢且堅強的努力之人。

愛麗絲・安傑爾

梅莉達的堂姊妹，
具備「聖騎士」位階的
瑪那能力者。
以全學年首席的實力為傲。
沉默寡言且面無表情。

蘿賽蒂・普利凱特

隸屬於精銳部隊
「聖都親衛隊」的菁英。
位階是「舞巫女」。
現在是愛麗絲的家庭教師。

繆爾・拉・摩爾

三大公爵家之一
「魔騎士」的千金。
與梅莉達等人同年紀，
卻散發成熟的神祕氛圍。

莎拉夏・席克薩爾

三大公爵家
「龍騎士」的千金，
與繆爾是同校的朋友。
個性文靜且怯懦。

塞爾裘・席克薩爾

年紀輕輕便繼承爵位的
「龍騎士」公爵，
是莎拉夏的哥哥。
此外亦是「革新派」首領。

布拉克・馬迪雅

隸屬於「白夜騎兵團」的
變裝專家。
位階是變幻自如，
具模仿能力的「小丑」。

威廉・金

隸屬於藍坎斯洛普的
恐怖集團「黎明戲兵團」的
屍人鬼青年。
與庫法暗中勾結。

涅爾娃・馬爾堤呂

梅莉達的同班同學，
以前曾欺負梅莉達，
但兩人關係最近產生變化。
位階是「鬥士」。

KEYWORD

藍坎斯洛普	受到夜晚黑暗詛咒的生物化為怪物的模樣。 分成許多種族，擁有咒力這種異能。
瑪那	用來對抗藍坎斯洛普的力量。 具備瑪那的人須保護人類免受藍坎斯洛普的威脅，相對地擁有貴族地位。 根據能力的傾向分成各種位階。

基本位階

Fencer **劍士**	盾牌位階，以強大防禦性能與 支援能力為傲，特別強化防禦。	Gladiator **鬥士**	突擊型位階，攻擊、 防禦都具備突出性能。
Samurai **武士**	刺客位階，敏捷性優異， 擁有「隱密」能力。	Gunner **槍手**	特別強化遠距離戰的位階， 將瑪那灌注到各種槍械中戰鬥。
Maiden **舞巫女**	擅長將瑪那本身具現化 來戰鬥的位階。	Wizard **魔術師**	後衛位階，特別強化攻擊支援， 擁有「咒術」這項減益型技能。
Cleric **神官**	後衛位階，具防禦支援能力以及 把自身瑪那分給同伴的「慈愛」。	Clown **小丑**	特殊位階，能夠模仿 其他七個位階的異能。

上級位階

只有三大騎士公爵家——安傑爾家、席克薩爾家、
拉．摩爾家繼承的特別位階。

Paladin **聖騎士**	由安傑爾公爵家代代相傳的萬能位階。無論是戰鬥力或支援同伴的能力， 在各方面都以高水準為傲。具備所有位階中唯一的恢復能力「祝福」。
Dragoon **龍騎士**	由席克薩爾家所擁有，具備「飛翔」能力的位階。 活用驚人的跳躍力與滯空能力，將慣性毫無遺漏地轉化成攻擊力。
Diabolos **魔騎士**	由拉．摩爾家繼承，最強的殲滅位階。 具備能夠吸收對方瑪那的固有能力，在正面對戰中所向無敵。

HOMEROOM EARLIER

「——關於那個『無能才女』梅莉達·安傑爾，上頭決定處死。」

咻——某處發出了口哨聲。緊接著是嘲笑聲。

聲音陰沉地反彈到油漆剝落的內牆上。好幾道呼吸聲被吸入昏暗的天花板。咚咚的沉悶音色阻斷了始終沒有停下來的嘲笑。

祭壇宛如講桌一般被敲打著，一名儼然講師的眼鏡男站在那裡。

「肅靜，還在『上課中』喔。」

「抱歉啊，**醫師**。」

少年毫無愧疚之意，從長椅最前排這麼回應。

這裡是早已經廢棄的神殿遺跡。以直接坐在瓦礫上的野蠻人、踹開椅子的無禮態度來看……散落在暗處的幾十道人影不可能是參拜者吧。

被稱為醫師的男人稍微將眼鏡往上推。他在祭壇上受到所有人注目。

「這是我們『黎明戲兵團』的老客戶莫爾德琉卿的最終宣告。他表示觀察情況的期

間結束了……那女孩的存在只會無謂地招來混亂而已。我們也會參加這場暗殺計畫。應該可以期待有優渥的回報吧。」

「白夜騎兵團會怎麼行動？」

從其他地方發出這樣的聲音。醫師的視線看向那邊，發言者繼續提問。

「他們派刺客潛入了安傑爾公爵家對吧？你應該還沒忘記圖書館員檢定（畢布利亞哥德）考試那時的狼狽樣吧？有沒有可能又彼此撞上，互扯後腿？」

「用不著擔心。」

醫師流暢地回答，同時再次推起眼鏡的鼻橋。

「——他們也同意暗殺『無能才女』。這次的任務是弗蘭德爾表與裡的兩大黑暗組織——黎明戲兵團與白夜騎兵團前所未有的共同作戰。」

哦——不禁發出來的這聲音，究竟是歡呼，抑或戰慄呢？

最前排的少年又發出笑聲。他轉頭看向後方，揶揄同伴。

「應該不至於連燈火騎兵團都來參一腳吧！」

「弗蘭德爾全軍一起圍剿是嗎！」

這可有趣了——哄笑聲重疊起來。在低俗的音色當中，夾雜了一個感覺很無聊似的嘆息。

「……真麻煩。」

同樣坐在最前排的一名少女「呼啊」地打了個呵欠，懶洋洋地靠在旁邊的人身上。將她抱近身邊的是剛才在「上課」中插嘴的少年。

這對情侶毫不顧忌旁人眼光的態度，讓醫師也「唉」地發出嘆息。

「澤費爾、提亞悠，要親熱等之後再說。」

他接連喊出少年與少女的名字。不過並未傳入當事者耳中。

其他同伴似乎也很習慣這兩人奔放的態度了。又有人從其他地方出聲。

「不過，湊齊這麼多戰力有意義嗎？吶，安納貝爾醫師？」

像在威脅似的聲音十分粗獷，發言的是一個人似乎就能坐滿長椅的壯漢。出席這場「課堂」的人範圍十分廣闊，男女老幼都有，甚至還摻雜著白髮老人。

將他們連接起來的共通點只有一個——

就是「身為人造藍坎斯洛普」這個比血緣更濃厚的同伴意識而已。

「不過是葬送一個小姑娘罷了，居然會像這樣幾乎召集所有『安納貝爾的使徒』！你是打算開打一場戰爭嗎，醫師？」

「你還真是敏銳呢，正是如此。」

「——你……你說什麼？」

壯漢也不禁驚嚇地搖晃了一下肩膀。其他同伴也錯愕地注目著祭壇。

醫師再次推起了眼鏡。在鏡片底下，他的瞳孔有一瞬間散發出類似蛇的冷酷。

「暗殺『無能才女』的計畫實行的那天，我們將對弗蘭德爾的現行體制發動攻擊。搭配少女的死亡，這將會成為甚至是歷史轉捩點的重大打擊吧。」

「……你沒瘋吧？醫師。」

「**地點**非常重要。」

咚咚——醫師敲了敲祭壇。這次禮拜堂也不禁安靜下來，鴉雀無聲。

「莫爾德琉卿替外孫女選擇的死亡地點，是那個賽勒斯特泰雷斯凱門區。」

「你說凱門區？」

「那不是燈火騎兵團的大本營嗎！」

這次醫師也不打算制止交錯混雜的喧鬧聲。

確實如此，賽勒斯特泰雷斯凱門區具備通往都市國家首都聖王區唯一的交通路線，也就是弗蘭德爾的最終防衛線。身為正規軍事組織的燈火騎兵團將總部設置在那裡，最大兵力無庸置疑地在磨利刀劍。

醫師為了發言而吸了一口氣時，所有人都注視著他嘴脣的動作。

「賽勒斯特泰雷斯凱門區再過不久就會舉辦『鋼鐵宮博覽會』。不用說，這是眾所

皆知的最大等級武器祭典……！對我們黎明戲兵團而言是個可恨的活動。」

換言之，就是展示會與展銷會。但其規模非比尋常，武器製造業界的最大派系會齊聚一堂，展現並推銷各自的最高傑作。眾人爭相展現自己製造的武器比現有武器優異多少，添加了多麼嶄新的設計，能夠多有效率地屠殺敵對的藍坎斯洛普與恐怖分子。

這樣的祭典會選在首都聖王區跟前舉辦，當然也包含向內外昭告弗蘭德爾的國威這層意圖。醫師繼續說道：

「聽說在兩天的舉辦期間內，預定推出各式各樣的表演——利用了學生宣傳表演，還有鬥技會……！莫爾德琉卿正是打算趁這段期間假裝成恐怖攻擊，來收拾掉那個梅莉達．安傑爾。」

「然後，我們也趁這個機會……？」

「點燃革命的狼煙——」

醫師露出有些陶醉的表情，張開了雙手。幻想的威光照射在他身上。

「莫爾德琉卿並不明白邀請我們這種敵對者進入軍事上的最重要據點意謂著什麼。反叛軍在理應是鐵壁的凱門區，應當顯示國威的博覽會場內群起暴動，會演變成何種情況？要是造成一般訪客大量犧牲？現行體制的地盤將會一口氣崩潰……！」

「事……事情會這麼順利嗎？」

「還有『兩個』勝算。」

所有人都已經用比實際上課時更加認真的眼神注視著醫師。

「我們至今曾數次掌握到這個情報。據說建造在凱門區一隅，哲學軍事研究所的地下深處，隱藏著弗蘭德爾的最高機密……！」

「最高機密？」

「那是什麼玩意啊？」

「詳情還不明瞭。」

醫師很乾脆地這麼說道，同時收起下頷。微弱的光芒滑過眼鏡的鏡片。

「但是，據說是關於都市國家起源的最重要機密……我們要在暗殺『無能才女』的同時入侵哲學軍事研究所，接觸這項最高機密。目標是在分析之後加以破壞或奪取。在聖王區跟前發生的恐怖攻擊，導致包括公爵家千金在內的一般人大量死亡，還有最重要機密外洩……！在這次作戰成功之際，對現行體制造成的傷害想必無法估量！」

「可是啊，醫師。這樣到時也會與白夜騎兵團為敵。」

仍然相當謹慎的一人站起來反駁。他轉了個圈，環顧同伴。

「那可是軍事基地的正中央。就算我們『安納貝爾的使徒』全員聚集起來，也一樣沒轍吧？」

——這次反倒會戰力不足吧？

困惑的視線在禮拜堂內來往交錯。能否在這時整合士氣，對醫師而言是個關鍵局面。他從剛才開始就好幾次按住眼鏡，是為了遮掩表情。

「……這是盟主也認可的正式作戰。為了達成作戰，盟主將黎明戲兵團裡最頂尖的『兵器』賜予了我們。」

他見時機成熟，將事先準備在祭壇底下的王牌用力擺到檯上。

首先是右手。被裝在瓶子裡，彷彿惡魔般的火焰固體。

「『刺骨火焰』惡魔拉沃斯！」

哦——周遭再度掀起喧鬧聲。他趁眾人的興奮尚未冷卻下來時，緊接著又將左手放到檯上。

「『到達臨界點（Counter Stop）』的幽靈奇美拉！」

同樣裝在瓶子裡的，是只能用醜陋來形容的紫色肉塊。醫師對所有人的視線都聚集在兩個瓶子上一事感到滿意，同時挺直了背。

「——這是完成型。跟去年夏天被擊退的不完全試作型不同。不但所有能力值都提昇到臨界點，此外還具備『吞食周圍來改良自己』這種無限的可能性……！也很適合拿來不留屍體地收拾人吧。」

所有人都從長椅上探向前方，注視著看來也相當小巧的兩個瓶子。

「真是太驚人了……黎明戲兵團的王牌！『七大災禍』居然拿出了兩個……！」

「是三個喔。」

醫師一邊確認他們的臉色都改變了，同時立刻趁勝追擊。

「這就是我第二個勝算……！為了對抗現行體制所準備的最終兵器『七大災禍』。包括『刺骨火焰』惡魔拉沃斯、『到達臨界點』的幽靈奇美拉，還有我們人造藍坎斯洛普部隊『安納貝爾的使徒』！我們將會用這三個無疑是黎明戲兵團的最大戰力，來完成這次作戰……！」

咕嚕──有幾個人同時緊張地吞了吞口水。

醫師等待大家的反應，經過數秒。有隻手從最前排輕輕舉起。

被稱為澤費爾的少年，露出病態笑容仰望著祭壇。

「可是啊，醫師。黎明戲兵團是跟莫爾德琉卿購買武器的吧？他的要求是收拾掉外孫女，應該不會對超出這範圍的行動視而不見吧？」

「我有所覺悟了。」

醫師在每一言每一語中滲入了力量。

「的確，要是實行這個作戰，今後就不可能再與莫爾德琉卿進行交易吧。不過！倘

若錯過現在，將大軍送入賽勒斯特泰雷斯凱門區的機會，也不會再有第二次……！盟主做出了決定，就是將鋼鐵宮博覽會變成弗蘭德爾的轉捩點！都市國家的勢力圖將以這天為分界，戲劇性地刷新！」

「哦……！」

雖然提出反駁在先，澤費爾看來卻也像是一直在等待這個答案。

他踢開椅子站起身，宛如藝人一般轉頭看向同伴。

「這不是很棒嗎，動手吧！大家在害怕什麼？發誓要推翻現行體制的誓言是虛假的嗎？在背陽處踩扁螞蟻，內心就能獲得安慰嗎？——非也！我們之所以變成人造藍坎斯洛普，不是因為有想要實現的理想嗎！」

同伴抬頭仰望的眼眸中燃起火焰。在澤費爾的聲音煽動下燃燒得更加旺盛。

「想起那些屈辱吧！被貶低的名譽、羞辱自己的聲音！別忘記那些踐踏、嘲笑我們惡魔的容貌！此刻正該同心協力……向那些傢伙復仇啊！」

「「「復仇！復仇！復仇！」」」

同伴踢飛椅子爭先恐後地站起身，不顧前後地高舉拳頭。從最前排站起來的少女將手臂纏繞到戀人的脖子上，一臉陶醉地溼潤著眼眸。

「我也這麼認為，澤費爾。」

聚集在這個禮拜堂的他們——

大家都是因各自的內情，被表社會認定為「不需要」的人。出身於富裕家庭的人也不罕見。倘若不是抱持著什麼特別的動機，縱然是犯罪組織，也不會有這麼多人懷抱著甚至不惜主動淪落成藍坎斯洛普的復仇心吧。

聽說在場約三十人的腳邊，累積著堆高的「失敗作品」。

「啊，澤費爾……你果然很出色……是我的最高傑作……！」

正是用手術刀切割了數不清的實驗對象的男人，在祭壇發出顫抖的歡喜之聲。身為創造出人造藍坎斯洛普的「醫師」，自己也移植了「邪蛇（拉彌亞）」基因的男人，像是要隱藏淚水似的按住了眼鏡。

「亞特摩斯、庫洛德爾、菈凱爾蒂……在畢布利亞哥德的任務失去了『三爪惡魔』一事雖然是重創，但我們不會白費他們的犧牲……！這次一定要用安納貝爾的使徒所有兵力，給弗蘭德爾帶來大災禍……！」

在所有人的士氣都逐漸凝聚成一心時，只有一個人沒有狂熱地加入其中。澤費爾察覺到這點，對連頭也沒有抬起來的那名人物吊起眉毛。

「——威廉‧金！你在看什麼啊，現在可是『上課中』喔！」

「屍人鬼」青年看似慵懶地依然坐在椅子上，低頭看著報告書。澤費爾咚咚地踩響地板走近青年，試圖從青年手邊搶走羊皮紙。

金迅速地收手閃避對方的動作。

「我有認真地在聽啊——這也沒辦法吧，我可是白夜騎兵團的**雙面諜**啊。要讓作戰成功的話，就更該事先掌握好那邊的動向。」

「那信是誰寄來的？我知道了，又是那個『殘暴教師』吧！」

澤費爾像要覆蓋上去似的將臉湊近，用凶狠的眼神瞪著金看。

「你最近老是在跟那傢伙交流！你為何能夠一臉若無其事地與人類交談？能夠跟我們這種半人半魔互相理解的，只有同樣的存在而已！」

金隱藏在繃帶底下的表情依然是面不改色。

「是啊。」

「那個冷血男很過分呢！學生明明被人捨棄，他卻一點也不慌張。就算是『無能才女』的屍體就擺在他面前，他也一定會一臉若無其事地嘲笑！」

「…………」

金露出求助的視線，望向祭壇。但在這種情況下，醫師會站在誰那邊當然不用說。

「快道歉，威廉．金。現在可是『上課中』喔。」

「……對不起，醫師。」

金誇張地聳了聳肩，粗魯地將報告書塞入口袋裡。他抬頭仰望至今仍瞪著他看的澤費爾，歪了歪嘴脣說道：「我跟著用力甩頭就行了嗎？」

澤費爾之所以在集團當中散發著特別的存在感，是因為他是「新世代」。一旁的戀人提亞悠與醫師安納貝爾本身也屬於「新世代」。

其特徵是「能夠視情況分別運用人類與藍坎斯洛普的模樣」這點。

「暴人馬（半人馬）」澤費爾、「美魔鳥（哈耳庇厄）」提亞悠、「邪蛇（拉彌亞）」安納貝爾——他們可說是工匠精心打造出來的藝術品，在其過程中產生的試金石就是金等人。金靜靜地注視澤費爾回到最前排，再度高聲演講的英姿。

「各位，跟我前進吧！目標是鋼鐵宮博覽會！我們的世界將在那一天改變。邁向我們理想中的世界！那群貴族的體制將以『無能才女』之死為開端而瓦解！我們將君臨在那堆瓦礫的頂點上！弗蘭德爾將在豎立著鋼鐵墓碑的世界中墜落！」

歡呼聲爆發出來，半人半魔的嘶吼迴盪在高高的天花板上。

化為就連神都想摀住耳朵般的駭人聲響——

威廉・金

位階：屍人鬼

HP	8907	AP	464		
攻擊力	558	防禦力	756	敏捷力	483
攻擊支援	—	防禦支援	—		
思念壓力	??%				

主要技能／能力

十年軀體Lv.X／念線硬化Lv.8／封印攻擊Lv.7／經典死亡／咒靈縛鎖／混沌行星

Secret Report　人造藍坎斯洛普

簡言之就是依然保有身為人類的記憶與人格，只將肉體改造成藍坎斯洛普的技術。否則他們在化為藍坎斯洛普的瞬間，就會忘記過去的理念，襲擊眼前的同志吧。

即使蘊含這般風險，對犯罪組織而言，能與瑪那能力者正面對峙的兵力仍十分重要。這無庸置疑地是形成黎明戲兵團核心的要素吧。

LESSON：I ～甜蜜的家～

梅莉達・安傑爾在剪影詭異的樹叢包圍下緊握著刀。

她的呼吸十分急促，宛如珍珠的汗滴在額頭上發亮，彷彿就連好似小動物的心跳都會傳遞過來一樣。紅寶石眼眸忐忑不安地左顧右盼。

在陰暗森林的正當中，具備色彩的只有她那身運動服裝扮。

不過，這時傳來了聲音。

「──所謂的『能力』……」

是青年的聲響。儘管如此，還是看不見身影。梅莉達用令人眼花繚亂的速度不停改變站立位置，警戒著周圍。但映入眼眸的果然還是只有茂密並列著的樹林影子。

死靈般的聲音簡直就像在耳邊低喃似的繼續說道：

「就是指在各種局面下帶來有利效果的戰鬥技能。就像我至今好幾次說明過的一樣，能力是原本就隱藏在瑪那當中的潛在能力！透過訓練讓能力覺醒，就能夠發揮效果，提昇精密度。」

梅莉達瞬間轉頭看向後方。但她以為感受到的氣息只是幻影，烏鴉從樹梢發出刺耳的聲音，飛離現場。

家庭教師的聲音毫不在乎地繼續說道：

「能力分成所有位階共通的『泛用能力』以及各位階專用的『固有能力』。其中後者說是決定該位階的個性也不為過……！我們武士位階代表性的固有能力，不管怎麼說都是『隱密』吧。這項能力具備的效果，是從自身削減散布給外界的知覺情報。」

在上面嗎？梅莉達猛然抬起頭。

但有隻手從背後咚咚地拍了拍她的肩膀。

「就像這樣。」

「哇呀啊！老……老師你什麼時候？」

讓人只覺得是突然冒出來的高個青年，用若無其事的表情收回手臂。

「這就是鍛鍊到極限的『隱密』能力之力。對方如果沒有隨時在視野裡捕捉住，要找出武士的身影會變得相當困難吧。」

只不過——庫法豎起食指，補充說明。

「在發動『隱密』能力時，瑪那壓力會大幅減少。小姐明白這是怎麼一回事嗎？」

「呃，因為在『隱密』狀態下無法攻擊……？」

LESSON: I ～甜蜜的家～

「豈止如此，在被『流彈』擊中時，防禦的風險也會提昇……必須比平常更加留意戰況。小姐最好能事先記住這點。」

庫法再次不發出腳步聲地邁出步伐。枯葉在皮鞋底下碎裂。

「能從旁協助這點的雙壁固有能力就是『心眼』。這項能力具備的效果反倒是擴展自己的知覺能力——來吧，請小姐自由地對我發動攻擊。」

庫法就這樣背對著學生，並張開雙手。對於已經拿木刀跟庫法較量超過一年的梅莉達而言，聽到他這麼說，根本沒有躊躇不前的理由。

「喝啊！」

毫不留情地橫掃側頭部的一閃，卻理所當然似的揮空。稍微低下頭的庫法順勢跳向前方。梅莉達回砍的刀在他跳躍前掠過下襬。

當真火大起來的梅莉達一邊突擊，同時使出三連打。刺擊、刺擊、橫掃——彷彿會看入迷似的火焰（瑪那）軌跡。但庫法不僅完美地配合梅莉達攻擊的時機，還左右移動閃避點狀攻擊，上下移動躲開線狀攻擊。揮空的疲勞累積在梅莉達的手臂上。

既然如此——梅莉達收緊右手，憑著那股氣勢使出左迴旋踢。庫法用左膝蓋輕易地擋住這攻擊。反倒是梅莉達的腳背被鋼鐵般的肌肉給反彈回來。

「為什麼……？」

「我看得見全部。三百六十度。」

庫法用背影回答。確實存在於那裡的「視線」，讓梅莉達不由分說地緊張起來。

「吹撫過肌膚的風會告知我小姐的動作；落葉被踩踏的聲響會告知我小姐的步伐；還有小姐的呼吸會告知我攻擊的時機——哎呀？」

庫法忽然看向其他方向，指著不知是何處的彼方。

「剛剛那邊有蘋果從樹上掉下來了。」

「連這種事都知道！」

「這就是『心眼』能力的力量——小姐的熟練度還有待加強喔。」

庫法重新轉頭看向學生，稍微繃緊了表情。

「此外還有一項希望小姐能優先鍛鍊的能力。就是所有位階都能夠習得的泛用能力，且是單打獨鬥的騎士必須最看重的技能——『抗咒』。」

「『抗咒』……」

「我應該時時在提倡它的重要性。小姐記得嗎？」

梅莉達挺直了背。就彷彿在教室被點名時一樣，口齒清晰地回答：

「在特定藍坎斯洛普的攻擊中，存在著讓瑪那能力者的狀態衰減的攻擊。那系列被稱為『阻礙攻擊（Debuff）』。在瑪那能力者這邊，魔術師位階使用的『咒術』就屬於這一類。」

「很好。倘若是團隊戰鬥的騎士，就算欠缺一個人的能力，也能夠由其他成員來輔助。不過單打獨鬥的騎士呢……？」

被庫法用視線催促，梅莉達像是在體會那份沉重似的接著說下去。

「狀態的衰弱會導致敗北……」

「會導致死亡。」

一瞬間有種庫法散發的壓迫感加倍膨脹起來的錯覺。

那似乎並非梅莉達多心了。庫法的瑪那壓力在不知不覺間突破上限，迸出的壓力甚至讓地面嘎吱作響地龜裂。

庫法的髮色在梅莉達眼前變白。拖曳著蒼藍火焰的左眼寄宿著冷酷的感情。添加了幾分野性風味的嘴角，用一如往常的語調繼續說道：

「對抗這個『阻礙』的唯一手段，就是『抗咒』能力——小姐，我接下來會用我的咒力對妳造成負擔，請妳忍耐三分鐘給我看。在這三分鐘內無論發生什麼事，我都不會減弱壓力。」

「……！」

梅莉達的美貌再度緊張起來，她擺好架勢後，輝煌火焰立刻轟！一聲地猛烈噴發出來。

化為吸血鬼的庫法緩緩地將手心朝向梅莉達。就如同他宣言的一般，不會手下留情。

「我要上了。」

隨後，類似海嘯的猛烈壓力壓垮了梅莉達的背。

梅莉達彷彿看見塗滿絕望的黑色天空，與充斥惡意的寒冰暴風雨。被暴風吹飛的銳利尖針以雨滴般的密度攻擊著她。少女纖細的膝蓋瞬間便癱軟無力，坐倒在地面。從背後裊裊升起的黃金色火焰，才僅僅一口氣就差點被吹熄。

「啊……咕……嗚……！」

「怎麼了，還不到三十秒喔。」

最喜歡的人的聲音，用宛如寒冰般的冷漠刺入內心。挖起表面話，將體面橫掃到一旁，不留情地將利刃探入深處，暴露出少女的生存本能。

「很冷嗎？很難受嗎？——那就抵抗吧！只會像那樣垂首的話，敵人會很高興地砍斷妳的頭吧。來吧，放出火焰！」

「……唔！」

在梅莉達的背後，勉強有宛如火星般的瑪那飛散。

那火星被消滅了好幾次，又不死心地再度燃起。在時鐘的秒針總算轉了三圈時，梅莉達已經整個人趴倒在地上。她柔軟的臉頰被泥土弄髒，只有嘴唇像在喘息似的尋求著空氣。四肢有時會痙攣，應該不是她刻意做出的舉動吧。

庫法恢復成人類模樣後，舉起了左右手的手掌。「好啦，快站起來！」他原本打算這麼斥責梅莉達。

「…………」

不過，結果他沒有拍手便放下手，取而代之地摸索著懷裡。

他拿出水瓶，單膝跪在梅莉達身旁。他將瓶口靠到桃色嘴唇上，緩緩地讓梅莉達喝下水。

「……休息五分鐘吧。」

庫法暗自厭惡起半吊子地給予同情的自己。

「在個人戰能力之後，接著來講解團體戰吧。」

庫法一邊刻意使用特別嚴格的聲音，同時摸索著軍服的右邊口袋。

他拿出來的東西是厚重的皮囊。他用小刀劃了個切口後，隨即溢出難以言喻的酸臭味。

梅莉達忍不住捏起小巧的鼻子，退到家庭教師背後避難。

「老蘇……那速什麼呀？」

「是香氣袋。這是把香料和藥草加以乾燥後，浸泡在油裡使其熟成的東西……會散發出特定藍坎斯洛普偏好的香味。簡單來說，就是引誘他們出現的誘餌。」

「咦！」

「——哦，很快就有目標上鉤了。」

學生還無暇驚訝，便有個碰！碰！的驚人地鳴聲逐漸靠近。

用彷彿要橫掃樹林般的氣勢朝這邊飛奔過來的，是類似大猩猩的大型魔物。牠的雙臂宛如圓木一般粗壯，胸膛厚實得讓人聯想到岩壁，身高比高個的庫法還要高大。對於嬌小的梅莉達而言，甚至得抬頭仰望。

魔物在挖開地面的同時猛然停下，朝主從發出駭人的咆哮。

「牠是以這座森林為根據地的藍坎斯洛普，還不清楚正式名稱。我從以前就隨便地稱呼牠為『大塊頭（Giant）』。」

庫法一派輕鬆地這麼講解，然後將香氣袋扔到野獸腳邊。但從對方的角度來看，這種待遇就彷彿要到飼料的狗一般，牠當然不可能保持沉默。

牠發揮出無愧於那名號的「巨人」級壓迫感，駭人的嘶吼聲撼動周圍。

庫法瞬間拔出了刀。他的舉止總是彷彿水一般流暢，宛如光一般迅速。在目睹滑過黑刀的蒼藍火焰後，梅莉達也連忙拔出愛刀。

「用不著太緊繃，小姐。這傢伙雖然體格魁梧，但以咒力的壓力來說，隸屬於低級魔物。知性與野獸無異，動作也相當遲鈍，也沒有狡詐的攻擊方法——只不過，唯獨那銳利的爪子需要多加注意呢。」

儘管如此，卻具備著以那龐大身軀為根基，超乎常軌的生命力。換言之，是最適合的對象。

——作為「會動的靶子」。

大塊頭猛然舉起右手。就算從梅莉達的角度來看，也是緩慢過頭的動作。庫法彷彿瞬間移動似的踏向前方，用手肘一帶擋住揮落的一擊。

他更進一步地滑動右腳，用身體衝撞。應該大他兩倍以上的巨體面朝上地被撞飛。簡直就像大猩猩一般，大塊頭只有上半身的肌肉特別發達，要爬起來相當辛苦。庫法從容地返回原位，然後開口說道：

「小姐。我先向妳說明對於單槍匹馬的敵人挑戰團體戰時的大前提吧。」

假如大塊頭具備知性，這應該是屈辱無比的狀況吧。梅莉達挺直了背，側耳傾聽講課的後續。

庫法左手拎著刀，宛如平常一般高舉食指。

「舉例來說，假設我跟小姐各自擁有『一百』的力量，當我們協力與敵人戰鬥時——總和戰鬥力並非就會因此變成『兩百』。」

「不會嗎？」

梅莉達一臉疑惑地歪了歪頭，接著猛然露出如雷轟頂般的表情。

「兩……兩人的羈絆引發奇蹟，力量膨脹成五倍甚至十倍了對吧！」

「很……很遺憾地，並非那麼一回事……反倒會降低。」

「咦！」

儘管梅莉達露出極為失望的反應，但無論是羈絆多麼強烈的伴侶，結果都是一樣的。庫法稍微輕咳兩聲，同時重新說道：

「三人不如兩人，四人不如三人——團隊戰鬥的人數愈是增加，個人能夠發揮的戰鬥力就愈會降低。小姐明白這是為什麼嗎？」

「嗯～……我不懂！」

「這都是因為**會有所顧慮**——」

庫法再度緩緩地重新面向敵人。

大塊頭將岩石般的拳頭砰砰地推向地面，總算要抬起上半身。

「同伴在附近戰鬥的話，就不得不有所顧慮。『因為同伴在那邊，所以不要移動到

LESSON: I ~甜蜜的家~

這邊比較好』、『同伴目前正在攻擊，所以自己別亂動好了』、『危險！得去幫忙才行！』這些顧慮會導致個人的戰鬥力降低。」

庫法緩緩地甩開刀鞘，勾住大塊頭的右手。

失去難得的支柱，大猩猩般的顏面摔向地面。「嗚嘎！」伴隨著地面甚至鼓起來的震動，牠發出像是被壓扁似的哀號。

就這樣先爭取了一段時間後，庫法用事不關己的表情繼續講課。

「相對於個人具備的戰鬥力，在此將整個團隊的力量定義為『總和戰鬥力』。團隊的人數愈是增加，每個人的個人戰鬥力就會下降這點不用多說吧。雖說人多勢眾，但一個團隊塞滿二十人甚至三十人的話，考慮到整體軍隊的作用，效率會非常糟糕……」

庫法隔著肩膀轉頭看向學生，並豎起手指。

「騎兵團的部隊會以『五人』小組來運用，就是因為這樣的理由。」

在這個階段，大塊頭總算重整好姿勢。三番兩次被耍著玩，牠的頭部宛如火山一般沸騰著。牠因憤怒而扭曲的表情，讓梅莉達也不禁退後一兩步。

高個子的庫法則是絲毫沒有動搖。

「要有效率地提高總和戰鬥力，其一是要事先決定好隊伍的『指揮官（隊長）』。隊長指示戰鬥方式的方針，成員決定好戰鬥方式就是『這個』的話，就絕對不採取除此之外的無謂行動——」

庫法高舉愛用的黑刀，不知打什麼主意，將刀收回刀鞘。

話雖如此，但他並未解除臨戰態勢，而是用讓人聯想到棍法的架勢以備敵人的突擊。

「小姐。來實踐一下團體戰中基本的兩個戰術吧。一個是『一邊自由地戰鬥，一邊協助彼此』——請上前。」

在庫法的視線催促下，梅莉達下定決心拿起愛刀，上前到庫法身旁。

不過，重新聽到他說「戰術」什麼的，梅莉達不禁感到困惑。

「呃……我應該……？」

「小姐不需要想得太複雜。因為是『自由地』戰鬥嘛。小姐只要像平常一樣，用自己認為正確的做法採取行動即可。」

「我……我知道了。」

梅莉達總算察覺到庫法為何收起了刀。八成是因為他的斬擊威力過於銳利，梅莉達還來不及發揮本領，就會打倒敵人的關係吧。

敵人不會一直暫緩攻擊。大塊頭迸發氣勢後，壓低姿勢朝這邊猛衝過來。從敵人的認知來看，比較貧弱的應該是少女（梅莉達），但到目前為止招致了敵意（Hate）的則是青年（庫法）。牠將右腳踏向前方，右拳揮出。

對於這波攻擊，庫法也瞬間前進了。就在野獸的豪腕搭上離心力之前，庫法鑽進對方懷裡，牢牢地按住對方的上臂。

敵人的重心大幅度地偏向右邊，因此梅莉達立刻飛奔到左側。她橫掃敵人毫無防備的左側，反砍時更進一步橫掃。就如同外表一般，敵人的皮膚非常厚實，無法砍到要害。

大塊頭看似煩躁的視線移向左邊。隨後庫法踹向敵人的右腳。小腿、大腿。野獸忍不住向前傾倒，庫法用膝蓋將野獸的下頷往上踢。

大塊頭露出了明顯的破綻，因此梅莉達更進一步地宛如陀螺一般當場旋轉起來。斬擊三連續地劈開軀幹，血花呈螺旋狀地四濺。

「不錯。」

庫法拉開一兩步的間隔後，使出了一記讓人看入迷的前踢。他精準地貫穿大塊頭短矮的脖子，又讓巨體面朝上地吹飛。

庫法一邊眺望著沉重的震動轟隆地擴展開來的樣子，同時揮了揮手讓梅莉達退下。

「沒有特別多想什麼地進行團體戰時，會變成這樣的戰鬥方式吧。相對地，另一種戰術則是『決定隊伍的主角(Main)』。」

「主角？」

庫法重新拔出黑刀。接著他將黑刀拋向梅莉達。

梅莉達連忙接住黑刀，用左手握住那長長的鋼鐵——是二刀流。

「就像這樣。」

庫法露出左右兩邊的手掌表示自己手無寸鐵，甚至把黑漆刀鞘放回腰帶上。

「這是相當極端的情況，但在隊伍中有一個人具備突出的戰鬥力時非常有效。為了讓『主角』的個人戰鬥力發揮到最大限度，其他成員會徹底地從旁協助——小姐還記得吧？決定『這樣戰鬥』之後，就不能將視線轉移到除此之外的戰鬥方式上。除非隊長有另外下達指示。」

庫法踏出腳步，選了在梅莉達半步前的站立位置。

「小姐，我來當誘餌吸引大塊頭的注意。我負責製造出『破綻』，請小姐一找到機會就儘管攻擊，給對方造成傷害。能否打倒敵人，全看小姐的活躍程度。」

「是……是……！」

大塊頭還是一樣，要爬起來得花一番工夫。庫法從腳邊掬起一把土，然後朝敵人頭頂扔了過去。他瞄準得不偏不倚，泥土發出清脆的聲響跳起。

「想睡覺嗎？」

挑釁似乎是可以跨越種族的共通語言。大塊頭的肌肉加倍隆起，鮮血從斷裂的血管

LESSON: I
~甜蜜的家~

爆發出來。牠一揮落拳頭，地面便冒出龜裂。

「唔哦哦哦哦——————！」

大塊頭以令人難以置信的敏捷度跳起，將往上揮起的兩拳重疊地往下敲落。庫法以「柔」的動作擋開那攻擊。才心想他張開的雙手模糊不清地動了起來，便聽見砰砰的清脆聲響連續響起。

在梅莉達眨眼的期間，庫法與大塊頭的雙手交纏在一起，讓彼此僵住。野獸試圖憑蠻力抽手，庫法則是頑固地固定對方的關節。

梅莉達繞到大塊頭的背後。她橫掃那毫無防備的肉牆，接著她將兩把刀平行地朝左右回砍，左手揮出袈裟斬——庫法的愛刀比梅莉達的刀重上好幾倍，要揮動它讓梅莉達費了不少工夫。

梅莉達心想既然如此，就活用那重量來獲得離心力，於是在右手往上砍之後，緊接著使盡全力將左手的黑刀揮落下去。她感受到至今最強烈的手感，刀刃銳利地挖開敵人的側腹。

「咕嘎……啊！」

大塊頭在面臨生命的危機時發揮了驚人的力量。在牠與青年之間交纏的四隻手，宛如活動橋一般跳了起來。那蠻力讓庫法也不禁瞠目結舌。

「嘎啊啊啊！」

彷彿想說非得報一箭之仇似的，大塊頭猛然轉過頭來。梅莉達不禁全身緊張起來。甚至能覆蓋住少女的巨大影子，隨後更進一步地**朝上方延伸**。

「渾身破綻喔。」

從後方跳到大塊頭肩上的庫法，在大塊頭的眼角讓手刀來回移動。

鮮血從比小刀更加銳利的指尖四濺飛散。被擊潰視野的大塊頭甚至不被允許摀住臉龐。庫法流暢地抓住敵人彷彿圓木般的右手臂，然後順勢讓體重偏向右側。

大塊頭的上半身搖晃並傾斜……不知是第幾次的「砰」！

梅莉達驚訝地眨著雙眼，庫法就在她眼前將大塊頭的巨體壓倒在地面上。他依舊固定著右手的關節，用視線瞄了一下，催促著梅莉達。

「小姐，給牠致命一擊。」

「咦？啊……是！」

梅莉達立刻踏向前方，一邊讓刀刃交叉，同時衝向敵人的胸部。憑藉左手的黑刀特別令人毛骨悚然的貫穿力，大塊頭的性命輕易地被斬斷。

庫法流暢地站起身，甚至連呼吸都沒紊亂。

「為了讓『主角』一人活躍，其他成員要集中在如何防禦敵人攻擊、吸引敵人注意、製造出破綻這些事情上——總和戰鬥力會因為選擇何種戰鬥方式而隨時產生變動。隊長必須具備能精準地看清戰況的判斷力吧。」

「我會記住的！」

「很好。」

庫法稍微露出微笑，然後轉頭看向大塊頭的亡骸。

「以前明明覺得很棘手……」

「怎麼了嗎，老師？」

「沒什麼。我以前也被這傢伙折磨得很慘呢。」

庫法折返回頭，將手貼在梅莉達背後，邁出步伐。

他接過梅莉達遞出的黑刀，放回腰部的刀鞘裡。庫法稍微回想起在還沒拿到這把刀之前，訓練時代被迫品嚐的苦頭。

「超越過去的宿敵這件事，也令人感觸良深。」

庫法百感交集地這麼低喃時，黃金色火焰從梅莉達背後散發出最後的光輝，消失無蹤。突然喪失瑪那的恩惠，讓梅莉達差點跌倒。

「啊哇哇哇……」

「瑪那耗盡了呢。妳今天也非常勤勉喔，小姐。」

「都是託老師的福！」

看到少女純真無邪的笑容，庫法也以迷人的微笑回應。

才這麼心想，只見庫法立刻補充了一句「那麼──」，這正是他被稱為「殘暴教師」的原因。

「小姐，課程還沒有結束！回程就用跑步來收尾吧！」

「咦咦咦～？我已經累癱了！」

「別頂嘴！比較晚到的人要負責今天的伙食喔！」

「嗚～～！」

家庭教師啪啪地拍打著梅莉達的背後，梅莉達只好逼不得已地一蹬地面。

雖然庫法平常就是個溫柔又嚴厲的人，但最近的熱誠更是加倍。追根究柢，離開宅邸好幾天，在這種偏僻森林裡閉關這件事本身就是相當罕見的行動。梅莉達一邊被迫在凹凸不平的獸徑上奔跑，一邊不由得這麼心想。

「老師，感覺你好像有些著急？」

庫法的肩膀吃驚地抖了一下，不巧的是梅莉達沒能目睹到這一幕，因為梅莉達背對庫法坐著。庫法一邊小心地避免動搖傳遞到指尖，同時梳理著梅莉達比金飾還要高貴的金髮。

「著急？妳說我嗎？小姐真愛說笑……！我看起來像在著急嗎？」

「像。非常著急。」

「是小姐多心了。沒錯，肯定是那樣。」

是嗎？對於庫法頑固的態度，梅莉達不禁蹙起眉頭。

地點是蓋在山丘上的獨棟小木屋裡。包括周圍的森林在內，潛藏在弗蘭德爾近郊的這個場所，據說是庫法訓練時代使用的祕密基地。

聖弗立戴斯威德女子學院正值秋季休假中。學校一開始放假，庫法就彷彿等不及似的告知梅莉達要進行集中強化宿營。然後就持續了一星期像今天這種嚴格的訓練——

庫法說這是祕密特訓，所以甚至拒絕了愛麗絲和蘿賽蒂同行，否則就無法進行化為吸血鬼的「抗咒」訓練等等。梅莉達一開始也是滿心期待。雖說僅僅一星期，但能夠在遠離人煙的地方與心上人過著同居生活。

——明明這麼以為。

庫法卻絲毫沒在追求甜蜜的氛圍。成天就是起床訓練，直到睡前都在訓練。現在也是，難得梅莉達剛洗完澡，選了比平常稍微暴露點的家居服，但庫法卻著迷於梳理頭髮。

梅莉達試著低喃「啊，好熱喔」並拉偏肩帶，敞開衣服的領口。庫法就站在梅莉達的正後方，所以就角度來說，胸部可能會被看見。討厭，我怎麼會這麼大膽呀！

不過，當梅莉達心臟怦怦跳地窺探了一下庫法的表情時。

「撫摸著小姐的秀髮，手指都幸福起來了呢。」

只見庫法爽朗地持續讚賞著金髮。唔～！梅莉達不滿地鼓起臉頰，重新面向前方。哼、哼──她氣呼呼地讓屁股在床上彈跳。

不是吧～不是那樣吧～剛剛可是個大好機會吧～

──虧我鼓起了天大的勇氣！

庫法趁梅莉達這麼氣呼呼的空檔，若無其事地將她歪掉的肩帶調回原位。所謂的紳士，就算注意到也會裝作沒看見。

梅莉達還是無法信服的樣子。

「老師說自己沒在著急的話，為什麼會突然想到要舉辦宿營呢？」

「這個嘛，是因為……」

庫法在幾秒鐘的沉默當中，尋找最適合的答案。

「等休假結束……不是有鋼鐵宮博覽會嗎？」

「咦？是的。」

「那個活動……弗立戴斯威德也會參加不是嗎？」

「是的。」

「…………要是能留下好成績就好了呢。」

「是的——咦？什麼！這……這就是猛烈特訓的理由嗎……？」

梅莉達也不禁用困惑的視線看向庫法，因此庫法盛大地咳了兩聲。

「這就是理由？小姐，妳在說什麼傻話啊！」

「咦……什麼……？」

「博覽會將有許多人光臨。就跟去年的學期末公開賽一樣，是讓眾人知道小姐成長的大好機會！這教人怎能不加把勁呢！」

「原……原來如此……」

坦率到惹人憐愛的梅莉達，被家庭教師的氣勢蓋過，連連點頭同意。

「這樣呀。為了老師，我也得加油才行呢……！」

嗯——梅莉達握住可愛的拳頭，將目光放到博覽會那天。

庫法甚至無法正面與那樣的她相對，只能靜靜地繼續梳理金髮。真正應該告知少女的話語，尋找著出口刺在胸口內側。

——小姐，那一天妳將會喪命。

† † †

『因此為了維持、穩定貴族體制，我在此委託以適切且恆久的方式處置會威脅到這點的「無能才女」——漢米許・莫爾德琉』

他直接下達的指令書，以這樣的文章總結。庫法將冗長信件的最後一句話烙印在內心，抬起頭來。

在白夜騎兵團的總部，上司正吞雲吐霧著。庫法這時才剛結束前往提爾納弗爾大海溝的遠征，經歷在金倫加顛倒城的激戰，肉體已經十分疲勞，莫爾德琉卿冗長的一言一語更宛如毒藥一般滲入體內，讓思考變得遲鈍。

「事先讓『無能才女』真正的位階滲透到大眾之間——」

幾乎就在庫法看完指令書的同時，上司吐出了灰色的煙霧。

「對於我們的方針，莫爾德琉卿的回答就是『那個』。他並不認同……梅莉達小姐的位階始終必須是**聖騎士**，不能有會讓人懷疑她血統的事實。」

「但是，她照這樣繼續成長的話，無法避免民眾得知她真正的位階。」

「既然如此，就在成長之前殺害她——」

縱然是武士位階，也會展現出符合安傑爾公爵家的實力，讓周圍的人認同。在逆風之中不斷往上爬——那名老人厭惡這樣的苦行。對自己不利的東西要盡量蓋住，不想看到的東西要掛上好幾層帷幕……要顛覆已經僵化的價值觀並不容易。對於還只有十八歲的年輕人而言，更是難上加難。

一直站著的庫法，終於感覺到四肢開始麻痺。

上司宛如鋼鐵般的聲音，在彷彿腫脹的腦內迴盪著。

「現在的狀況已經不是葬送梅莉達．安傑爾一人就能了結。這一年來，她的世界拓展過頭了……之後預定慎重地看準時期，一邊展開萬全的包圍網，一邊進行暗殺。」

上司像是要堵住思考的退路一般愈說愈起勁，並稍微抬頭看向庫法。

「身為負責暗殺她的刺客，以及她的家庭教師——你對這個決定有異議嗎，庫法．梵皮爾？」

庫法的嘴唇宛如機械一般回答：

「沒有。」

† † †

LESSON: I ~甜蜜的家~

之後剩餘的緩衝期間，眨眼間便飛逝——

現在是聖弗立戴斯威德的秋季學期。在休假結束後的下個週末，女學生搭乘搖晃的列車，前往弗蘭德爾第二層——賽勒斯特泰雷斯凱門區。從今天開始的兩天期間，預定舉辦被稱為最大武器祭典的鋼鐵宮博覽會。

眾少女稚氣的笑容中沒有一絲憂愁。

也不曉得前往的地方將成為同學的葬身之處。

「愛麗，休假過得如何？」

「跟莉塔一樣，為了博覽會『猛烈特訓』。」

今天也依然如天使的安傑爾姊妹，進行著這種放完假後必定會出現的對話。愛麗絲坐在一星期沒見的堂姊妹身旁，忽然將臉猛然湊近梅莉達。

「……兩人獨處的時候，庫法老師沒有對妳做奇怪的事情吧？」

「呃～跟平常一樣！」

「庫法老師的跟平常一樣……願聞其詳。」

「嘰哩咕嚕……」

車內擠滿了聖弗立戴斯威德的女學生，庫法大略環顧周圍，只見四處都聊得好不開心。舉例來說，在梅莉達她們後方的座位上，有四名同班同學正互相配送伴手禮。

「哎呀！涅爾娃小姐竟然去了普利特傑利亞湖群公園嗎？」

「還好啦，因為爸爸拿到了優待票呀。下次也邀請大家一起去！」

「務必邀請我！」

不只是同學，一年級的雛鳥也聚集在窗邊的沙發上。

「各位同學，我們互相公開試卷的答案吧？」

「我這次考得不是很理想呢……」

「哇，緹契卡好厲害！」

「嘿嘿，要是成績太差，媽媽的細紋會增加嘛～」

這裡是豪華列車的休息室。一名最高年級生來回在長長的地毯兩端監督著眾人。發出的音量大到不輸給喧鬧聲的是米特娜．霍伊東尼學生會長。

「各位同學，有沒有朋友暈車？一年級生要吃點心也無妨，但別留下包裝紙啊！」

話說庫法也無法只顧著賞花就是了。他與同樣身為家庭教師的蘿賽蒂共坐在邊桌前，一邊交換報告書，同時將臉湊近對方。

蘿賽蒂大略瀏覽了一下休假中的教育日誌，接著蹙起眉頭。

「嗯～……梅莉達小姐的成長率？還是一樣驚人呢。而且這是上學期的能力數值吧?不曉得在這次休假成長了多少呢……」

「愛麗絲小姐才是,已經絲毫不遜於三年級生了呢。」

「說是這麼說,但一開始明明是這邊領先不少的呢……唔唔唔,感覺遲早會被追上。」

這時庫法用異常誠摯的眼神看向她。

「對,**遲早會的**。」

「什麼嘛,你個性真差勁呢!」

在彷彿要裂開似的喧鬧聲中,啪啪──響起了格外尖銳的聲響。

是夏洛特.布拉曼傑學院長。她看似愉快地眺望車內熱鬧的景象一番後,緩緩站起身來。她拍了拍滿是皺紋的手,然後悠然自得地大聲說道:

「肅靜。各位,暫且肅靜!」

女學生這時立刻停止聊天,由此可看出她們的教養十分良好。布拉曼傑學院長拄著柺杖,走到休息室的中央。

雖說為了讓所有年級的學生一起移動,而包下了整輛列車,但還是無法在一節車廂內塞進三百人。在餐廳車廂和展望室裡,此刻應該也同樣舉行著集會。這裡是接近教職員用車廂的休息室──二年級以上的學生都已經得知布拉曼傑學院長不耐長距離移動這件事。

學院長讓她的小提琴般聲音迴盪在車廂內，對舊傷隻字不提。

「各位似乎都度過一段充實的休假，實在太好了。從今天開始繼續致力向學吧。終於到了期待已久的鋼鐵宮博覽會舉辦日！」

不過看起來樂在其中的學院長，彷彿小孩一般綻放出笑容。

「各位都已經知道那是怎樣的活動吧。最尖端武器的展示會！稀有珍品沉睡的展銷會！在拍賣會上展開的攻防戰、工匠的堅持與堅持互相碰撞——噢，我也很久沒有親身體會那股熱氣了。」

「學院長，請喝水——」

米特娜會長悄悄遞出玻璃杯。學院長將楞杖換手拿，接過杯子。「謝謝妳，霍伊東尼小姐。」

稍微滋潤喉嚨之後，學院長用冷靜下來的語調繼續說道：

「既然博覽會的顧客是騎兵團的團員，最好是由他們以外的人來進行武器的實際演示——也就是說養成學校的學生是最適合的人選。而且十分光榮的是，這次參展廠商之一的莫爾德琉武具商工會，指名了我們聖弗立戴斯威德女子學院。」

這時可以察覺到休息室中的意識，都不經意地集中到梅莉達那邊。這也難怪，畢竟

LESSON: I ～甜蜜的家～

商工會的總帥——也就是莫爾德琉卿會指名聖弗立戴斯威德，最大的理由是因為外孫女在此就讀吧。

雖然只有庫法一個人對「除此之外的理由」心裡有數——

布拉曼傑學院長用枴杖稍微戳了戳地面，將眾人的視線拉回自己身上。

「除了我們之外，應該還有兩所養成學校也各自接到其他派系的指名邀請。各位同學將背負莫爾德琉武具商工會之名，與他們展開激烈競爭吧。造訪會場的騎兵團成員、下層居住區的名流，還有一般參觀者！各位就毫無遺憾地發揮平日修行的成果，讓他們見識一下女武神的力量吧。」

這時有一名二年級生在休息室一角猛然站了起來。布拉曼傑學院長若無其事地用手勢指向那名少女，同時替演講作總結。

「各位同學將會出場的活動有兩個。首先是第一天的遊行——」

受到催促的二年級生踩著輕快的腳步聲，走上前來。

她的站姿筆挺端正，是個語調清晰犀利的女孩子。

「要參加遊行的女孩，當然都完美地記住編舞動作了吧？這可是本小姐首次監製的舞臺，不允許任何失敗喔！」

她是索諾菈・帕巴蓋納，二年級生。母親是名聲響遍弗蘭德爾的劇團藝術監督與編舞家——這關係到帕巴蓋納家的名譽。被她像是在瞪人的視線一望，梅莉達與愛麗絲不禁嚇得抽動了一下肩膀。

「尤其是梅莉達同學，我可是把最精彩的部分安排給妳們了，可別搞砸了喲！」

「我……我才不會搞砸呢！」

「很好！」

索諾菈肯定地點了點頭，在原地重新坐下。

像是要緩和氣氛一般，布拉曼傑學院長用雀躍的語調一字一句地說道：

「接著是第二天的團隊戰術鬥技會——其名為『強勁軍火庫競賽』。」

學生的視線回到學院長身上。學院長爽朗地露出微笑，高舉三張羊皮紙。

「這是**團隊戰**。參加者應該已經接到通知，但我在此正式發表一次吧。被叫到的女孩請起立——首先從一年級生開始。潔妮・萊特……羅美璐妲・羅賓茲……伊梵娜・路古布特……緹契卡・斯塔齊。」

緹契卡一躍起身，露出非常想獲得稱讚的眼神看向梅莉達。梅莉達也感同身受地露出微笑，輕輕拍手。

挑選完一年級生後，學院長換拿第二張羊皮紙。

「接著是二年級生。漢娜・拉夫藍德、瑪苒妲・柯利、尤菲・修特雷澤。」

庫法可以看出學院長這時像是要蓄力似的吸了口氣。

「——梅莉達・安傑爾、愛麗絲・安傑爾。」

兩人看來很開心似的互相對望，並握緊了手站起身來。

學院長一臉若無其事的表情，繼續朗讀參加者的名字——其中也包含「涅爾娃・馬爾提呂」的名字，她的朋友替她尖叫喝采——然後學院長總算唸完三張的份，三個年級的所有參加者都站起身。

庫法並沒有漏看收起羊皮紙的布拉曼傑學院長，表情稍微變得僵硬這點。應該不是講了太久的話而感到疲憊吧——是精神上的負擔所造成的。

鬥技（競賽）會的參加者是依照到第一學期為止的成績排名選拔出來的。安傑爾姊妹在二年級生當中，也已經逐漸受人矚目。當然在莫爾德琉武具商工會提出探詢的時候，她們的名字理應已經列在參加候補名單的前頭了吧。

因此讓學院長感到煩惱的，是那之後的事情。

書信裡寫了後述的但書——「邀請條件是讓梅莉達・安傑爾、愛麗絲・安傑爾參加遊行與鬥技會」……

庫法與蘿賽蒂身為各自的家庭教師，也事先得知內情。不難想像布拉曼傑學院長應該也大大苦惱了一番。她並不贊同這樣的事前交涉，倘若原本就預先決定讓兩人參加，就更不用說了。

話雖如此，但布拉曼傑學院長等人應該想不到莫爾德琉卿「真正的動機」吧。他並非單純只是想觀賞外孫女的重要舞臺。

因為在鬥技會舉辦那天，梅莉達將會在那個舞臺上——

咚咚——枴杖敲打地毯的聲響將庫法的意識拉回現實。

學院長彷彿要展現出誠實的態度一般，格外筆挺地挺直了背。

「三個年級合計四十五名。我好幾次強調這是團隊戰。軍團的指揮官是米特娜‧霍伊東尼——參加小組的隊長記得事先向學生會長提交小組成員的能力數值表。因為在軍團戰中，位階的掌握與運用將十分重要喔。」

「數值表已經大致收齊了，有人還沒提出的嗎？」

米特娜會長高舉一疊能力數值表，這麼呼喚著。

這時梅莉達慌忙地走上前。

「那個，我跟愛麗的份還沒……」

梅莉達一直請她等到最後一刻。學生會長沒有一絲厭惡的表情，開口回應：

「妳們倆的位階是**聖騎士**對吧？我很期待妳們的活躍——」

「不是的！」

即使是在行駛中的列車裡，這句話也激烈地傳入眾人耳裡。

梅莉達暫且尋找家庭教師的身影，庫法筆直地回望著她，點了點頭。

這時在兩人腦裡復甦的，是休假期間最後一晚的光景。庫法一邊幫剛洗好澡的梅莉達保養身體，一邊這麼勸告著她——

『小姐，妳還記得我曾說過技能和能力會表現出那個位階的個性嗎？小姐也已經是二年級生了。無論是身體能力或熟練程度，都跟去年的公開賽判若兩人。就連那時候，也已經有幾名觀眾察覺到了……』

『而且這次是所有年級共同參加的軍團戰。無法像至今為止一樣，一直向隊友掩飾位階和戰鬥方式。』

『……小姐明白該怎麼做才好嗎？』

梅莉達從短暫的幻境中回到現實，儘管指尖顫抖著，仍重新面向米特娜會長。

「我的位階——並不是聖騎士。」

米特娜會長驚訝得微微瞠大了眼。梅莉達的聲音不由分說地顫抖起來。

「是武……武士…………」

布拉曼傑學院長靜靜地轉頭看向梅莉達。

暫時有一段時間，周圍只迴盪著車輪咬合軌道的聲響。車內鴉雀無聲，比學院長演

講時還要更加靜悄悄。緹契卡仰望著憧憬的學姊，不知在她眼中映照著怎樣的光景呢？與同班同學一起陷入沉默的涅爾娃，會像以前那樣嘲笑梅莉達嗎？

拉克拉．馬迪雅老師在休息室的角落，彷彿在睡覺一般緊閉著眼眸。梅莉達的告白讓她微微睜開眼皮，但她什麼也沒有說……為何她什麼也不肯說呢？

梅莉達緊張地嚥下口水。意識彷彿又要再度逃進幻境之中。

『可是，老師。我有點害怕。』

『在那之後，好不容易跟學院的同學也感情融洽了起來……』

『要是說出事實，結果有什麼改變的話，我該怎麼辦才好？』

梅莉達感覺到好不容易鼓起的勇氣急速消退。

彷彿代表學生一樣行動起來的，果然還是米特娜會長。她將手掌搭在梅莉達的肩膀上。梅莉達不禁緊張起來，該不會要被取消參加資格了吧？還是會被迫退學，離開聖弗立戴斯威德呢？梅莉達臉色蒼白地低下頭，而會長對她發出的——

當然是滿懷包容的聲音。

「我一直認為妳總有一天會告訴大家的。」

梅莉達猛然抬起頭。只見學生會長面帶一如往常的微笑。

「其實克莉絲塔前會長和神華學姊都託付我要多照顧妳。」

「反倒應該說妳以為沒穿幫這件事，才叫我吃驚呢！」

涅爾娃一副傻眼似的聳了聳肩。以此為開端，同班同學的表情也緩和下來，接連表示同意。「畢竟太好懂了嘛。」、「嗯，隱約察覺到了。」、「戰鬥方式也跟愛麗絲小姐完全不一樣呢……」、「倒不如說，原來妳還沒講過嗎？」

從一年級生集團中衝出來的緹契卡，抱住梅莉達的左手臂。

「無論是不是聖騎士，學姊都是緹契卡的目標！」

「……謝謝妳們。」

梅莉達忍不住低下頭，愛麗絲從另一邊將手帕遞給她。

「妳很努力了。」

「……嗚──」

愛麗絲將手帕蓋到梅莉達鼻子上，彷彿照顧小孩一般安慰著她。

當然並非只有歡迎的聲音。例如索諾菈．帕巴蓋納，就在驚訝地張大嘴之後，一臉複雜地重新檢視遊行的行程表。

「這種事能不能再早點說呀──」

她感到厭煩似的聲音實在太遠，並未傳入梅莉達耳中。

總而言之，庫法與蘿賽蒂在牆邊鬆了口氣。兩人不約而同地高舉玻璃杯，鏘一聲地互相碰撞。拉克拉老師一動也不動，依然靠在牆上，再次闔起眼皮。哼——可以聽見她微弱的嘆息。

對這副光景最感慨萬千的，說不定是布拉曼傑學院長。她抓著梅莉達的手臂，小小的眼眸看起來像是浮現著淚水。

「安傑爾小姐……不，梅莉達……真虧妳能下定決心呢。」

「很抱歉一直隱瞞到現在，學院長。」

學院長宛如孩子一般調皮地笑了。

「女孩子難免會有祕密的嘛。」

就在這時，休息室響起了廣播聲。車掌的聲音告知目的地就近在眼前了。女學生一邊發出優雅的歡呼聲，同時飛奔到其中一邊的窗戶旁。

庫法將玻璃杯放到邊桌上，從容不迫地排在最後面。

學院長也在米特娜會長的攙扶下靠近窗邊。

「已經能看到了呢，賽勒斯特泰雷斯凱門區——燈火騎兵團的大本營——」

列車順暢地逐漸被吸入玻璃容器（坎貝爾）的外圍。在穿過玻璃拱門的瞬間，無論是誰都感覺到空氣改變了——這並非單純的氣壓變化吧。

感覺有些悶熱，呼吸困難。灰色蒸氣蟠踞在天空。庫法準確地嗅出了充斥在坎貝爾

中的獨特空氣。

那是庫法已經聞到膩的血腥味——

換言之，就是鐵的氣味。

身經百戰的布拉曼傑學院長，也在瞇細的眼眸中流露出複雜的感情。

「懷念的黑鐵都市。」

消除了所有光澤的漆黑巨大牆壁，聳立在窗戶的另一側——

LESSON：Ⅱ ～通往劍之大地的道路～

「四處都是一片漆黑呀～！」

在離開車站，前往凱門區中央的途中，以緹契卡為首的低年級生一直興奮不已。這也難怪，因為賽勒斯特泰雷斯凱門區具備「兩個特色」，與其他坎貝爾有著明顯不同的景觀。

其一是整體構造。凱門區的車站有兩處。來自下層的鐵路會到達的車站，與前往上層的車站正好位於對角上。兩者的關係就彷彿「入口」與「出口」。

其中更為重要的是有車次直達聖王區的「出口」吧。燈火騎兵團在那裡架設了最大規模的軍事據點，靠高聳的城牆達到要塞的職責。

然後，除了要塞內側之外，都並非居住地。從「入口」車站到要塞的路是一條乏味的筆直道路，漆黑的森林填滿了左右兩邊。

——那座森林實在漆黑過頭了。這就是凱門區的第二個特色。森林的樹木黑到看不見木紋，一摸就會發現那些樹冰冷僵硬吧。樹上就連一片樹葉也沒長，樹枝前端描繪著藝術般的線條——那美麗的模樣實在太不自然。

提燈掛在樹枝上，可以說這座森林本身就是一大藝術。首次造訪這個區域的女學生雙眼閃閃發亮，入迷地看著黑色樹海。

「這些樹是怎麼回事？我從沒見過這種東西呀～～！」

「這個呀，緹契卡學妹。這是鍛鐵(Wrought iron)藝術喔！」

「鍛鐵……藝術？」

梅莉達一臉得意地豎起食指。咳哼——她輕咳一聲。

「這座森林其實不是樹木。全部都是用鐵打造出來的喔！」

「鐵！這些都是鐵嗎？」

「這技術非比尋常呢。換言之，就是述說著弗蘭德爾的製鐵技術有多麼高水準。等到了街上，妳可以注意一下招牌或樓梯扶手。妳對凱門區粗……粗野的印象，一定會整個改觀喔！」

「啊哇哇～～……！」

緹契卡之所以會雙眼閃閃發亮，反倒是因為學姊看似驕傲的表情。

「梅莉達學姊真是博學多聞呀～！」

「咦？還……還好啦。身為淑女，這點程度算是常識嘛！」

LESSON: II ～通往劍之大地的道路～

「緹契卡也好想趕快成為像學姊一樣的淑女呀！」

「——別受騙喲，緹契卡學妹。」

正好經過後面的涅爾娃咚咚地拍了拍緹契卡的肩膀。

「反正一定是跟庫法大人現學現賣的。」

「慢……慢點，別說出來嘛！」

「哎呀，真是抱歉。」

涅爾娃以彷彿貴婦般的舉止揚長而去。

要揭露內幕的話，其實在春季的「王爵巡禮」造訪聖王區時，梅莉達等人已經先一步經過這個區域。當時梅莉達的反應就跟剛才的緹契卡如出一轍，跟剛才的梅莉達進行了幾乎一樣講解的人就是庫法。

要是能夠流利地說出「粗野」就好了呢——庫法悄悄地評分。就在這樣吵吵鬧鬧的期間，一行人穿過鍛鐵藝術森林，要塞終於逼近了眼前。

在這邊女學生會感到更驚訝的，八成是那形狀吧。倘若聽到「城牆」這個詞，幾乎所有人都會隱約地聯想到「圓」形才對。

但凱門區的城牆是以「星」形包圍住城鎮。幾何學般的鋸齒形邊角向外突出。這也是美感造就出來的成果嗎？以緹契卡為首的低年級生，視線都望向梅莉達尋求解答。

「學姊，這面牆為什麼是這個樣子呀？」

「咦？呃，這是因為，那個……」

——身為淑女的小姐無法回答「這是為什麼呢？」。

之前並沒有說明到這部分啊——庫法決定助她一臂之力。高個子青年若無其事地邁出步伐，女學生的視線都轉移到他身上。

「這並非因為藝術性的觀點，其實『星形』這種形狀易守難攻，一般認為是相當適合當作城牆的形狀。」

「原來是這樣呀？」

「是的。當然截至今日為止，還不曾作為城牆發揮功用過就是了——」

這裡是聖王區的玄關，同時也是騎兵團最大的軍事據點。

換言之，萬一弗蘭德爾遭到敵軍侵略時，這裡將是成為最終防衛線的要塞。但願藍坎斯洛普踏入這塊土地的情況永遠不會造訪——庫法一邊把這樣的思考收到心底，同時將視線移回原位。

「——這樣的說明還可以嗎，梅莉達小姐？」

「真……真是說得一點都沒錯！」

「隨從這份工作還真是辛苦呢……」

LESSON II ～通往劍之大地的道路～

涅爾娃一臉無奈地聳了聳肩。

總而言之，在城門辦完手續的一行人，終於踏進要塞。

那裡是一切都以鐵板建構而成的街道。鉚釘固定的黑色板子打造出好幾層踏腳處，蒸氣從高大建築物的屋頂上源源不絕地噴出。儘管如此卻不會讓觀眾看膩，果然還是該歸功於時尚且氣派的鍛鐵藝術吧。

讓人聯想到矛的壯碩格子窗；讓人不禁內心雀躍的酒吧招牌；守護家家戶戶的門扉宛如生物一般描繪著複雜的圖樣，一個個都像是一流工匠的創作——這麼說也不為過吧。女學生發出「哇啊……！」的讚嘆聲，暫時停下腳步，入迷地觀賞黑鐵景色。

「——喂，她們來嘍！就是那個紅色制服！」

就在這時，傳來了明顯是意識到女學生的聲音。

是聚集在酒吧屋簷下的幾十名少年——人數相當多，而且所有人都穿著一樣的制服。還有人在腰掛皮套上吊掛著武器。

「那身制服……是尚・沙利文專門學院。」

是否有人注意到布拉曼傑學院長稍微有些僵硬的低喃呢？

每個人都明白了他們跟聖弗立戴斯威德一樣，是瑪那能力者養成學校的學生這件事。無論如何，他們都位於前進方向上。女學生由米特娜・霍伊東尼學生會長帶頭，冷

淡地露出若無其事的表情並列隊，沿著道路邁出步伐前進。

就在她們來到酒吧前的時候。男學生忽然「咳哼！」地清了清喉嚨，然後開始組起陣形。米特娜會長停下腳步，想知道接著會發生什麼事。

「各位同學，請看。」

會長用格外優雅的語調呼喚著同學。男生們的表情緊張起來。

好幾十個男學生宛如樹籬一般排排站。手持武器的兩人在並排的男學生前面對面。另一個人從人群中走上前，用有些走調的聲音大聲說道：

「請見識一下尚·沙利文熟練的劍術吧！」

這個信號讓手持武器的兩人將手放到劍柄上。拔劍的聲響宏亮地重疊起來。

「「看招！」」

兩人氣勢一閃，彼此一蹬地上的鐵板。雙方卯足全力讓刀劍交鋒代替問候，只見火花「啪」的一聲，炫目地將鐵板染上色彩。兩人抽回劍，又更進一步地交鋒第二回、第三回！

簡單來說，就是一場劍舞。雖然只是仿照固定的型式，但完成度相當高。男子流的狂野舞蹈非常適合黑色鋼鐵背景——附帶一提，每當劍戟交鋒發出銳利的聲響，排成樹籬的男生就會發出「哦哦！」的歡呼聲炒熱現場。還真講究細節。

LESSON: II

～通往劍之大地的道路～

一發展成魄力十足的刀刃交鋒，其中一方就會以巧妙的劍法纏住對方的劍，另一方也不服輸地挑起劍還以顏色。兩把劍的尖端以交叉的狀態刺向天際，鏘——尖銳的鋼鐵聲響響徹周圍。緊接著是男生粗啞的歡呼聲。掌聲震耳欲聾！

「太棒啦！太精彩了！」

儘管看來像是主持人的一名男生彷彿想說「來，一起喝采吧！」似的對女學生使眼色，但不在這邊輕易交出主導權，才是所謂淑女的禮儀。

「這樣就結束了？」

米特娜會長深感無聊似的撥了撥頭髮，很乾脆地將臉撇向一旁。

「各位同學，我們走吧。」

擔任主持人的男生看似慌張地繞到前方。似乎是全校第一的美男子被選中當主持人，其他學生都對他投以期待的眼神。

他衝到米特娜會長面前後，以相當熟練的態度一邊撥起頭髮，同時從懷裡掏出信封。嘴角露出倦怠的笑容。

「其實我們在這之後企劃了一場派對。也特別邀請妳們參加吧。」

「不勞費心。」

只見美男子單膝跪地，雙手合十。

是「懇求」的姿勢。

「拜託啦。」

尚．沙利文專門學院是一間男校。米特娜會長一邊拚命忍住想嗤笑出聲的衝動，一邊轉頭看向後方的同學。

「怎麼辦呢，各位？」

「我忙著練習武術……」

「我得寫信給學姊才行……」

「我只喝老爺子泡的茶。」

女學生像是說好似的回以冷淡的反應，因此美男子漸漸露出泫然欲泣的表情。緊張地在旁觀看的男學生散發出絕望的氛圍。

「拜託來賞個光啦！就算只是露個面也好，或是只來乾杯也沒關係——」

「別沖昏頭了，學生們。」

這時，一個格外具備存在感的聲音從旁插入。

一個男性的剪影推開酒吧的雙開式彈簧門，從裡面走了出來。那體格與其說是高大，不如說是巨大也無礙。男性的身影被提燈照亮後，位於他附近的聖弗立戴斯威德一年級生隨即發出「呀啊！」的哀號，往後退了幾步。

LESSON: II ~通往劍之大地的道路~

這反應是否太失禮了？但也不能怪她們。

因為那男人的頭部是彷彿獅子一般的野獸樣貌。雖然身穿高雅的燕尾服與披風，但長著銳利爪子的手心布滿濃密的毛。尾巴從衣服下襬伸出，宛如蛇一般威嚇著周圍。

「聖弗立戴斯威德……女子學院。嘎嚕嚕嚕……！」

他以猙獰的眼眸凶狠地睥睨著紅薔薇制服。他緩慢地一踏出步伐，女學生形成的人牆便自然地後退一步。獅子男像是要撕裂少女與男學生的中間一般，從容不迫地橫跨過隊伍前方。

意外的是，他的語調具備不像野獸會有的知性。

「妳們好，各位少女。吾名為潘德拉剛……在尚・沙利文專門學院擔任校長。吾的學生……噗嚕嚕……好像對各位失禮了呢？」

「校……校長……？」

女學生不禁面面相覷。仍舊保持著冷靜的人，頂多就庫法吧。

「老……老師，那位先生……不是藍坎斯洛普嗎？」

梅莉達在隊伍正中央拉了拉家庭教師的袖子。她的表情也不禁緊繃起來。愛麗絲等人更是明顯地躲到庫法背後，把庫法當盾牌。

庫法也努力地避免讓視線無謂地過於銳利。

「尚．沙利文專門學院具備一個其他養成學校所沒有的特色，就是『向藍坎斯洛普求教』。」

「向藍……藍坎斯洛普……？」

「聽說有幾位講師是與人類方締結契約的藍坎斯洛普。因此尚．沙利文有許多偏實戰且能立即成為戰力的騎士輩出；但在另一方面，因殘酷的課程而喪命的人、被黑暗技能迷惑而墮入邪門歪道的人也是不斷出現，這點也相當知名——」

「感謝你的說明，黑衣青年。」

庫法應該將音量壓得相當低了，但獅子男的耳朵猶如順風耳。

潘德拉剛校長以甚至讓人感受到氣質的優雅舉止，在女學生前面來回走動。

「不過你也是軍人的話，應該明白吧？一旦踏上戰場，課本的內容根本派不上任何用場。要刺？要砍？該挺身對抗，還是溜之大吉——腦海中浮現的就只有這些念頭而已。」

他偶然地在米特娜會長面前停下腳步。即便是會長，嘴唇也不禁僵硬起來。

獅子男的臉很難看出表情。但可以看見他嘴角上揚了。

「在尚．沙利文的講師群之間，有這樣的定論——聖弗立戴斯威德最有意義的是插花課程。」

LESSON II ～通往劍之大地的道路～

米特娜會長的臉猛然泛紅。潘德拉剛灑脫地折返。

「倘若諸位也想知道何謂真正的力量，就加入吾主辦的『磨爪俱樂部』(CLAWS)吧。具備資質的人——」

這時涅爾娃·馬爾堤呂被迫與獅子男四目交接，她的肩膀嚇得抽動了一下。

「——吾將傳授強大的黑暗力量。嘎嚕、嘎嚕、嘎嚕嚕……！」

「你還是一樣專心致力於**哄騙**人呢，潘德拉剛先生。」

夏洛特·布拉曼傑學院長毫不畏懼地從聖弗立戴斯威德這一方走上前。在梅莉達看來，潘德拉剛的尾巴像是猛然膨脹起來了一般。

「這可不是布拉曼傑大師嗎！嘎嚕嚕嚕……舊傷又刺痛起來了。」

話中有時還摻雜著低吼聲，是他的習慣吧。一定是這樣沒錯。

不過，就算梅莉達這樣說服自己，還是無法掩飾飄散在兩位校長之間的危險氛圍。

布拉曼傑學院長凜然地挺直脊背。

「原來『第三間』參加學校是你們啊，先生？」

「萊寶財團的庫羅巴社長具備出色的鑑定眼光啊。」

聖弗立戴斯威德的女學生不得不明白令人厭煩的事實。在這之後的遊行還有明天的鬥技會中，她們必須與被藍坎斯洛普鍛鍊過的尚·沙利文的學生競爭才行。

潘德拉剛校長上前一步。布拉曼傑學院長並未退卻。

「沒想到還能像這樣見到妳……妳的大限還未到嗎？」

「是呀，託你的福。」

「那還真是萬幸！但妳要是活膩的話，隨時都可以告訴我。我會呼叫本領卓越的船夫（卡戎）送妳前往冥府……嘎嚕、嘎嚕、嘎嚕嚕——」

米特娜會長忍不住想開口反駁。學院長隨即制止了她。

潘德拉剛做了個像在開玩笑的動作，但野獸的表情看起來只是一臉凶狠。

「這是夜界流的玩笑。」

「我才想問你，我送的『項圈』戴起來舒適嗎？」

布拉曼傑學院長的反擊似乎具備超群的鋒利度。才心想潘德拉剛校長的巨體猛然僵硬起來，只見他將獠牙湊近學院長的鼻頭。

「……託妳的福，癢得受不了啊。」

是為了緩和一觸即發的氛圍嗎？尚．沙利文那方的團體採取了行動。一名男學生飛奔而出，勇敢地拉了拉校長的袖子。

「校長，能請您別再侮辱她們了嗎？聖弗立戴斯威德是——」

他的視線稍微窺向女學生的隊伍。

LESSON: II ～通往劍之大地的道路～

「……我未婚妻的母校。」

「聖洛克．威廉斯。」

潘德拉剛看不見感情的眼眸俯視著男學生。

似乎名叫聖洛克的學生，留著一頭淺色頭髮，與他微黑的膚色形成對比。然後「威廉斯」這個姓氏……梅莉達忽然差點將他的容貌與其他某人重疊起來，但卻想不起來是誰。異樣感很快就煙消霧散。

潘德拉剛將他的野獸手掌繞到聖洛克肩上。

「尚．沙利文引以為傲的三年級生榜首……！嘎嚕嚕嚕。在明天的鬥技會上，你會冷酷地揮動指揮棒，打垮敵對的對手，對吧？」

「……唔！」

「然後她們將會明白，自己平日的努力是多麼地毫無意義——」

他最後又再一次以野獸的眼眸睥睨著女學生的隊伍。

然後潘德拉剛就那樣抓著聖洛克的肩膀，豪邁地轉過身，披風隨之擺動。

「跟上來，吾的學生們！在明天的鬥技會前，吾會好好地鍛鍊你們。別以為你們有時間玩樂！嘎嚕嚕嚕！」

「是……是……是的……校長！」

尚・沙利文的團體就這樣在搖晃的鬃毛帶領下，從酒吧前慌忙地離開。等到看不見他們的背影後，女學生才總算鬆了口氣。

布拉曼傑學院長也大口地吐出似乎一直屏住的氣息。

「這麼快就遇到討厭的人了。」

「學院長，您與那位先生究竟是怎樣的關係呢……？」

米特娜會長委婉地這麼詢問。女學生也都露出一臉不安的表情。

學院長讓苦澀的記憶在口中復甦。

「……潘德拉剛以前是所謂的快樂殺人魔。他以巧妙的手法潛入人類社會，籠絡年輕女性並咬死她們。當時我反過來利用他這個特性，巴結他之後反將他一軍——這是好幾十年前的事情嘍？」

學院長很快地補充最後一句話。米特娜會長的表情仍然十分僵硬。

「您剛才被瞪得很厲害，不要緊嗎？」

「用不著擔心，他在獲得釋放前被迫在『誓約書』上簽名。那份拘束力讓他絲毫無法傷害人類。」

「誓約書？」

學院長看來像是猶豫了一下該不該講。說不定是不太想讓學生知道這些。

LESSON: II
～通往劍之大地的道路～

「……那是以我為首，由幾名魔術師將咒力編織進去的誓約書。倘若簽名者企圖違背誓約內容…………就會遭受到難以忍耐的劇痛。假如沒有那樣的『項圈』，他如今也還待在監獄裡吧。」

不可能有人對學院長投以責備的視線。但她還是背對著學生們。

再次轉頭一看，那群男學生已經不見蹤影了。然後布拉曼傑學院長帶頭前往與他們正對面的道路。

「所幸我們的宿舍跟他們是反方向。好啦，我們走吧，各位。」

這時，庫法迅速地將嘴脣湊近梅莉達耳邊。

「小姐，請妳別忘了……」

「啊，對喔。」

梅莉達發出趴噠趴噠的腳步聲，追趕上學院長的背影。

「學院長，我被交代到達這裡後，要去外祖父大人那邊露個面……」

「原來如此。」

莫爾德琉武具商工會是聖弗立戴斯威德在博覽會中的合作對象。縱然是學院長，也無法嚴格地挽留梅莉達。

然而，就在梅莉達順勢要脫離團體行動時，忽然有隻手伸出來抓住了她的手臂。是負責遊行編舞動作的索諾菈．帕巴蓋納。

「梅莉達同學，妳之後要立刻來參加遊行喔？記得吧？」

「我……我記得啦！我會在遊行開始前回來的……」

「別忘記嘍——」

索諾菈像要使勁捏碎似的用力一握後，放開了梅莉達的手臂。

愛麗絲和蘿賽蒂也暫且分頭行動。庫法與梅莉達久違地兩人獨處，踏入從城門筆直延伸出去的鬧區。

鋼鐵宮博覽會的展示館（Pavilion）在凱門區的正中央附近拓展開來。平常似乎是軍事設施，在厚重的隔牆對面可以看見數千道鋼鐵光輝。已經有許多訪客進場，鑽過拱門的瞬間，梅莉達也不禁發出「哇啊……！」的驚嘆聲。

引人注目的果然還是武器。整齊地立起的劍讓人感到戰慄。裝飾在展示櫃裡的燧發槍令人抱持憧憬。在較為獨特的地方，裱框裡布置著七種武器，甚至讓人感受到一種藝術般的美麗。

「歡迎光臨，未來的英雄小姐。」

擔任招待的大姊姊將館內地圖遞給梅莉達。儘管套著鎧甲，但內搭衣的暴露程度就跟內衣沒兩樣，出類拔萃的身體曲線吸引著訪客的目光。

LESSON Ⅱ ～通往劍之大地的道路～

梅莉達不禁拉起庫法的手，匆匆忙忙地邁步踏入館內。

「外……外祖父大人的攤位在哪邊呢？」

「就近在眼前喔。」

聽到庫法乾脆地這麼說道，梅莉達驚訝地眨了眨眼。聽他這麼一說，設置在周圍的攤販確實都高掛著莫爾德琉武具商工會的旗幟。查看地圖也一樣，占據展示館入口附近的攤位，都是象徵著莫爾德琉武具商工會的紅色。

「哇啊，外祖父大人租借到很棒的地方呢！」

「畢竟說到莫爾德琉武具商工會，如今可是氣勢如虹，直逼業界最大規模呢——」

庫法瞇細單眼，以免輝煌的武器灼燒視野。

「這一切都得歸功於總帥的精明幹練。莫爾德琉卿憑藉著最高評議會的立場，獨占了兼具高瑪那傳導率與鋼鐵強度的理想礦物——『緋緋色金』的採掘權。」

「獨占……是獨自占有嗎？」

看到梅莉達一臉複雜地抬頭仰望，庫法回以苦笑。

「做生意就是這麼一回事啊。」

當然，僅僅一代就讓商工會發展到這種規模，莫爾德琉卿的本領應當獲得高評價吧。只不過在十幾年前，他的女兒梅莉諾亞與菲爾古斯公的婚姻，更加速了莫爾德琉卿的躍進這點也是事實——

庫法將這件事悄悄隱藏在內心，握住梅莉達纖細的手。

「裡面似乎有相關人士用的帳篷。我們過去吧。」

梅莉達一手牽著心上人的手，另一手高舉地圖，邁出步伐。

庫法忽然注意到梅莉達的腳步十分輕快。梅莉達在安傑爾家應該是孤立無援，去見血親這件事不會讓她感到憂鬱嗎？

「小姐，請問——莫爾德琉卿是怎樣的人物呢？」

「咦？是一位非常溫柔的外祖父大人。」

梅莉達露出燦爛的笑容。對於不擅長說謊的她而言，看起來不像是在掩飾什麼。梅莉達乾脆爽快地這麼回答後，有些為難似的笑了笑。

「——說是這麼說，但自從進入幼年學校就讀後，一年也不曉得能否見到一次面。」

「原來如此。」

庫法基於**雙重意義**點頭同意。

就在兩人這麼閒聊時，已經可以看見位於展示場深處的氣派帳篷。肌肉發達的工匠與戴著單片眼鏡的商人十分忙碌地勤奮工作著，致力於布置攤位。

在帳篷前面，有個正在閱讀卷軸的老人身影。梅莉達的表情明亮起來。

LESSON: Ⅱ ～通往劍之大地的道路～

「外祖父大人！」

對聲音產生反應而抬起頭來，穿著緊身長外衣的老人正是莫爾德琉卿。才心想他會怎樣迎接，只見他朝外孫女露出了柔和的笑容。

「哦，梅莉達！我嚇了一跳啊，妳長這麼大啦……！」

飛奔到外祖父身旁的梅莉達，不禁有些害羞地鬆手放開家庭教師。

「好久不見了，外祖父大人。」

庫法在梅莉達身後待命，同時在內心再一次感到信服。梅莉達是從進入幼年學校就讀之後，才開始被鄙視為「無能才女」。安傑爾家的人也是在相同時期開始疏遠梅莉達吧。莫爾德琉卿在那之後，只有安排屈指可數的幾次機會與她見面，每次碰面時會裝成慈祥和藹的老人樣。

假如庫法在這時告狀，揭露他其實企圖暗殺外孫女，會演變成什麼情況呢？庫法一邊思考著這些無濟於事的幻想，同時面無表情地繼續眺望著兩人的交流。

莫爾德琉卿捲起卷軸，然後他收起卷軸，取而代之地拿起長條狀的包袱。他宛如枯枝的手臂看來非常難施力，且彎曲著雙膝。

那東西很重。接過包袱的梅莉達也不禁發出「哇」的一聲，差點弄掉在地。

「這禮物是送給在聖弗立戴斯威德努力向學的梅莉達。打開看看吧？」

「是……是的……」

庫法立刻單膝跪地，幫忙支撐著包袱前端。

從包袱內側出現的是一把長劍。那是一把簡直就像國王會拿的豪華長劍，不僅施加了講究的裝飾，甚至還搭配著寶石。梅莉達驚訝地睜大了眼。

「外……外祖父大人，這是……！」

「妳就帶著這個去參加這之後的遊行吧。」

這是肯定會聚集觀眾目光的特別待遇。不過，梅莉達立刻輕輕搖了搖頭。因為她不是很喜歡受人矚目——並非這樣的理由。

而是因為長劍是聖騎士位階所持的武器。

「謝謝您，外祖父大人。可是，我——」

在外孫女繼續說下去前，莫爾德琉卿很快地將臉湊近。

「妳要隱瞞自己是武士位階這件事，以聖騎士的身分在博覽會上行動。」

梅莉達的表情猛然僵硬起來。

「……外祖父大人也知道這件事嗎？」

「我是在去年的公開賽時發現的。可別小看了武器商人喔，妳那時拿著『刀』對吧？而且在使出致命一擊時，還射出了瑪那刀刃——那可是武士位階或舞巫女位階特有的技術。」

「…………」

梅莉達無法做出任何反駁，莫爾德琉卿將滿是皺紋的手搭到她肩上。

「那時現場幾乎都是一般觀眾。不過這次情況不同，展示館現在充斥著許多騎兵團的騎士和武器工匠……要是做出類似公開賽那時的舉動，無法避免被眾人得知妳的位階。」

「是的……」

「那樣一來，安傑爾家的風評和梅莉諾亞的名譽都會——妳明白吧？老夫不想看到梅莉達被人指指點點的樣子啊。」

梅莉達往後退一步，抱著包袱迅速地一鞠躬。

「……我心懷感激地收下了。」

「真是個乖孩子，梅莉達。我很期待妳的活躍喔。」

這時，有個年邁的女性從帳篷入口走了出來。她匆忙地環顧周圍，一找到莫爾德琉卿的身影，便逼近過來。

「總帥！方便打擾一下嗎？」

「哎呀，格特魯德會長。怎麼了嗎？」

莫爾德琉卿豪邁地重新面向女性，女性則相反地露出一臉嚴肅的表情。

「總帥帶來的那些『幫手』又跟人起了爭執……布置進度也落後了，能不能想個辦法？」

「……知道了，老夫去看看吧。妳先回去吧……」

莫爾德琉卿一邊小聲回答，一邊推著女性的背後要她往回走。莫爾德琉卿慌張地轉頭看向這邊。

「要做的事情還堆積如山呢！不能好好跟妳聊聊實在很遺憾，梅莉達——」

「祝您生意興隆，外祖父大人。」

「好好期待博覽會吧！」

莫爾德琉卿以沙啞的聲音道別之後，消失到帳篷的內側。

周圍擺滿木箱和木桶等五花八門的雜物，還有許多人來來往往。庫法將手貼在梅莉達的背後，悄悄地離開了現場。

一進入轉角，梅莉達便垂頭喪氣地「唉」了一聲。

「好不容易跟老師進行了那麼久的特訓……」

「請振作一點，小姐。」

「居然不能盡全力戰鬥……唔唔。」

LESSON: II ～通往劍之大地的道路～

梅莉達就像個小孩一般露出惱火的表情。庫法莫名地感到胸口被揪緊，總之先接過給梅莉達的手臂造成負擔的包袱，用繩子掛在背後——要十四歲的少女揮舞這個，這的確是沉重到沒必要。

然後，他努力地想轉換心情，用開朗的聲音說道：

「小姐，距離遊行開始還有些時間。要不要逛一下展示館呢？」

「咦？可是，學院的大家明明都還在外面……這樣好嗎？」

「是啊，所以說——」

噓——庫法在嘴脣前方豎起食指。

「這是我們兩個人的祕密。」

梅莉達露出訝異的表情，然後立刻回以調皮的笑容。

她同樣地豎起食指，戳了戳桃色嘴脣。

「……祕密！」

那宛如花朵一般的可愛模樣，讓庫法的胸口又揪緊起來。

一半是因為罪惡感——

† † †

總而言之，庫法與梅莉達決定繞展示館一圈逛逛。

根據地圖來看，展示館的構造是個「甜甜圈」。下半部的大半是由莫爾德琉武具商工會的紅色所占領，地圖左上比商工會小一圈的狹窄區域，被藍色給塗滿。然後剩餘的右上則塞滿第三色的綠色。

鋼鐵宮博覽會是由三個武器工房在競爭市場占有率。這反倒應該挺胸感到得意才對，但以梅莉達的立場來說，卻不得不對第二、第三派系感到過意不去。

「正中央空了個大洞的這裡，是什麼地方呢？」

「是鬥技會的會場呢。」

甜甜圈的中心開了個洞，那裡沒有塗上任何顏色。不過就如同庫法所說，原來如此，有兩把劍交叉，還搭配著「ＡＲＭＳＴＲＯＮＧ！」的文字。Arm Strong……那大概是「強勁軍火庫（Arsenal Strong）」的略稱吧。

兩人決定依循這個構造，以順時針方向繞一圈看看。梅莉達很明顯地感到坐立難安，因此庫法快步地通過莫爾德琉武具商工會的攤位。

LESSON: Ⅱ ～通往劍之大地的道路～

在鑽過某個鍛鐵藝術的拱門之後，氛圍立刻一變。

與莫爾德琉武具商工會五顏六色且華麗的裝飾形成對比，接下來的攤位布置得相當粗野且耿直，就宛如散發傳統氣質的工匠一般。

毫無意義的裝飾只有最低限度。彷彿想說所謂的武器就是要拿來使用、弄髒是正常的一樣，磨得發亮的劍將握柄朝向通道，像是在說「來，看看我吧」。鎚矛隨意地滾落在像是直接從工房搬出來的作業檯上，而鐵匠在訪客眼前保養了那些武器給眾人看。被放上研磨器的刀刃散發出讓人目眩的火花。

小孩子看得樂不可支。也有許多軍人露出認真的表情在觀察。

「這裡似乎是騎兵團樞機工廠的攤位呢。」

庫法反倒是看來非常冷靜似的踏出步伐。梅莉達被他牽著手，戰戰兢兢地跟了上去。總覺得這樣好像直接進去工房裡打擾一樣。

「樞機工廠？」

「是武器產業裡地位穩如泰山的最大規模工廠……雖然近年逐漸被莫爾德琉武具商工會瓜分市場占有率，但總而言之——」

咳哼——庫法清了清喉嚨，重新說道：

「其歷史相當悠久，據說是伴隨騎兵團設立而誕生。他們最大的優勢在於掌握著被

命名為水星（Mercury）的超巨大工廠，將工廠內部視為一個『城鎮』，連同工匠的家人一起提供住宿！在防止技術外洩的同時提昇培育的效率，規劃了無人能模仿的量產體制。」

庫法忽然停下腳步，從展示臺上拿起一把長劍。

他將劍水平地架在視線高度，讓燈光在筆直方正的刀身上反彈。

「莫爾德琉武具商工會是以高級的訂製品（Order Made）聞名，相反地樞機工廠製作的武器則比較便宜，而且穩定地具備高品質。」

庫法一邊讚嘆成品，同時將劍放回架上。

「在騎兵團之間流傳著一句話，『不知選啥就選工廠製的武器』。」

「──哦！你年紀輕輕，倒是挺內行的嘛，小兄弟！」

有個活潑起勁的聲音這麼搭話，讓梅莉達不禁嚇得抽動了一下肩膀。

是個穿著工作服，似乎正在檢查攤位狀況的年輕男性。他就這樣戴著有些髒掉的手套要求和庫法握手，這是在莫爾德琉武具商工會無法想像的情況吧。

「我叫羅伊，是第九工房的組長。方便的話，能讓我看一下那把刀嗎？」

他的視線稍微瞄向庫法的腰部。

庫法將黑刀的刀鞘從腰帶上拉出來。有些髒掉的手套握住刀柄。

美到令人毛骨悚然的刀身彷彿要切膚刺骨似的從刀鞘裡滑出，現出身影。

LESSON II ～通往劍之大地的道路～

「這刀還真罕見……看來不是我們家的武器，難道是莫爾德琉那邊的？」

像在試探，或說在瞪人的視線望向庫法。

庫法緩緩地搖了搖頭。

「不，都不是。」

「怎麼，是無銘刀啊！」

名叫羅伊的男子一下子笑了出來，拍了拍庫法的肩膀。儘管不明白他這句話的意思，但梅莉達知道自己憧憬的家庭教師被看扁了。

就如同少女的直覺，變得起勁的羅伊滿臉得意地繼續講解：

「武器可是託付生命的伙伴喔？身為職業軍人得拿更好的東西才行啊。」

才心想羅伊拿走了黑刀，只見他卸下一把原本靠在牆上的刀，走了回來。他遞出刀柄，讓庫法拔刀。

「這是我的得意作品，『朧龍牙．參式』──」

在刀身滑溜地現身的瞬間，「哦──」庫法感到佩服似的嘆了口氣。

那是一把特徵為溼潤刃紋的名刀。這也難怪，既然這裡是最高峰的武器祭典，展示的作品當然也都是精挑細選過的武器吧。

羅伊的態度就彷彿吸入了滿滿優越感一般，他開口說道：

「這就給你吧。從今天開始，這傢伙就是你的伙伴了。」

「這樣好嗎？」

「別這麼小家子氣啦！趕緊去試試看它的鋒利度吧！」

羅伊大聲喊道，比手劃腳地吸引周圍訪客的注意。

「來喔來喔，聚集起來的各位觀眾！現在讓各位觀賞武器與武器的互相碰撞。這是決定鋼鐵優劣的一戰！」

怎麼怎麼，有什麼好玩的事要開始了嗎？眾人的目光聚集起來。

羅伊將借了就沒還的黑刀刺在地板上。雖然他熱中於演講而沒有注意到，但梅莉達看見劍尖非常俐落地貫穿了鐵板。

「接下來，請觀賞我這個組長羅伊的刀，將這把宛如木炭的骨董一刀兩斷的模樣吧！這位年輕軍人即將揮別到昨天為止的乏味人生，與新刀一同向前踏出一步。請各位務必將這光輝燦爛的瞬間！化為博覽會的回憶！」

咻——有人吹起口哨。眨眼間就聚集了一堆人群。原本待在其他攤位的西裝打扮團體，一邊撫摸著下巴的鬍子，一邊走近過來——是軍事顧問。

被迫站在眾人矚目的中心處，梅莉達不禁縮起肩膀。手拿著「朧龍牙」的庫法也感到困惑不已。但羅伊毫不在乎。

LESSON: II ～通往劍之大地的道路～

「來吧，小兄弟，你就大膽俐落地砍下去吧！」

「……我想請教一件事。」

庫法判斷要走下舞臺是不可能的，於是開口詢問。

「萬一武器破損的話？」

「哎呀，不用在意那種小事情啦！你變成破銅爛鐵的『黑傢伙』，我會負責處理掉。就算真有萬一，朧龍牙砍到缺角的話，我也會立刻幫忙磨利！」

「……那我就不客氣了。」

庫法暫且將朧龍牙收回刀鞘。然後他重新面向自己的黑刀。

他彷彿野獸一般壓低姿勢後沒多久，不知何故，喧囂聲遠離了梅莉達的耳朵。

那並非錯覺，而是觀眾實際上變得鴉雀無聲。原本打算吹口哨的手指僵住。正想喝倒采的男人脊背發涼。一名軍事顧問嚇得鬍子顫抖起來。

庫法敏銳犀利的劍氣震撼了周圍的一切——

「……吁。」

微弱的呼氣。能夠目睹到那神速拔刀術的人，現場僅有梅莉達一人吧。在大部分人眼中，只看到庫法的右手稍微模糊了一下，結果已經揮完刀了。能夠認知到的只有一瞬間的閃光與金屬聲響——

慢了一拍後，金屬碎片在羅伊臉旁約十公分處激烈衝撞。

是刀尖。

「咦？……嗚哇啊——！」

慢一拍後，羅伊嚇得腿軟，摔倒在地板上。

觀眾驚訝地挺身向前看。好幾雙視線在兩把刀之間來回。

「嗯？是哪邊……啊？」、「斷了！」、「他手上拿的那把斷了！」

沒多久，有人斬釘截鐵地這麼大喊。這對羅伊來說難以接受吧。

「斷掉的是樞機工廠那把！斷成兩半啊！」

「你你……你說什麼！」

為何發動攻擊的那方非得斷掉不可？羅伊試圖自己親眼確認。但他至今仍腿軟無力，無法穩穩地站起來。

庫法的黑刀依然筆直地刺在地板上。一動也不動。

梅莉達將那個瞬間一清二楚地烙印在眼裡。在兩把刀交錯的瞬間，黑刃連一絲抵抗也沒有，讓對方的刀身「滑落了」。

——刀並非斷掉。

而是**被砍**了。

LESSON: Ⅱ ～通往劍之大地的道路～

庫法俯視著手邊剩下一半的刀，確認斷面。

「噢，果然是以往的構造嗎？」

「這話是什麼意思呢，老師？」

「一般認為刀的精髓是『不會斷、不會彎，而且鋒利好砍』。」

庫法用比平常授課時大上一倍的聲音這麼回答。不只是梅莉達，周圍的觀眾也側耳傾聽。

「不過這原本是十分矛盾的一句話。為了『不會斷』，刀身必須柔軟有彈性才行。話雖如此，但要是刀身柔軟有彈性，就無法達成『不會彎』這點……」

庫法拔出自身的黑刀，在眼前高舉起來。刀刃連一處缺角也沒有。

「為了讓這個矛盾並存而創造出來的，就是被稱為『造型』的技術。簡單來說，就是『用堅硬的鋼鐵包住具備黏性的鋼鐵』這種想法，如此一來，用堅硬鋼鐵打造的刀刃不會彎曲，而且內側的芯因為具備黏性，也不會輕易斷掉。」

「那什麼啊……我從沒聽說過……」

羅伊驚訝得張大了嘴。這也難怪——庫法瞥了他一眼。

「當然，要實現這點，需要卓越的工匠技術。就我所知的範圍，正確習得這種製作法的人屈指可數……不過莫爾德琉武具商工會似乎有兩名刀匠註冊了這種技術。」

軍事顧問這時立刻在記事本上寫了筆記。

當然，庫法的黑刀也是這個『造型』技術的產物。這是庫法去找出某個厭惡指導推廣技術，隱居在祕境的孤僻工匠，拚命懇求他打造的東西。那位工匠當然不可能在任何一個派系有註冊，因此這把黑刀並沒有刀銘。

這絕對不可能是意味著雜七雜八的「無銘」。

而是這世上不存在第二把的「妖刀」。

庫法將斷掉的朧龍牙・參式放回展示臺上，丟出致命的一句話。

「至少這並非樞機工廠的量產體制能夠實現的成品。所以我——不建議武士位階選購工廠製的刀。」

「哦哦。」、「原來如此。」、「哎呀，這實在是……」

充滿威嚴的軍事顧問頻頻點頭，同時打算離開現場。觀眾也三三五五地散落開來。

羅伊慌張不已。

「等……等……等一下啦，各位大人物！哎，穿軍服的小兄弟，其實剛才那把是失敗品啦。還有一把！我再給你一把，你試試看——」

「好啦，小姐！看來這附近沒什麼好看的東西呢。我們往前走吧？」

庫法故意大聲地這麼說道，抱著梅莉達的肩膀拉近自己。觀眾也像說好似的露出掃興的態度。羅伊露出一臉悲慘的表情，當場坐倒在地。

「是我不好！我向你道歉！我會反省啦～～…………！」

庫法以嚎啕大哭的男人為背景，踩著輕快的腳步離開。梅莉達忍不住仰望他的側臉，不得不這麼提問。

「老師，你該不會是因為自己的刀被說是『無銘』而在生氣吧……？」

「生氣？我嗎？」

庫法一臉意外地這麼說道，將刀身外露的黑刀收回刀鞘。

「怎麼可能！」

他以一反常態的粗暴動作，將刀收回刀鞘。

之後更往前進的地方，是體驗型的娛樂攤位。訪客能夠實際手持武器，進行簡單的試玩活動。

與其說是買賣商品，不如說是用來娛樂的設施，十分接近遊樂園的氛圍。一般訪客的身影也比剛才多。梅莉達的目光被附近的攤位給吸引過去。

「老師，是射擊體驗耶！」

她就彷彿被哥哥帶出來玩的妹妹一般，拉了拉庫法的手。

那裡是所謂的射擊攤。以荒野為印象的布景裡豎立著看來十分凶狠的黑狗靶子。正好沒有其他先來的客人，年邁的槍匠只是閒著發慌。

就在梅莉達雙眼閃閃發亮地看著並列在臺上的燧發槍和左輪手槍時，槍匠稍微抬起視線。

「……要射看看嗎？小姑娘。」

「咦？但我又不是槍手位階……」

「哈哈哈……無所謂啦。再說射出的是橡膠彈。」

槍匠讓梅莉達先選了適合的槍，然後操作起手邊的搖桿。

於是大規模的機關動了起來。黑狗靶子開始左右移動。演奏裝置用快節奏的音樂催促著玩家。槍匠看似愉快地笑了。

「好啦，快上！不快點打倒的話，時間限制就要到嘍。」

「哇哇！」

梅莉達連忙將槍口對準目標，扣下扳機。

大概是新手運吧，第一彈漂亮地射穿了黑狗。只是薄薄紙老虎的那靶子，啪一聲地往後倒下。庫法立刻插話：「漂亮！」

這讓梅莉達變得起勁，她砰砰地接連扣下扳機。仙人掌型的障礙物有時會滑動擋住射擊軌道。子彈在即將命中靶子前被彈開時，就連梅莉達也不禁氣憤得跺腳。「啊，真是的！」

就庫法的角度來看，梅莉達忽喜忽憂的玩法反倒是更加有趣的表演。就在他露出微笑時，察覺到有個人影迅速地通過身旁。

好似妖精光芒的燐光從黑水晶長髮飛舞散落——

少女理所當然似的上前，以優雅的動作從射擊臺上拿起另一把槍。

「老爺爺，兩人一起玩也無所謂嗎？」

「哦，妳們是朋友嗎？」

這番對話讓原本沉迷於射擊的梅莉達也轉頭看向旁邊。

之前曾見過的異國風便服身影，讓梅莉達發出摻雜著驚訝與喜悅的歡呼聲。

「繆爾同學！」

「妳好，梅莉達。」

繆爾展現出依然成熟且性感的微笑後，猛然將臉湊近梅莉達。遊戲音樂仍然繼續播放著，黑狗忙碌地四處奔波。

「嗳，來一決勝負吧？」

「咦？勝負？」

繆爾毫不在乎地扣下扳機。第一彈漂亮地射穿黑狗的眉頭間。庫法感到佩服地「哦」了一聲，朝少女們的背後又走近一步。

靶子被妖精的指尖一一射倒，因此梅莉達也慌忙地重新架起槍。但她瞄準的靶子，隨後被來自一旁的射擊給搶走。

「太狡猾啦，繆爾同學！」

「呵呵，先搶先贏喔？」

之後連續響起急驟的開槍聲。梅莉達一得分，繆爾就會立刻挽回。繆爾順勢拉開差距的話，梅莉達便以怒濤般的氣勢追趕上去。

遊戲進入了高潮，演奏裝置開始彈奏起詭異的旋律。格外具備壓迫感的靶子從布景下方緩緩地升起。那是一隻眼睛戴著眼罩，還叼著雪茄的流氓頭目狗。儘管繆爾有節奏地射穿眉頭間，但一發子彈是射不倒的。她緊接著射出第二發，不給任何喘息空間的三連射——

就在流氓狗終於搖晃地往後傾倒時，障礙物在最糟糕的時間點滑行過來。滿是荊棘的仙人掌像在嘲笑人似的左右來回，擋住射擊軌道。繆爾忍不住咬了咬嘴唇，「唔」了一聲。

「繆爾同學！」

開槍與暗號同時進行。梅莉達一邊吶喊一邊扣下扳機，射出的橡膠子彈以拿線穿針般的軌道射進仙人掌的根部。異物（橡膠）進入機關的架構內，齒輪嘎吱嘎吱地發出抗議的聲音。就連槍匠也瞬間抬起身體。「什麼——」

仙人掌在途中被阻礙動作，勉強能確保住瞄準流氓狗的射擊軌道。繆爾的手幾乎是自動地跳起，宛如定時器一般精準地扣下扳機。

在格外轟烈的槍聲之後，流氓狗猛烈地往後倒落。

與此同時，演奏裝置彈奏起熱鬧的終曲。

「太棒了呢，繆爾同學！」

黑狗靶子在射擊場的布景上橫屍遍野。與坦率地感到高興的梅莉達相反，繆爾一臉不滿地放下左輪手槍，詢問槍匠：

「……是哪邊贏了呢？」

「呃，等我算一下喔——」

「剛好同分呢。」

一直在後方計數的庫法若無其事地回答。繆爾低喃了一聲「是嗎」。

拿到獎品的點心後——因為擊退了頭目狗，甚至還附帶保安官風的胸章——三人離開射擊區。梅莉達再次露出滿面笑容。

「原來繆爾同學也有來博覽會呢！」

「立場跟梅莉達妳們一樣喔。聖德特立修是接到騎兵團樞機工廠的委託。」

繆爾露出挑釁般的微笑，猛然靠近過來。

「妳知道嗎？樞機工廠把莫爾德琉武具商工會視為眼中釘。所以他們認為商工會派聖弗立戴斯威德出馬的話，自己就要找既是姊妹校，同時也是對手的聖德特立修女子學園……」

「是……是這樣子啊。」

就在臉部距離之近讓梅莉達小鹿亂撞時，繆爾調皮地縮回上半身。

「──話說回來，梅莉達。關於剛才的射擊比賽，妳為什麼在最後幫了我一把呢？如果妳沒插手，明明就贏了呢。」

「咦？嗯～就算妳問我為什麼……」

看到朋友似乎很痛苦的表情，身體瞬間就動了起來。總覺得要是無視朋友，只顧射穿其他靶子的話，就無法在勝利時發出「萬歲～！」這樣的歡呼聲。

「很奇怪嗎？但結果很棒呀，還拿到了胸章獎品！」

「……是嗎。」

繆爾將手指貼在下頷，似乎在思考著什麼。

LESSON: II ～通往劍之大地的道路～

沒多久後，她握住梅莉達的手，試圖將她拉到攤位更前方。

「梅莉達，既然這樣，就用更多不一樣的遊戲來一決勝負吧？」

「咦？好……好是好啦……」

「還有，反正都要比賽，乾脆附帶個獎品吧。」

繆爾這麼說，用力地將梅莉達一把拉近。

那距離近到簡直像兩個女孩要接吻一般，繆爾對梅莉達低聲耳語：

「像是與喜歡的人接吻……之類的。」

「咦……什麼！」

「別想敷衍了事喔？要嘴對嘴，讓舌頭交纏在一起。那就是給勝者的獎賞——那裡正好有個對我們而言都是心上人的男性呢。」

繆爾稍微使了個眼色。

就算庫法根本聽不見，梅莉達還是不得不用手心摀住嘴角，壓低聲音。

「可……可……可是……妳說接吻……是那個接吻喔？繆爾同學，妳能跟老師……接吻嗎？」

繆爾毫無預兆地轉過身，吊兒郎當地將雙手纏在庫法的脖子上。

然後才心想她踮起了腳尖，只見她居然將嘴脣貼上庫法的臉頰。庫法「唔哦」了一聲，將手繞到腰上，扶住跟自己有身高差距的繆爾。

那光景看起來就像在互相擁抱一樣，因此梅莉達驚訝地張大了嘴，呆站在原地。桃色嘴唇「啾」了一聲，依依不捨似的向庫法的臉頰道別。

「……哎呀，梅莉達不曉得嗎？」

繆爾像在炫耀似的一邊獨占庫法的脖子，同時轉過頭來。

以梅莉達的立場來說，她實在不想承認現實。比被恐怖分子綁架時，比在畢布利亞哥德被設計中陷阱時更加緊迫的考驗正要降臨到自己身上。從容不迫的成熟笑容，毫不掩飾地這麼宣告。

「我非常愛慕他呢。」

——對梅莉達而言是憧憬的女孩，竟成了最大的情敵。

LESSON：Ⅲ ～抒情詩誘騙～

在娛樂攤位的一角，對本領有自信的男人正聚集了起來。隸屬於樞機工廠的主持人以色彩鮮豔的外套與蝴蝶領結吸引眾人目光。

「接下來的挑戰者是誰呢～～？」

「是我！給我上等的武器！」

勇猛地從人群中走出來的，是個肌肉發達的礦工。鎚矛隨意地被擺放在木桶裡，他挑選了看起來最厚重的一把。

與他面對面的，是被稱為大力槌的遊戲機。用力敲向蹺蹺板的一邊，放在另一邊的球會依照敲擊力量跳起。遊戲機的頂端設置著鐘，也就是要挑戰者用蠻力宏亮地敲響鐘聲。

礦工猛烈地用雙手握住握柄，將身體後彎到不能再彎的程度。

他一聲怒吼，使勁揮落。

「唔哦哦哦哦——！」

鎚矛頭精準地命中目標，直接擊向蹺蹺板的一邊。震耳欲聾的金屬聲響讓觀眾戰慄。打擊力經由支點讓蹺蹺板另一邊猛烈跳起，球發射出去！前所未見的反應讓觀眾驚訝地將身體探向前方──

就在快構到一半的高度時，球急遽地失速。球就那樣軟趴趴地墜落，衝撞上蹺蹺板的一邊。出乎預料的重量將鎚矛頭從另一邊彈飛。握著握柄的礦工踉蹌了幾步。

主持人像在賣弄似的聳了聳肩，確認遊戲機的計量表。

「達成率……百分之四十七！真不像話呢～～」

「咦……什麼？真奇怪啊……我每天都透過挖洞在鍛鍊啊。」

「好好好，別找藉口啦。接下來的挑戰者是～～？」

礦工被朋友瘋狂喝倒采，縮起肌肉退場了。

在他退場時走上前的，是散播著花朵芳香的制服身影。宛如花絲般的指尖挑選出其他人都沒看上眼的尖銳鎚矛。觀眾騷動起來。主持人原本想煽動新來的挑戰者，但臺詞不禁愈說愈小聲。

「哦，這是……多麼惹人憐愛的……………………小姐？」

「嘿！」

梅莉達使勁地用力一敲蹺蹺板的一邊。鎚矛頭迸出瑪那火焰。

在這之後主持人與觀眾都大吃一驚。宛如子彈一般跳起的球用彷彿要貫穿一切的氣勢衝撞上鐘。鐺啷————！宏亮的音色讓周圍的男人都顫抖起來。少女是今天第一個挑戰成功者。

「這……這……這……這……！」

原本應該喝采的主持人，只是驚訝得瞪大眼睛，下巴都快掉了。

對梅莉達而言，這甚至無法消除鬱悶。她在轉過頭的同時扔出鎚矛。

「繆爾同學呢？」

輕快地接過鎚矛的繆爾，與梅莉達交換位置，站到遊戲機前面。

「……喝！」

她迅速地揮下鎚矛。瑪那宛如黑蝴蝶一般舞動，球理所當然地跳了起來。球在頂點敲響鐘之後反彈回來。幾乎是以相同速度回歸原位，忙碌地讓蹺蹺板上下移動。在鎚矛頭被彈開前，繆爾俐落地將鎚矛拉了回來。

「——真遺憾，似乎平手呢？」

「妳沒放水吧？繆爾同學。」

「哎呀，我才想問梅莉達有沒有放水呢。」

將纖細的鎚矛放進木桶後，疑似朋友的兩名少女一邊爭執個不停，同時離開現場。彷彿想說「真傷腦筋」，身穿軍服的青年追隨在她們之後。

觀眾茫然地目送他們離去，沒多久有人回過神來。其中一人一把抓住主持人，其他幾人爭先恐後地翻找木桶。

「有更重的武器嗎？沒有更厲害的武器了嗎！」

「這下得爭口氣！展現一下男人的志氣才行！」

「兩人一起上！不，三人一起上也行，一定要敲響鐘啊——！」

梅莉達等人無從得知後方鬧得不可開交。兩人從剛才開始就一直像這樣在各處的娛樂攤位火花四散，重複著平手的局面。

她們接著看中的是「打地鼠」。各種大小的陶管布滿在小房間當中，小動物機關會從陶管裡突然露臉。用劍打中小動物的話，牠們就會縮回陶管裡，並換得分數。

「妳剛才說的話，是認真的嗎？」

梅莉達一邊流利地揮舞長劍，同時這麼詢問。與她背對背的繆爾用輕快的指法接連收拾掉三隻靶子。她甚至露出淺淺的微笑。

「妳是指什麼？」

「所以說，就是贏的人，那個——跟庫法先生那件事啦！」

LESSON: III ~抒情詩誘騙~

「我無論何時都是認真的喔？」

梅莉達不顧前後地揮舞著劍。倘若是比速度，自己應當比較有利才對，但卻怎樣也無法拉開差距。就在瘋狂揮劍時過了時間限制，機關停止動作。

庫法從小房間外面計算著兩人的分數。繆爾稍微擦拭汗水。

「又平手了。遲遲無法分出勝負呢。」

「啊～真是的！要是最後沒失誤就好了！」

「難道不是因為妳掛著那種不適合妳的東西嗎？」

繆爾的挑釁刺中了梅莉達的胸口。梅莉達的腰上用腰帶掛著祖父給她的長劍。用不著繆爾提醒——這把劍非常沉重。

梅莉達像要掩飾過去似的搖了搖頭，提起幹勁。

「……換下個比賽吧！」

不過，她們已經稱霸了幾乎所有得分制的遊戲。成績是六戰六平手——兩人抱持著有些不耐煩的心情，鑽過鍛鐵藝術的拱門。

只見會場風格又再次搖身一變。她們已經通過了娛樂攤位。

「這裡是……？」

梅莉達與繆爾東張西望，深感興趣似的窺探著周圍。

用一句話來說，就是「氣氛詭異」。跟莫爾德琉武具商工會華麗的裝飾，以及騎兵團樞機工廠樸實的布置都截然不同。有許多攤販彷彿貧民窟一般雜亂地並列著，難得的商品架也用布蓋上，看不見裡面的東西。

來往交錯的人影也十分稀疏。而且有時會目睹到用防毒面具遮住真面目的男人或裝扮得像怪人一樣的神祕人物，實在可疑到了極點。戀愛中的少女們從左右兩邊握住心上人的袖子。庫法冷靜沉著地回答：

「噢，這裡似乎是萊寶財團的攤位呢。」

「萊寶財團……？」

庫法一派輕鬆地邁出步伐，梅莉達與繆爾從半步後跟上。

「是在鋼鐵宮博覽會展出作品的第三個派系。與前兩者不同，說到賦予財團製武器特色的要素，就是──『科學』。」

在他打算更進一步繼續講解前，疑似相關人士的男性從岔道走了出來。

要說為何會判斷男性是相關人士，那是因為他奇特的裝扮融入了這個攤位的異質世界觀。顏色花俏的背心與長大衣。臉部化妝成全白，還塗抹了像小丑般的彩繪。他拿起破掉的大禮帽，深深一鞠躬。

「歡迎光臨！歡迎來到我們萊寶財團的展示會場！」

庫法也將手掌貼在胸前回禮致意。

「幸會，庫羅巴社長。」

「哎呀，這還真是光榮！你知道我這個人？哦呵呵，沒錯，我正是萊寶財團的社長，庫羅巴（Clover）。請記得我是代表幸運（Happy）的三葉草（Clover），哦呵呵呵……！」

「財團的……社長……？」

梅莉達與繆爾也不禁意識到立場，兩人從庫法的背後走出來，端正姿勢。

但就在庫羅巴社長要求握手的瞬間，少女們不禁驚訝地肩膀僵硬。實在無法責怪才十四歲的少女，畢竟庫羅巴社長伸出的右手是**機械裝置**——也就是義手。

「啊，這還真是失禮了！」

庫羅巴豈止沒放在心上，反倒對少女們的反應感到很愉快似的將機械手收回。

庫法與他重新伸出來的左手——是普通的手——握了握手。

「您看來十分健壯，真是萬幸。」

「哦呵呵，託你的福。」

嘰——庫羅巴的瞳孔發出驅動聲，伸縮了一下。他的左眼是義眼。

對於已經說不出話的少女們，庫羅巴社長自然而然地講述起財團的理念。

「嚇到你們實在很抱歉，但這副身體代表著我的覺悟……而且是體現了理想的存

在！三年前，因為蒸氣實驗失敗而失去一半肉體的我，同時獲得了神的啟示……所謂的科學就是力量！」

「科學的力量……」

「沒錯！與瑪那不同，眾人都能操作的科學才是引領弗蘭德爾前往和平之路的力量！我等是如此認為的。來來，三位請這邊走……！」

可能真的是閒得無聊，社長親自替庫法等人帶路。

他們被帶到一座會館前。管子簡直就像昆蟲觸角一般突出，噴出蒸氣。紅到像是生鏽的鐵門散發出非常嚇人的氛圍。

「我等使出渾身解數所建設的路曼夏爾館！——但可能是才開場沒多久吧，完全沒有客人來訪。現在可是包場狀態喔～～參觀一下如何？」

「進去看看吧，小姐們。」

儘管左右兩旁的少女都驚訝地抬頭仰望他，庫法仍舊若無其事繼續說道：

「這也是一種學習。」

「這……這樣啊。說得也是呢……」

「身為拉．摩爾家的人，對財團的科學技術也多少有些興趣呢。」

庫羅巴社長在頭頂上拍手，機械聲嘎沙嘎沙地響著。

LESSON: Ⅲ ～抒情詩誘騙～

「三位客人來訪～～！請慢慢參觀！」

還以為會冒出幽靈什麼的，結果裡面是非常普通的展示館……扣除簡直就像血管一樣布滿四處的管子，與刻意塗抹成紅色的牆壁讓人聯想到怪物體內這點來說的話。

這麼一來，會讓養成學校的少女特別注目的，便是裝飾在館內的各種獨特武器。梅莉達驚訝得睜大了眼，轉了一圈環顧館內。

「老師，好像有很多從未見過的東西！」

「這些是萊寶財團自傲的複合武器（Composite weapon）。」

庫法感慨良深似的拿起放在最醒目位置的一把劍。

那把劍同時也是「槍」。刀鐔部分具備射擊構造。

「最具代表性的『槍刀』……強大之處在於能夠兼顧近身戰與遠距離戰。」

「真是厲害呢！」

「只不過，它的缺點在於要是雙方激烈衝撞，瞄準線就很容易偏掉。」

庫法無視噤口的梅莉達，前進到下個展覽區。

那裡擺設著一個大型盾牌。不知何故，盾牌中心描繪著美女的臉龐。

「美狄亞之盾……這名女性的眼窩埋藏著『伊佐阿爾石』，聽說具備讓與她四目交接的人麻痺的效果。換言之，就像這樣……」

庫法將盾牌從牆上拿下來，將那個美女盾朝梅莉達架起。

「敵人一旦被這張美麗的容貌給吸引，就會變得全身僵硬，動彈不得——」

「……財團的武器都是有些奇特的東西呢。」

「但如果用對地方，會非常強力。」

庫法從盾牌後面露臉，試著打圓場。

「萊寶財團的武器就性能本身來說，跟商工會和樞機工廠相比，確實略遜一籌。只不過！他們擁有科學技術這個強項。雖然乍看之下都是些像在開玩笑的東西，但它們奇妙的高實用性也吸引了不少愛好者。」

梅莉達想起了造訪外面攤位的那些看來異於常人的客人。如果是他們，就算架著美狄亞之盾在戰場上闊步，的確也不會不自然吧。

「——噯，你們兩個看！這裡有地下室喔！」

繆爾用毫不客氣的音量呼喚著梅莉達與庫法。就如同庫羅巴社長所說，館內是只有三人的包場狀態，兩人份的腳步聲響徹在空無一人的館內。

梅莉達與庫法到達繆爾身旁，只見她指著的地方確實有個通往地下的階梯。旁邊貼著一張「生存遊戲場」的布告……

LESSON: III ~抒情詩誘騙~

「好像可以拿武器互相射擊呢。」

「那麼，接下來就用這個一決勝負吧！」

「……請稍等，小姐們。」

庫法仔細閱讀布告的注意事項，向兩人喊停。

「這次就**與我一決勝負**吧。」

「與庫法老師？」

「那樣要怎麼判斷勝敗呢？」

「由我來判定。」

看來在這個地下射擊場，似乎能夠試射萊寶財團開發的「爆能槍」。雖然實際上互相射擊的據說是空氣砲，但庫法認為這跟截至目前為止都是在競爭得分的娛樂遊戲不同，直接武器相向的話，可能會不小心打得太過火。

繆爾彷彿要較勁一般，像在炫耀似的挺胸後仰。

「這可是二對一哦，如果我們贏了，勝負怎麼算？」

「雖然我覺得那是不可能的——」

鬥志在兩名見習騎士的胸口熊熊燃起。庫法冷淡地繼續說道：

「萬一兩位贏了，就當作兩位都是勝者，我任憑差遣。」

轟！少女心爆發性地燃燒起來——

事情就是這樣，三人立刻在地下室開始了遊戲。庫法揹著奇特的動力裝置，一派輕鬆地將爆能槍扛在肩上，講解了起來。

「庫羅巴社長本身說得很貼切，萊寶財團的終極目標，就是不依靠瑪那的力量來擊退藍坎斯洛普！看來可以在這個生存遊戲場實踐他們的開發成果。」

與從容不迫的庫法形成對比，梅莉達與繆爾一臉嚴肅地在射擊場中四處奔跑。打通了整整一層樓的這個地下室非常廣闊。豎立在各處的支柱和隨意擺放的木箱阻礙著視野。

梅莉達從死角衝了出來。庫法看也不看那邊，便將槍口對準過去。

「針對藍坎斯洛普的對抗手段其一，『摧毀視野』。」

他扣緊扳機，接著激烈的閃光迸發出來。是閃光彈。即使戴著護目鏡似乎也難以承受，「好刺眼……！」梅莉達摀住臉龐，往後倒退。

是認為這樣讓庫法產生破綻了嗎？繆爾從另一邊現身。庫法非常輕易地揮動鈍重的爆能槍，再次扣下扳機。

像是圓環的衝擊波貫穿了繆爾。就算戴著耳罩，鼓膜仍感到疼痛——這次是音響彈。

被音塊直接擊中的繆爾忍不住跌坐在地上。

「啊咕……！」

「接著是『封住聽覺』——雖然設想得很好，但問題在於這之後。對於被咒力鎧甲守護著的藍坎斯洛普，並非能力者的人無法給予有效的打擊。關於這點，庫羅巴社長似乎也相當苦惱呢。」

庫法從裝備在腰上的皮套裡緩慢地扔出手榴彈。粉紅色的氣體瞬間以驚人的氣勢噴射出來，覆蓋住少女的腳邊。

梅莉達與繆爾只能「呀～呀～哇～！」地驚慌逃跑。

「雖然只是單純的有色氣體，但假如事先塞了毒藥，就能慢慢地削弱對方的體力吧。萊寶財團的反覆試驗還真是不能小看呢。」

「倒不如說，我們根本是單方面地被耍著玩嘛！」

繆爾自暴自棄似的扣下扳機。庫法輕輕地將身體前彎，只見空氣塊掠過他頭頂上。空氣塊撞上牆壁，颳起狂風。

梅莉達則是已經「呼……呼……」地大口喘著氣。

「老師……背後這個機械……好重！」

「沒錯。為了徹底活用財團製的科學武器，必須經常攜帶動力裝置才行……這點也

是他們的武器不普及的理由呢。」

庫法悠哉地這麼回答後，將槍口瞄準了梅莉達的美貌。

「先別提這些，小姐們？明明是二對一，妳們這樣太不像話嘍？」

庫法隨意地扣下扳機。空氣砲「砰」一聲地吹起梅莉達的瀏海。「哇嗚！」她發出小狗般的哀號。

「既然這樣……！」

繆爾似乎下定了什麼決心。她不知作何打算，將槍口對準梅莉達後，發射出空氣砲。那攻擊還瞄準了她的腳邊，在那裡炸裂的強風啪沙！地掀起紅薔薇的裙子。

不能責怪庫法的視線與身體猛然僵住。他畢竟是男孩子。

「咦……？呀啊——！」

被凝視大約兩秒後，梅莉達總算按住裙子。這時繆爾早已經動了起來。當庫法猛然回神，將視線轉向右側時，看見了同時對準自己的爆能槍前端。

「請吃我這招吧！」

音響彈在耳邊炸裂。物理性的壓迫感搖晃著庫法的腦袋。他用左腳勉強撐住後沒多久，彷彿隔著一層絲棉的呼喚聲從正面響起。

「老……老師，你看這邊！」

接著從梅莉達的手中冒出閃光彈。宛如天譴一般的光將庫法的視野灼燒成全白。繆爾彷彿要給予致命一擊似的，扔出手榴彈並逃走了。

不斷噴出的煙幕在眨眼間覆蓋住高個子的庫法——

繆爾逃到梅莉達身旁避難，用力握住拳頭叫好。

「成功了！」

隨後一陣開槍聲。

有什麼東西衝破煙幕，朝這邊襲擊過來。那個在旋轉的同時擴展開來的幾何學模樣是——蜘蛛網？還無暇感到驚訝，梅莉達與繆爾就從正面被綑綁起來。

「「呀啊——！」」

梅莉達與繆爾糾纏在一起，同時朝後方翻滾。兩人的四肢濃密地互相交纏。

庫法在慢慢消散的煙幕另一頭架著爆能槍。他竟然閉上了雙眼。在聽覺也幾乎發揮不了作用的情況下，他憑著經驗與直覺扣下扳機，命中了目標。

「最後放出煙幕是個敗筆呢。沒想到兩位會特地隱蔽我的身影……」

他看來有些得意似的微笑，眼皮抽動了一下，像在試探一般抬起。

原本就用護目鏡與耳罩進行防禦，而且子彈的效果也設定得比較溫和。再加上該說具備強韌的抗性嗎——庫法沒多久就恢復了完整的視野。

然後他不禁驚訝地半張開嘴。

因為令人深感惶恐的光景在眼前拓展開來。

「嗚嗚……！是老師弄的嗎？這個……『繩子』！」

沒錯，庫法的爆能槍撒出的「繩子」纏繞住天真無邪的千金小姐，將她們的全身細綁起來……不，如果只是綁起來就算了，但各處都遊走邊緣。繩子卡在大腿上，強調出胸圍，凌亂的衣服縫隙間隱約可看見內衣。庫法連忙確認爆能槍的彈藥筒(Cartridge)。

「呃……我看看，好像是『拘束彈』。這東西是用來封住藍坎斯洛普的行動，使用特殊樹脂製成的這種子彈具備強力的彈性，力氣不夠大的話——」

「解……解不開～～！」

「……因為是對付藍坎斯洛普用的嘛。」

庫法有些死心地這麼說道，放下爆能槍。

他就這樣放下礙事的裝備，走近在地板上掙扎的梅莉達與繆爾。

「小姐們，請稍等一下。我立刻替兩位鬆綁。」

「不要！不……不可以，庫法大人。請你稍微面向後方！」

繆爾連忙扭動身體。但束縛豈止沒有變鬆，甚至還影響到一起被綑綁住的梅莉達。

繩子在不應該的地方連動起來。

「痛痛痛！繆爾同學，不可以硬扯！」

梅莉達被勒緊側腹，她掙扎著想設法讓右手能自由活動。於是這時被拉扯的繩子轉了幾圈後緊緊地卡在繆爾的臀部間，「呀啊！」為了逃離這股刺激，她弓起背。

繩子一邊將裙子往上拉，同時緩緩地抬起臀部。絲襪底下的內褲像在吊胃口似的逐漸露出。純真的胯下曲線。繆爾滿臉通紅地將大腿蹭在一起，但這反倒更顯得煽情。

最後上升到極限的繩子，滑溜地釋放了臀肉。繆爾淚眼汪汪。

「你……你……你……你剛才看見了吧！看到我這麼色情的……！」

繆爾拚命掙扎，希望至少能盡快整理好裙子。然而她試圖拔出手所灌注的渾身力量，直接傳遞到纏住梅莉達右膝的繩子。也就是將梅莉達的腳往外側——使勁地拉開，裙子翻了過來。

「咿……討厭啦——————！」

下流地被拉開的胯下與內褲，以及位於中心的溝痕對庫法造成超出閃光彈的刺激，雖然為時已晚，但他別過臉去。一摀住眼角，就覺得發燙……

「請……請原諒我，小姐們。我壓根沒想到會變成這種情況……」

「討厭，討厭！竟然射出這種子彈，太過分了！」

「一定是因為被梅莉達的裙子給吸引，結果被擺了一道這件事讓他很不甘心啦。妳

LESSON Ⅲ
～抒情詩誘騙～

看……！他現在也因為讓我們擺出這種姿勢而感到欣喜呢！」

真是無憑無據的找碴。庫法毅然地將手指放到眼睛旁。

他調整護目鏡，將亮度轉到最強。這下就幾乎只能看見影子。此外他還脫掉兩隻手套，以讓感覺變得敏銳，一邊走近少女們。

「小姐們，請稍微忍耐一下。這是因為我的笨拙造成的問題，請容我親手解決……敬請放心！我不會讓小姐們再繼續憂慮下去的。」

「你……你能夠閉眼鬆綁嗎……？」

梅莉達的聲音因羞恥而顫抖著。繆爾也性感地扭動了肢體。

「這繩子卡得挺緊的喔……？」

「兩位以為我是誰呢？請放心將身體交給我——那麼，冒犯了！」

庫法伴隨著幹勁，猛烈地伸出左右手掌。

——充滿彈性且柔軟的頂級感觸包圍手指。

「「呀啊！」」

「呃，那個，因為繩子纏在這裡……對了！只要將這條繩子拉過來……」

「請……請等一下，庫法大人。那裡是我的裙子底下……！」

雖然繆爾發出慌張的聲音，但只能請她忍耐一下了。況且庫法敏銳的指尖，是否曾誤判目標過呢？……儘管絲襪的感觸有些混淆視聽，庫法的手指仍順暢地沿著繩子到達大腿根部。

「咦？等……等一下，那種地方的繩子……那……那裡是最碰不得的……！」

繆爾感到畏懼的聲音可能會削減集中力。庫法全神貫注在指尖上，沿著那意外細緻的「繩子」線條果斷地描繪過去——這裡嗎？

瞬間，繆爾的背令人大吃一驚地往後仰。

「～～～～～！……！～嗯嗯……！啊……」

……她的腰看起來像在激烈跳動著，是錯覺嗎？梅莉達似乎倒抽了一口氣。繆爾一邊緊抓著那樣的友人，同時堅強地壓抑住聲音。

過沒多久，「……呼！」她吐出一直忍住的氣息，重複著溫熱的吐氣。

「給……給我記住……！」

庫法靜悄悄地收回手掌，將意識轉換到另一隻手。

「不……不是這邊嗎……那……那麼這次一定要成功！」

「呀啊！請……請等一下，老師……！」

梅莉達接著慌張起來。這也難怪，如果庫法的判斷正確，關鍵的繩子就是勒住她腋下的那一條……為了鬆開那繩子的指尖，此刻正鑽入微微鼓起的山丘底部。梅莉達的背抽動了一下。

「呀嗯！那那……那裡是上衣的……現……現在內衣歪掉了……啊嗚！」

「這……這我明白，但假如跟我預測的一樣，從內側施加力量可以突破僵局。小姐無須擔心……目標只有一點！」

這時，庫法摸索著胸圍的指尖忽然勾到了什麼。庫法並沒有多想。有人能責怪庫法瞬間以為是勾到扣子之類的東西嗎？

但庫法用手指撥弄那個「櫻桃」，甚至還捏了一把的行為，或許有些令人同情吧。梅莉達的全身抽動了好幾次，甚至連腳尖都跳起來。

「呀啊啊啊啊啊嗯！」

彷彿要融化大腦的性感哀號，從近距離擊中庫法的耳朵。庫法這才總算注意到自己的行為，他用無比慎重的態度收回缺德的手。

他能夠想像到抱在右手與左手上的少女們，正露出有失體統的表情。

儘管如此，庫法仍將手放到眼睛旁，拉下護目鏡掛在脖子上。

這是戰略性妥協（Give up）。

「小姐們……可……可以讓我看著繩子鬆綁嗎？」

庫法姑且還閉著眼睛。梅莉達與繆爾回望著那樣的他，調整急促的呼吸。窺見羞恥極限的少女們用微弱的聲音低喃：

「「……請……請便。」」

——那模樣就宛如新婚的新娘一般。

「歡迎三位客人回來～～哎呀，三位看起來好像非常疲憊的樣子？」

「請別在意……」

從路曼夏爾館爬出來的三人，表情應該相當慘不忍睹吧。在玄關前迎接他們的庫羅巴社長一臉不可思議地用手指摸了摸下頷後，忽然「啪」一聲地彈響手指。

「話說回來，各位不趕時間嗎？」

「咦？……是指什麼時間呢？」

「呃，說到弗立戴斯威德與德特立修，我想應該預定要參加這之後的遊行吧。」

庫羅巴社長手拿懷錶高舉起來。庫法反射性地也拉出自己的懷錶，看到上面顯示的時刻，他瞬間臉色蒼白起來。

「這可不妙……看來我們有點逗留太久了！」

「咦咦！要……要是遲到的話，索諾菈學姊會生氣的……」

「用跑的話還能穩穩地趕上。但得立刻回去才行——」

庫法的視線不禁在公爵家千金與財團社長之間徘徊。庫羅巴立刻退後一步，表現出殷勤的鞠躬。

「請不用在意我。改日再相會吧。」

「「庫羅巴社長，我們先告辭了。」」

看到女學生鞠躬回禮，小丑妝的嘴角更往上揚起。

「請記得我是幸福的庫羅巴，哦呵呵呵呵呵……！」

庫法等人在他高聲大笑的目送下，快步離開了攤位。

沿著「甜甜圈」轉了一圈後，三人回到了展示館的出入口。必須立刻前往宿舍才行。同學們也已經在準備遊行了吧。

「結果沒分出勝負呢。」

在分別之前，繆爾這麼說了。梅莉達沒能立刻明白她在說什麼而陷入沉思，不過這麼說來，她們原本是賭上報酬在互相競爭呢。

以梅莉達的立場來說，就這樣不了了之也無所謂——倒不如說，她希望繆爾務必能夠忘記，但繆爾卻異常地執著於彼此的優劣。

她這麼想要——與庫法接吻嗎？

繆爾打從心底深愛著庫法嗎——

善變的妖精將嘴唇湊近梅莉達耳邊。用低喃聲這麼宣告：

「既然如此，就在明天的鬥技會上一決勝負吧？這樣就能分出高低嘍？」

「咦……？」

「別忘記了，贏的人可以跟庫法大人──…………我是認真的。」

繆爾猛然轉過身，眨眼間就遠離了現場。就算想追趕上去，聖德特立修的宿舍也跟弗立戴斯威德不同方向，當然也跟尚．沙利文專門學院的宿舍完全不同方向。

梅莉達伸出的手無處可去，只能呆站在原地。怎麼會這樣，我該怎麼辦？

明明被交代不能在鬥技會上使出全力……

「繆爾小姐還是老樣子呢……」

庫法擺出看來有些悠哉的態度，視線追逐著黑水晶背影。梅莉達有股衝動想抱住他的脖子。想要強硬地將他的視線拉回自己身上。想要順勢吻上他的臉頰──就像剛才的繆爾一樣。或是像之前在地下洞窟時那樣。

但這些想法現在絕對不會實現。

掛在腰上宛如重石的長劍，阻礙著羽翼展翅高飛──

† † †

LESSON: III
～抒情詩誘騙～

庫法總算到達凱門區的市集廣場時，那裡已經擠滿了觀光客。就在他以鮮豔的緋紅色頭髮為目標，好不容易跟蘿賽蒂會合時，蘿賽蒂立刻吊起眉毛。

「你太慢了吧，小庫！已經要開始嘍！」

「非常抱歉，都是因為科學的神祕……」

「什麼？」

就在庫法講著自己也不太明白的藉口時，熱鬧的進行曲（March）很快地開始演奏起來。幾乎就在同時，響起了覆蓋整個廣場的熱烈歡呼聲。

在人潮的另一端可以看見一邊揮灑著碎紙片，一邊緩緩前進的花車。應該形容成「附帶車輪的神轎」嗎？總之就是裝扮美麗的少女在裝飾得十分神聖的巨大車體上跳著舞蹈。

她們的手中拿著武器。莫爾德琉武具商工會精心打造的藝術品在觀眾的歡呼聲中，閃耀得更加輝煌亮眼。蘿賽蒂當場地踮起腳尖。

「嗯～～看不太到呢！小庫，讓我坐在你的肩膀上！」

庫法的手刀咻地劈在蘿賽蒂的額頭上，以示教訓。

「妳考慮一下周圍的目光吧。」

「啊咕……可是我家小姐的重要舞臺……」

「妳仔細看清楚。小姐們可是待在最醒目的車頂喔。」

在花車露臺認出少女的身影，最鬆了一口氣的人是庫法。遲了些到達宿舍時，同學們早已經開始換上遊行用的禮服，焦躁地等候著的索諾菈．帕巴蓋納，一開口就挖苦了梅莉達。

現在，金髮與銀髮的安傑爾姊妹倆能像這樣在花車露臺跳舞，就表示已得以迴避了最糟糕的情況。但跟排演時不同，梅莉達攜帶的是適合聖騎士的長劍——關於這點，當然也被索諾菈瘋狂抱怨「這會對編舞動作造成影響！」——以梅莉達本人的立場來說，似乎也有些難以揮舞。儘管如此，她依然笑容不斷，由此可以感受到她身為公爵家千金的自尊。

花車接連地出現了三輛，一間學校一輛車。花車預定會繞市集廣場一圈，然後分頭前往三個方向的馬路。庫法迅速地撥開人群，靠近聖德特立修女子學園絢爛的花車。

繆爾與莎拉夏也被分配到不輸給梅莉達與愛麗絲的好位置。莎拉夏手持的矛搖曳著薄紗，繆爾凜然地將大劍刺向上方的瞬間，觀眾沸騰起來。庫法將眨眼當作相機的快門，把四千金珍貴的一瞬間烙印在內心的底片裡。

庫法心想機會難得，也看了看尚．沙利文的花車。不巧的是，他們並沒有足以媲美

「騎士公爵家」之名的優勢。相對的他們用男生才喊得出的大音量與生動的表演，拚命地吸引觀眾視線。特別是以男性訪客的角度來看，他們充滿魄力的武打似乎有一看的價值。

不過，庫法立刻感覺到他們的花車有種異樣感。

庫法將臉湊近緊黏在他身旁跟過來的蘿賽蒂。

「妳注意到了嗎，蘿賽？尚．沙利文的遊行有個不自然的間隔。」

「什麼意思？」

「他們的參加人數有缺——沒看到名叫聖洛克的男學生身影。」

他不惜頂撞可怕的潘德拉剛校長，也想擁護聖弗立戴斯威德。當然也有可能是他原本就沒有被選中參加遊行吧。但在凱門區的入口碰面時，潘德拉剛校長稱呼他是「三年級的榜首」。也隱約透露出他將以指揮官身分參加明天的鬥技會。

可說是尚．沙利文名人的他，有可能只缺席遊行嗎？

就在庫法思考著這些事情時，花車分頭駛往三個方向。庫法當然應該追逐聖弗立戴斯威德的學生，但一種難以言喻的騷動感讓他駐足在原地。

這時有個東西輕飄飄地飛落在他面前。

是一張黑色紙片。庫法反射性地抓住那紙片。

『火勢逼近。』

庫法一看完，紙張便擅自燃燒起來。庫法就連吃驚的時間也覺得可惜，抓住一旁的蘿賽蒂的手。

「蘿賽，能請妳一起來嗎？」

「咦，要上哪去？小姐們的花車……」

庫法暫且朝與聖弗立戴斯威德的遊行相反的方向飛奔而出。他撥開人群，一爬出觀眾的波浪，便立刻朝左右兩邊張望。

——找到了。庫法在比較空蕩的商店門口，看見他要找的人物身影。首先是傳送了訊息過來的拉克拉．馬迪雅老師，也就是白夜騎兵團的變裝潛入員，布拉克．馬迪雅。然後是表情看來就一臉嚴肅的布拉曼傑學院長。

就連開場白也覺得浪費時間。庫法一飛奔到她們身旁，立刻詢問道：

「發生什麼事了？」

「噢，梵皮爾先生……！蘿賽蒂老師也在呀。」

學院長有一瞬間彷彿找到光明一般，眨了眨小小的眼眸。

「真高興你來了。講師目前也都散落四處，聯絡不上。」

「有什麼麻煩事嗎？」

LESSON III ～抒情詩誘騙～

「詳情就由他來說吧……」

學院長這麼說，接著退後一步，顯示出在另一邊的「第三人」的存在。

那人有著微黑的肌膚與淺色頭髮，不正是聖洛克．威廉斯嗎？他穿著與同學相同的遊行用服裝，只有脫掉了外套。

果然他原本必須待在花車上才行。不過，庫法也能一眼看出那終究是不可能的。

他的臉色十分蒼白。

「有個非常可怕的陰謀……」

聖洛克顫抖著紫色的嘴唇。庫法和平常不同，溫和地詢問他：

「請冷靜下來。究竟發生什麼事？」

「我本來在準備遊行，正打算前往會場……但我在途中發現自己忘了配戴徽章，連忙跑回宿舍……結果看到『鄰居』的老師跟潘德拉剛校長都在宿舍……」

所謂的「鄰居」指的是藍坎斯洛普吧。庫法耐心地側耳傾聽。

可以感受到聖洛克的心臟急速跳動著。他有些過度換氣。

「老師們在那裡交談……但我實在難以置信……明明如此，他們卻一臉沒什麼的表情，就那樣走掉了……！」

「他們談了什麼？」

「他們說要破壞……聖弗立戴斯威德的花車……！」

雖然應該完全是碰巧，但周圍的觀眾在那一瞬間熱烈地沸騰起來。在喧囂的鼓掌喝采當中，庫法屏住氣息，將臉湊近聖洛克。

「破壞花車，然後呢？」

「正……正確來說，他們打算破壞花車的支柱，搞砸這場遊行……然……然後他們說『要讓那個魔女沒落』……！我……我……我應該叫他們住手才對，但我不敢說……可是，我實在沒辦法參加遊行……！」

「謝謝你特地來通知。」

庫法很快地道謝後，重新面向表情嚴肅的布拉曼傑學院長。

「這是怎麼一回事，學院長？尚・沙利文的講師群應該會受到誓約書的拘束才對吧？」

「……恐怕是花了很長一段時間讓拘束變鬆吧。我太大意了。」

學院長一臉苦澀的表情。她拿著枴杖的手顫抖著。

「再加上他們還矇騙誓約書，主張『這並非傷害人類，只是在破壞物品』。潘德拉剛一定是一直裝成受到誓約束縛的樣子，同時焦急地等候著能造反的這天到來。」

「沒辦法中止遊行嗎？」

LESSON: III ～抒情詩誘騙～

「要怎麼中止？」

學院長直率地回望庫法。庫法一下子說不出話。

「讓所有學生下花車嗎？那麼一來，潘德拉剛就會中止計畫吧。於是我們不僅會丟莫爾德琉武具商工會的臉，還會貶低鋼鐵宮博覽會的威信，無論如何，那傢伙的目的都會達成……不曉得就憑我一個人頭是否能補償這些罪過。而且，花車已經在自動行駛。假如那傢伙的目標是讓觀眾受害，要實現這點也非常容易吧。」

「……那麼，最後我想再請教一件事。」

庫法無意識地將左手貼在腰部的刀鞘上。

「現在的『他』擁有人權嗎？」

學院長驚訝地吸了口氣。但她立刻繃緊表情，挺身向前。

「……就算殺了他，也不會被問罪。」

光是聽到這點就足夠了。也就是把那傢伙以現行犯身分直接收押。只有這個方法能完美地跨越這種絕境。

庫法轉頭看向緊張地聆聽著對話的蘿賽蒂與拉克拉老師。

「能請兩位護衛聖德特立修的花車嗎？既然潘德拉剛校長並非單獨犯，應當也有工作員前往那邊才對。」

「——那個，軍人先生！」

聖洛克的聲音突然插了進來。他的腰上掛著萊寶財團機械般的劍，應該是原本打算帶到遊行用的吧。

似乎稍微恢復平靜的他，拚命地挺身向前。

「能不能請您也帶我一起去？說不定可以說服校長……！」

「……麻煩你了。」

就連議論的時間也覺得可惜。一行人分成兩名男生與兩名女生的隊伍，庫法與蘿賽蒂、拉克拉老師有一瞬間互相使了個眼色。

眾人轉過身，各自朝反方向飛奔而出。緊接著，布拉曼傑學院長的手拉住了庫法的手臂。

緊抓著枴杖的她，已經連奔跑也無法隨心所欲。對這件事感到最焦急的是學院長本身。堆積了後悔的嘴唇扭曲變形。

「捕捉潘德拉剛，將他送入監獄的不是別人，正是我。原本應該靠我自己做個了結才對……」

「請交給我處理，學院長。」

學院長放開枴杖，用雙手握住庫法的手臂。

「只能靠你了，先生。」

她在最後又稍微挺身向前一步。

「沒時間了，我就只說重點——那傢伙最棘手的異能(咒力)是那彷彿鋼鐵般的強韌肉體。一般斬擊會被彈開吧。他還具備豐富的攻擊手段，所以也要注意間隔距離——願聖弗立戴斯威德保佑你！」

手臂猛然被放開，庫法反射性地飛奔而出。聖洛克也慢一步隨後跟上。庫法配合聖洛克的最快速度，一邊保留體力，一邊詢問道：

「先調查遊行的行進路線吧。你對實行地點有底嗎？」

「是缺水橋！他們有提到『缺水(Waterless)』！我記得那裡的確有很多可以藏身的地方——」

「順利的話還會死人。」

聖洛克緊張地吞了吞口水。

兩人抄近路追過聖弗立戴斯威德的花車，到達架設在深邃溝上的莊嚴鐵橋。橋上早已經擠滿觀眾。他們看來迫不及待地等候著花車造訪的瞬間，剩下的緩衝時間是五分鐘，還是十分鐘呢——

「找到了！在橋的地基那邊！」

在學校與校長十分親近的聖洛克，很快地發現了校長的身影。在用清一色的黑鐵建構起來的地基部分，此刻確實可以隱約窺見獅子的鬃毛。

他已經確認到花車的車影嗎？真是豈有此理。庫法用力一蹬鋼鐵地面，跳離道路。聖洛克連忙從後方跟上。

跳向深邃縱溝的庫法，從全身噴散出蒼藍火焰。他依靠鐵材鐺！鐺！鐺！地跳飛過無法說是道路的道路。他跳躍過到達鐵橋地基的最短距離，一邊讓鞋底迸出火花，一邊滑過鐵板。同時從腰上拔刀。

那鮮明強烈的出鞘方式，讓躲在暗處的獅子男轉頭看向這邊。

「——你這傢伙，怎麼會知道這裡……！」

「你的陰謀就到此為止嘍，校長。」

潘德拉剛的手裡握著燧發式手榴彈投擲器。簡單來說，就是手槍的槍口像喇叭一樣擴展開來，射出的並非子彈而是炸彈。

炸彈早已經裝設完畢。恐怕他是打算在花車過橋的瞬間，從這個地方瞄準內部射擊吧。他的做法比想像中更加偏激。

「請老實地接受制裁。現在回頭的話，說不定還能只是在誓約書上重新簽名就了事喔？」

「……真不湊巧，我手長這樣啊。我實在不擅長拿筆呢。」

才心想潘德拉剛暫且收起了投擲器，只見他在陰影裡緩緩動了起來。庫法抬起刀尖，分毫不差地持續瞄準敵人身影。

這時聖洛克晚了幾秒到達現場，他的鞋底砰！一聲地踏響鐵板。

「校長，請別再做這種事情了！」

「……聖洛克．威廉斯！咕嚕嚕嚕！」

無法掩飾的憎恨讓獅子的嘴角扭曲變形。

「才在想你丟下遊行不知幹什麼去了，這樣啊，是你嗎……！」

「拜託了，能不能請您與布拉曼傑學院長建立友善的關係呢？聖弗立戴斯威德是我未婚妻的——」

潘德拉剛粗暴地揮了揮手，打斷聖洛克的臺詞。他一臉同情似的說道：

「是啊，你的未婚妻想必會非常悲哀吧。要是她的未婚夫——變成焦炭的話！」

潘德拉剛毫無預兆地朝這邊發動攻擊。火球從他張開的下顎飛了過來。庫法立刻滑動，砍斷瞄準聖洛克的那火球。

潘德拉剛並未放慢攻擊速度。這種情況應該說是「口」擊吧，也就是他從獠牙後方片刻不停地朝這邊吐出火焰球。才這麼心想時，在火焰球中間卻夾雜著冰矛——才想說他尾巴尖銳地將前端對準這邊，只見從那裡冒出雷蛇。

雷蛇發出轟隆聲響，衝撞上黑刀。庫法使出渾身瑪那加壓咬住刀身不放的電流，控制住它。這讓人不得不感到戰慄。

「三種屬性的氣息……！」

「沒錯，因此吾並非『獅子(Lion)』──而是『龍(Dragon)』！」

庫法強硬地揮開雷蛇後沒多久，三發火球接連飛了過來。儘管流暢地砍掉火球，但庫法只能專心防守──這都是因為他無法動彈。

聖洛克雖握著萊寶財團的劍，卻不停打顫。這也難怪，因為讓人暈眩的閃光始終沒斷過，震耳欲聾的衝擊搖晃著腦髓。才心想熱浪炙燒了肌膚，又冒出冰塊碎片在臉頰留下一抹傷痕後飛過。分散在整座鐵橋上的電流，像在嬉戲似的踢飛長褲。

黑髮青年在眼前以駭人的精準度揮舞著刀。快到模糊的斬線屢次砍掉氣息。儘管如此，那暴風雨的氣勢仍暴虐到彷彿只要聖洛克大意地踏出腳步，手腳就會吹飛一般。

這驚人的攻防戰沿著鋼架移動，觀眾也逐漸在橋上騷動起來。小孩子悠哉的聲音「哇啊～」地響起──這讓聖洛克繃緊的神經斷線了。

「嗚……嗚……嗚哇啊啊啊啊啊！」

聖洛克伴隨著彷彿要撕破喉嚨的尖叫，從庫法背後衝了出來。他揮起劍朝潘德拉剛突擊。庫法來不及制止他。

LESSON: Ⅲ ～抒情詩誘騙～

「等等，金！」

聖洛克不顧前後的一擊，直接命中潘德拉剛的肩膀。

但反倒是劍伴隨著彷彿玻璃的聲色碎裂了。劍尖從中間吹飛，掉落到橋外。齒輪從機械性架構七零八落地掉下。聖洛克面如死灰地後退了兩三步。

「啊……啊……啊……」

「這可不行啊，居然對校長揮劍…………我來教育你吧！」

潘德拉剛的尾巴宛如鞭子一般彎曲，將電流灑在聖洛克的全身。聖洛克彷彿陀螺一般在空中吹飛，接著「砰」一聲地倒落在地。

庫法像一陣風似的滑到聖洛克前方。但對方沒有追擊的意思。潘德拉剛就宛如剛用完餐一般，伸舌舔了舔嘴角。

「明顯地攻擊了人類……！看來誓約書已經完全不起作用了呢。」

「要籠絡它費了我一番工夫。嘎嚕、嘎嚕、嘎嚕……」

潘德拉剛看似愉快地從鼻子哼了幾聲，宛如講師一般繼續說道：

「剛才是讓他可以理解吾幾分鐘。」

庫法一邊用對話爭取時間，一邊將手指貼在聖洛克的脖子上——不要緊，他只是昏過去而已。雖然衣服燒焦得慘不忍睹，但還不到致命傷的程度。

潘德拉剛很感興趣似的眺望著那模樣。

「你剛才叫他『金』吧？那人可是聖洛克・威廉斯喔。」

「……不小心的。」

「不小心嗎！吾也不小心回想起來。那段隨心所欲貪婪、暴食的日子……」

原本知性的眼眸，隨後變成猙獰野獸的眼光。

「要是沒有那個魔女的話！」

潘德拉剛突然轉身，跳向比地基部分更深處的地方。庫法也反射性地動了起來。他抱著昏倒的聖洛克，追逐敵人身影。

潘德拉剛用他正是野獸本身的柔軟度，縱橫無阻地在鋼架之間跳來跳去。儘管庫法的速度也是超乎常人，但這種情況還是相當不利。首先視野非常陰暗，突出的鋼架彷彿會勾到腳，還有左手抱著的聖洛克一動也不動。儘管如此，庫法還是一直拚命追逐著敵人的身影，潘德拉剛有時會以趴著的姿勢撲向庫法。

他與黑刀交錯，發出金屬聲響——

就算是「妖刀」，要靠一隻右手貫穿彷彿鋼鐵般的防禦力也不容易。再加上敵人糾纏不休地瞄準聖洛克的頸動脈攻擊，因此庫法也得留意站立位置才行。在微暗當中，瞬間性的閃光與金屬聲響好幾次炸裂開來。

「把那個累贅丟掉如何啊！」

潘德拉剛一邊趴在地上不斷奔馳，同時殷勤地向庫法搭話。

「你會變得無事一身輕，吾能夠吃到肉。吾認為這對彼此都很有利喔！」

「但我沒有餵食野貓的習慣。」

「嘎嚕嚕嚕！」

野獸伴隨著驚人的咆哮飛撲過來。雙方糾纏在一起翻滾，庫法一邊避開敵人的爪子，一邊踹起敵人的腹部。儘管潘德拉剛沒有反抗地跳開後退，但重量也同時從庫法的左右手上消失了。

昏倒的聖洛克與黑刀居然各自滾向相反的方向。庫法還無暇喘息，野獸的影子便從正面逼近。潘德拉剛伴隨著狂喜突擊過來。

「你要選哪邊？」

庫法立刻一蹬地面。應該視為優先的是右邊的刀，還是左邊的人質呢——兩邊都不是！他就那樣衝向正面，一撞上便痛毆被攻其不備的潘德拉剛的心窩。

彷彿金屬聲的打擊聲響，從纏繞著瑪那的拳頭炸開。庫法的右手嘎吱作響。潘德拉剛被滅了突擊的氣勢。但他並未退卻，而是在原地站穩，咧嘴笑著俯視只是稍微搖晃了自己皮膚的拳頭。

「沒用呢……」

庫法當場收回拳頭，用描繪圓形的感覺，讓氣力從壓低的腰部往柔軟的上半身循環。轟——伴隨著類似龍之氣息的呼氣，他握緊雙手拳頭。

「呼……喝！」

連擊，連擊，連擊。好幾個殘像在庫法周圍重疊起來，他以快到看不清的速度將拳頭接二連三地打向潘德拉剛。潘德拉剛不禁搖晃了上半身，但他憑著固執與肌肉站穩在原地。駭人的是那陣打擊聲——

實在難以想像是肉體在互相碰撞的硬質金屬聲，以物理性的壓力撼動了鋼架。彷彿被削除的瑪那火焰在周圍跳起。潘德拉剛的軀體劈哩地龜裂。庫法的拳頭已經連疼痛也感覺不到了。潘德拉剛宛如被撞擊的鐘一般，慢慢地大幅搖晃起身體，然後忍耐超越了極限。

「沒……用……的啦——！」

他交叉雙手跳了起來，撞開庫法。庫法非常輕易就往後翻滾，但一跳起來後又再次飛撲過來——多麼憨直！但瞬間這麼看扁了庫法一事，成了潘德拉剛的致命傷。

庫法收緊了右手，將之前藏起來的某樣東西抵向潘德拉剛的胸膛——是手榴彈投擲器。潘德拉剛一驚，俯視自己鈕釦彈飛的燕尾服。應該有的東西並不在正確的地方。

「糟了！他是以這個為目標——」

庫法扣下扳機。

在零距離炸裂的爆炎，吹飛了潘德拉剛的鋼鐵皮膚。潘德拉剛吹飛到後方幾公尺，忍不住踉蹌了幾步。燒焦的胸肉冒出煙。

庫法丟掉投擲器，緊接著一蹬地面。在腰上蓄力的雙手纏繞著宣告死亡的蒼藍火焰。

「『幻刀術……——』」

庫法將雙手當作手刀，在敵人胸口交叉並挖洞。指尖深深埋入肉裡，而且更進一步地從指尖迸出他渾身的瑪那。潘德拉剛的背後炸開，瑪那之刃與赤紅鮮血混在一起填滿了空間。

「『羽刃牡丹』！」

這時聲音總算追趕上超速決戰。驚人的切斷聲在鋼架之間迴盪，微微地撼動著空氣。庫法抽回手刀，甩開血液。潘德拉剛的巨體往後方搖晃傾倒，就那樣面朝上並「轟！」一聲地倒落在地。

「……這下就結束了。」

強如庫法也不禁「呼」一聲地吐出疲勞。潘德拉剛宛如臨終慘叫似的張開大口，四肢抽動顫抖著。無法挽回的胸口大洞噴出鮮血，在缺水橋上拓展出鮮紅血池。

彷彿要給予致命一擊似的，老邁的誓約書終於採取了行動。推測是誓約的文章在潘德拉剛的周圍浮現，宛如鎖鍊一般綁緊他的全身。潘德拉剛非常痛苦似的發出呻吟。這不可思議的現象應該是那個拘束力什麼的吧。

總而言之，他再也無法危害人類了──

「哎，真是不得了的任務……」

庫法回收黑刀，折返回頭，心想必須照顧受傷的聖洛克才行。

──這是他掉以輕心了。這次換他被戳中內心的空隙。

「咕嚕嚕嚕啊啊啊──！」

毫無預兆的咆哮讓庫法嚇了一跳，轉過頭。

剩餘的壽命大概幾分鐘而已吧。儘管如此，潘德拉剛仍站了起來。血塊從他胸口的洞穴與獠牙縫隙間不斷溢出，他的左手還緊握著什麼。

「難道你還帶了另一發嗎！」

是炸彈。庫法一邊毫無意義地尋找剛才丟掉的投擲器，同時咂了咂嘴。

「噗嚕嚕──啊啊啊啊──！」

潘德拉剛猛烈地一蹬地面。他一邊揮灑著血花，一邊緊貼在鋼架上，就那樣激烈地

爬上橋——是自爆。他打算在觀眾的正中央進行自爆，波及許多人的生命。

「吾並非在傷害人類吾只是在殺害吾自身沒錯吾並沒有違背誓約吾是吾是吾是啊啊啊啊————！」

庫法也立刻一蹬地面。既然如此，也只能撲向那傢伙的腳踝，把他拉下來了。不過來得及嗎？庫法猛烈地使勁一揮手臂，於是鋼絲從軍服袖子裡飛了出來，纏繞上潘德拉剛的腳。

還以為會被甩開，只見潘德拉剛有一瞬間俯視了這邊。然後他放出火球！庫法一蹬鋼架閃避，大幅地拉開了間隔。

那傢伙趁這時候甩開了左腳的鋼絲。明明快死了，怎麼還有這種判斷力！他專心一致地爬上剩餘的距離。

沒多久後，那充血的眼眸映照出觀眾的背影。

「嘻——嘻——嘻～～哈啊啊啊啊啊啊！」

潘德拉剛也期望能跳入那祭典的中心。悽慘的哀號、人們的絕望——果然這些事物的中心才能成為身為藍坎斯洛普的自己的棺材！他靈巧地握住炸彈的左手，格外用力地抓住鍛鐵藝術的扶手。

——隨後，一道飛來的閃光貫穿了他的左手。

「……哈嘰？」

正確來說，是不偏不倚地射穿他手中的炸彈。球狀的那東西與潘德拉剛的鮮血一起被吸入橋下，消失無蹤。潘德拉剛無法意識到疼痛，視線在開了個洞的手掌與深邃縱溝之間徘徊。

——那就是他最後看見的光景。

毫無預兆的第二次射擊，將潘德拉剛的頭部固定在鋼架上。大量的血跡在他的頭蓋上擴散開來。原本快到達他背後的庫法，在即將到達前訝異地停下腳步。

從後腦杓射穿潘德拉剛眉間的，是疑似鳥的羽毛。

前端是箭。他遭到狙擊了。

庫法反射性地轉過頭，環顧凱門區的漆黑街道。

然後他發現了。在遙遠建築物的屋頂上，有三個不可能是一般人的人影。

彼此的距離——大約五百公尺嗎？

「從這個距離……！」

他的話尾不得不顫抖起來。

† † †

哈耳庇厄——提亞悠一派輕鬆地放下弓箭，低喃道：

「……命中(Clear)。」

「漂亮。」

安納貝爾醫師將眼鏡往上推。他們在黎明戲兵團的精銳——人造藍坎斯洛普團體「安納貝爾的使徒」當中，也是更為核心的三人。身為最後一人的澤費爾用望遠鏡眺望著遠方的景色。

「畢竟不能讓博覽會中止嘛。」

結果缺水橋上的人們並未發現在橋下展開的激戰。沒多久後，莊嚴華麗的花車緩緩地在橋的一邊現身。

† † †

「小庫，沒事吧？」

「……很順利。」

蘿賽蒂與馬迪雅在缺水橋的橋畔跟庫法會合時，庫法不禁立刻尋找起狙擊手的身影。但遙遠屋頂上的三人早已經不見蹤影。

與蘿賽蒂他們交換情報後，果然聖德特立修那邊的行進路線也有尚·沙利文的人前往妨礙。

不過，他們似乎沒有校長那麼執著，據說蘿賽蒂她們只是稍微教訓了一下，對方就輕易地舉白旗投降了。說到頭來，能夠騙過誓約書的，照這情況來看，只有潘德拉剛一人而已——

然後庫法這邊的來龍去脈，女性陣似乎看一眼就明白了。潘德拉剛躺在地面上的巨大亡骸，讓她們噤口不語。蘿賽蒂含蓄地問了：「小庫的傷還好嗎？」庫法回答：「沒什麼大不了的。」

反倒比較該擔心同樣被迫躺平的聖洛克的情況。必須立刻送他到醫務室才行。就在三人一陣忙碌時，從橋上傳來了歡呼聲。

聖弗立戴斯威德的花車終於要到達中央了。

蘿賽蒂站在庫法身旁，與他一同仰望著頭頂上。雖然只能從橋墩的縫隙間窺探，但現在只能把這個地方當成特等座了吧。

「至少得好好確認學生最精彩的演出才行呢。」

蘿賽蒂這麼說道。已經沒有任何憂慮了吧。

——但是，異變正是在那一瞬間開始。

歡呼聲格外熱烈地沸騰起來。還能聽見尖銳的——類似哀號的聲音。觀眾在橋的兩端蠢動起來。他們東奔西跑——看來也像是在尋找逃離場所。

蘿賽蒂也不禁蹙起眉頭。

「咦，怎麼回事……？」

隨後，有一道激烈的閃光被放出，是光柱。源頭是弗立戴斯威德的花車。正確來說，是站在花車露臺上，將長劍筆直刺向上方的——金髮少女。

愛麗絲倒落在少女身旁。蘿賽蒂用力抓住庫法的肩膀。

「情況好像不太對勁耶！」

庫法還有拉克拉老師都露出嚴肅的表情，瞪著上空看。

† † †

在花車到達缺水橋時，聖弗立戴斯威德的遊行正準備迎向最高潮的氣氛。許多觀眾並排在橋的左右兩邊，揮灑碎紙片點綴著空中。自動駕駛的花車前往那陣歡呼聲的正中央。

——這邊是最高潮喔！索諾菈．帕巴蓋納這麼使了個眼色。同學邊跳舞邊用視線回應，更用力且惹人憐愛地踩著舞步。少女的指尖靈活地揮舞劍柄，被迫交鋒的武器「叮鈴」地高聲合唱。歡呼聲更加熱烈。

在最引人注目的露臺上，梅莉達與愛麗絲也在一瞬間互相點了點頭。兩人連零點一秒的誤差都沒有地踩著舞步，表演了宛如對照鏡的舞蹈。左右完全對稱的一致的天使之舞，瞬間就從花車周圍擄獲視線。

「是聖騎士愛麗絲．安傑爾小姐！」

儘管只稱讚堂姊妹的聲音刺中胸口，梅莉達仍努力地不去在意。這邊可是遊行最精彩的地方。讓人聯想到戰鬥天使在對峙的梅莉達與愛麗絲，從宛如對照鏡的姿勢同時拉近距離。愛麗絲避開梅莉達的揮砍，梅莉達一邊跳舞一邊鑽過愛麗絲的一閃。彼此互相撞擊肩膀後，右手與左手握著的長劍交錯起來。兩人一邊讓劍尖交叉，同時順勢將劍刺向天上。

金色長髮隨之翻動，滑過刀身之間，垂落下來。到這邊為止都在計算當中——太棒了，表演很順利！跟排演時不同，真正的歡呼聲包圍住安傑爾姊妹的全身。臉頰發燙起來，汗水四散。

——隨後，所有齒輪都開始失控了。

兩人互相交纏的長劍微微顫抖起來。不，在顫抖的是梅莉達的劍。就宛如野獸的蛋即將孵化一般，刀身激烈地亂動，不聽使喚。即使用力握住劍柄，也完全無法控制住。

「咦……怎……怎麼回事？」

梅莉達不得不用雙手去壓抑住劍柄，舞蹈遭到中斷。愛麗絲也一樣，本想踏出的腳不聽使喚，也無法拉開自己的劍，正感到困惑不已。只有兩人跟不上音樂，索諾菈的視線從花車下方看向這邊——妳們在幹麼！

但梅莉達才想問到底發生什麼事。觀眾也逐漸露出懷疑的視線。必須快點跳舞，假裝什麼事也沒有才行——明明這麼心想，劍卻完全不聽指揮。豈止如此，還像被鎖鍊繫住的猛犬一般，無比焦躁地亂動，遷怒愛麗絲的劍，響起撕扯般的金屬聲響並彈起——

與此同時。

在兩把刀身滑落時，梅莉達的長劍**削除**了愛麗絲纏繞在劍上的瑪那。「「咦……」」兩人的嘴唇同時發出這樣的低喃。梅莉達的上半身反倒湧現出活力，相反地一口氣失去瑪那的愛麗絲則膝蓋一軟。

倒落在地。

同班同學終於也無法裝作不知情的樣子了。花車上的所有人都停止跳舞，只剩音樂空虛地迴盪著——不，只有索諾菈拚命地假裝沒看見，繼續跳著舞。觀眾的視線有如針扎。索諾菈冒出瀑布般的冷汗。

彷彿在嘲笑一般，吸收了愛麗絲瑪那的長劍甚至無視梅莉達的意志，高聲發出咆哮。劍尖擅自刺向天際，放射出粗壯的白銀瑪那。

「呀啊……！」

梅莉達已經只能拉住劍柄免得它飛走。宛如弓箭一般被射出的瑪那破壞了露臺屋簷。那是梅莉達等人花了好幾個禮拜準備的屋簷。碎片傾盆而降，位於正下方的同班同學連忙逃跑。

「請適可而止，梅莉達同學！」

索諾菈至今不曾露出過的表情非常可怕。數不清的視線從花車周圍仰望著梅莉達。但這時有個觀眾突然注意到一件事。

從天而降的銀色火花迫使人注意到。那是從梅莉達的長劍散發出來，推測是她本身具備的瑪那。負責指揮騎兵團一個部隊，蓄著下巴鬍的騎士開口說道：

「這是……聖騎士的瑪那吧……？」

一名軍事顧問想起以前訪問聖都親衛隊的訓練時的事情。

LESSON: III ～抒情詩誘騙～

「沒錯，這是……跟昔日菲爾古斯公的瑪那如出一轍啊！」

想不到居然就連聖都親衛隊的騎士都造訪了現場。

「我很清楚這個『祝福』之力！這肯定是聖騎士的瑪那沒錯！」

正在採訪中的記者連忙奮筆疾書。響起相機的快門聲，有人拍下了梅莉達的身影。拍下她高舉長劍，展現出聖騎士瑪那的身影。那照片看不見梅莉達困惑的表情。愛麗絲還倒落在一旁。儘管如此，那張照片可能還是會光明正大地刊登在報紙頭版——

觀眾把遊行擱在一旁，開始議論起來。

「我早就知道了！安傑爾家不可能有什麼外遇醜聞！」

「但妳知道最近在聖王區流傳的傳聞嗎……？」

「那是謠言啦！你看她那凜然的身影！」

有人這麼說，於是視線一齊刺向了梅莉達。梅莉達的胸口刺痛了起來。

「她過去被稱為『無能才女』。但她已經度過雌伏時期，讓瑪那覺醒了——覺醒了聖騎士的瑪那！還有人能繼續貶低她嗎？」

「怎麼可能有！我一直都很支持她喔！」

「梅莉達小姐！梅莉達．安傑爾小姐！」

「她無庸置疑地是聖騎士繼承人！是安傑爾家的下任當家啊！」

湧起一陣熱烈的歡呼聲。讚賞的聲音宛如波浪一般包圍梅莉達。梅莉達沒有注意到長劍總算停止發狂，將聖騎士的瑪那都吐完了這件事。沉重到不自然的劍尖掉落到腳邊，在地板上削出缺口。

「莉塔……」

愛麗絲抬頭仰望著這邊，現在的梅莉達並不明白她的面無表情在傳達著什麼。以涅爾娃為首的同班同學都啞口無言。索諾菈・帕巴蓋納的表情還是一樣可怕。學妹們宛如雛鳥一般顫抖著。

「梅莉達學姊……」

梅莉達甚至無法面對緹契卡的視線。她現在什麼也不想看。只想摀住耳朵，閉上雙眼。老師——在一片漆黑之中，只有自己的聲音這麼迴盪著。

讚賞的聲音、僵硬的沉默、刺骨的視線——

這一切都像是要把自己從世界上趕出去一樣——梅莉達這麼心想。

LESSON：Ⅳ ～在圓圈外側嗤笑之影～

LESSON: Ⅳ
～在圓圈外側嗤笑之影～

「……這是『天秤鉛』。」

庫法在那刀身的光輝中找出了些微的混濁。庫法將即使是由他來拿也感到沉重的長劍高舉到視線高度，緩緩地放回桌上。響起叩咚的低沉聲響。

聖弗立戴斯威德所有參加遊行的人，都注目著放在大廳中央的那把輝煌長劍。這時間其他學生早已經就寢，眾人都換上制服。地點是她們包下的宿舍——也就是飯店。

梅莉達位於宛如針扎般的沉默中心。長劍宛如要將罪人逼入絕境的證據物品一般，擺放在她面前的桌子上。站在旁邊的庫法就像辯護律師或審問官嗎——

梅莉達儘管覺得自己的聲音很虛偽，也不得不發言。

「天秤鉛……是什麼呢？」

「這是具備『維持瑪那壓力平衡』這種特性的礦物。這把劍會沉重到不自然，是因為刀身含有大量這種鉛……」

為何沒注意到呢——庫法這麼詢問自己。

雖說縱使有注意到，也無能為力——

「小姐在遊行中，一直壓抑著大部分瑪那對吧？按照外祖父大人的吩咐……相對的愛麗絲小姐應該是比平常更高昂地噴發出瑪那，讓觀眾看得熱血沸騰才對。恐怕就是這點——」

庫法在胸前讓左右手的食指交叉。

「當兩位的劍交錯時，便導致了最糟糕的——呃，導致剛才的情況發生。『天秤鉛』試圖維持平衡，而從愛麗絲小姐的劍上削除了大量瑪那……雖然愛麗絲小姐隨後變得相當衰弱，但請放心。在明天的鬥技會前應該會恢復。」

「不用在意我。」

愛麗絲緊緊地依偎在梅莉達身旁。與態度小心翼翼的其他同學形成對比，看起來也有些像是在賭氣。

庫法非常清楚地感受到沉默的痛苦。這時索諾菈站了起來。

「……妳在遊行前說要『用不同武器登場』時，我就有不祥的預感了。」

梅莉達也立刻站起身。她的表情已經做好受到責備的覺悟。

「我並不希望這樣。」

「是妳拜託外祖父大人準備那把劍的吧？」

LESSON: IV
～在圓圈外側嗤笑之影～

「我也是剛剛……才第一次知道的！」

「妳看看這個！」

索諾菈將羊皮紙擺在梅莉達的鼻頭前。完全無法有建設性的交談。羊皮紙上面記載著遊行的七個審查項目，以及對應的分數。參加者名字是「聖弗立戴斯威德女子學院」。綜合得分是……不得不說實在是慘不忍睹吧。

「糟透了。」

索諾菈像是想從記憶中抹消一般，將審查表捏得稀巴爛。

「但確實如此呢，畢竟我們自己破壞了花車，舞蹈也在中途停止了。我該露出怎樣的表情讓媽媽看這個結果呢？我根本是帕巴蓋納家的奇恥大辱！」

「……我──」

「但是梅莉達同學，妳倒好了呢？把堂姊妹當成陪襯的配角，想必會一個人獨占明天的話題吧！妳已經跟報社談好了嗎？想好訪問要說的內容了？拜託妳別再把聖弗立戴斯威德捲進去了！」

愛麗絲像是忍耐不下去似的從椅子上站起身。她插入雙方之間。

「莉塔說她什麼都不知情，別責怪莉塔。」

「為什麼愛麗絲同學要包庇她呀！被她害得最丟臉的可是妳喔！」

這句話決定性地擊垮了梅莉達。她毫無預兆地轉過身，衝出了宿舍。細碎地說著「對不起」的沙啞聲音，只有傳入庫法耳朵。

一臉憂愁地挺身而出的，是米特娜・霍伊東尼學生會長。

「……索諾菈學妹，妳說得太過分了。」

「我也大受打擊啊！」

索諾菈眼中含淚地這麼大喊後，坐到椅子上並摀住臉。

非常空虛的氛圍充斥著大廳。女學生沒有人能安慰索諾菈，但這氛圍又不允許她們去追逐梅莉達。既然如此——庫法率先轉身。他甩開米特娜和愛麗絲求助的視線，前往宿舍外面。

被鋼鐵城鎮特有的悶熱空氣給包圍後沒多久，有個聲音呼喚著他。

「庫法老師。」

轉頭一看，只見穿著其他學校制服的女學生靠在玄關門的旁邊。

可以借一步說話嗎？——彷彿在邀請庫法前往夢之國一般，繆爾這麼說了。

† † †

LESSON IV ～在圓圈外側嗤笑之影～

梅莉達並不是為了一個人大哭才衝出宿舍的。

而是為了確認真相！確實就如同索諾菈所說的，有人策劃了這個狀況。將用「天秤鉛」打造的長劍交給梅莉達的是誰？他是抱著什麼打算囑咐梅莉達「隱瞞自己是武士位階這件事」呢——

梅莉達懷著悲壯的決心，奔馳在鋼鐵城鎮上。

深夜的展示館與開場時截然不同，一片鴉雀無聲。好暗……雖然白天有可靠的家庭教師牽著梅莉達的手，但現在只有梅莉達孤身一人。梅莉達斥責著好像要退縮的雙腳，踏入甜甜圈形狀的展示會場。

雙腳意外地記得目的地。那是梅莉達來到這城鎮之後——不知為何，感覺好像是很久之前發生的事情——首先前往的地方。莫爾德琉武具商工會相關人士用的帳篷。

從彷彿馬戲團一般廣闊巨大的帳篷裡漏出輝煌的燈光。

梅莉達緊張地吞了吞口水，慎重地靠近入口。

用垂幕遮住的入口對面，傳來了聲音。

「……這下就準備齊全了。」

梅莉達總覺得在哪聽過那個壯年男性的聲音。她不禁從垂幕的縫隙間悄悄偷窺裡面。

那是個深紫色頭髮蓬鬆凌亂，正抽著香菸的軍人。那身軍服的暗色讓梅莉達回想起來。那不就是以前曾來宅邸拜訪庫法的同僚嗎？

——為何他會在莫爾德琉武具商工會的帳篷裡呢？

聲音斷斷續續地從垂幕的縫隙間傳來。

「之後就等明天，把那姑娘……一來，就沒有人會……騎士公爵家的威信。」

「不……不過……真的沒問題嗎？」

聽見老人的聲音，梅莉達猛然一驚。因為她看見像個商人的緊身長外衣下襬，在軍服旁邊搖晃了一下。認出祖父的身影，梅莉達瞬間想要湊上前去。

但祖父接下來的話語讓梅莉達正要踏出的腳步固定在原地。

「聽說出現了死者？老……老夫壓根沒想到會變成這種大事件啊……」

——死者？

梅莉達更小心地躲在入口陰影處。軍服男性搔了搔頭髮。

「您不用擔心，那個不是人。」

「乾……乾……乾脆重新檢視一下計畫如何……？」

「都讓人這麼仔細地先準備好了，怎能就此打住啊。無論發生什麼事，我們都不會讓博覽會中止的……不過，這次主要是『那邊』的功勞呢。」

LESSON IV

～在圓圈外側嗤笑之影～

「居然能夠承蒙鼎鼎大名的『白夜』閣下誇獎……！實在深感光榮。」

在帳篷裡面還有其他人影。不過，梅莉達可以確定自己並不認識那些人。戴著眼鏡的長髮男性讓人感受到一種理智卻冷酷的氛圍。

「無奈我們就只會『破壞』。只是盡到那份職責罷了……」

「實在太可靠了——最後我想再確認一次明天的步驟，可以嗎？」

這個帳篷的主人明明應該是外祖父，卻絲毫沒有他的存在感。在莫爾德琉卿無法插嘴時，又冒出梅莉達不認識的人物橫跨過視野。

「醫～師～？無聊的話題還要繼續的話，我可以先去睡覺嗎？」

「澤費爾！這樣對客戶很失禮吧。」

「那我去散個步。得養精蓄銳才行呢——為了明天。」

那個人物是看來不像軍人，感覺也不是商工會相關人士，給人一種病態印象的少年。一旁的是——少年的姊姊嗎？散發可疑氛圍的少女淫蕩地勾著少年的手臂。

姊弟轉身離開。戴眼鏡的男性本想叫住他們，但作罷了。「……我家的年輕人失禮了。」軍人深有同感。「彼此都為了小孩子傷腦筋啊。」

梅莉達沒有餘力去聽這些對話，她逃離帳篷的出入口。布置較慢這點在此時奏效，梅莉達勉強衝向雜亂地堆積起來的木箱後面。

隨後垂幕被撥開，兩人份的影子依偎著走了出來。

「妳聽到了嗎，提亞？醫師跟『白』的大叔，還有那個老爺爺也是。」

少年的聲音嘲諷似的響起。「哈！」他在空檔不屑地笑了一聲。

「為了收拾一個小丫頭這麼拚命。真滑稽呢。」

「……真的呢。」

「啊～啊，為什麼非得用這麼麻煩的做法呢？明明趕快把她的人頭砍下來就好了——要是能交給我處理，一下就解決啦。」

梅莉達不知為何感到毛骨悚然，意識到背後起了雞皮疙瘩。為何他們會在熱鬧的祭典中進行這種一點也不和平的對話呢？他們究竟在說什麼呢？

對了！少年高高舉起食指。

「我想到一個好主意了。讓那個丫頭當我們的同伴如何？反正他們都打算處理掉她的話，應該不會有怨言吧？」

姊姊將手臂勾上弟弟的脖子。熱情地注視著他的側臉。

「我覺得是個很棒的點子喔，澤費爾。」

在梅莉達的眼裡看來，感覺少女幾乎沒有在聽人說話。但少年似乎覺得很高興。他仰望蒸氣蟠踞的天空，吐出自以為是的理想。

LESSON IV ～在圓圈外側嗤笑之影～

「一定能成為『兄弟姊妹』的。我們活在同樣的境遇中……活在『自己不在比較好』這種最糟糕的真實裡面。她也很快就會體認到這點——**那個無能才女**。」

咦？梅莉達的腳尖不禁擅自產生反應。

也就是她忍不住想將身體探向前方，結果踢飛了木箱。那聲音在關閉中的展示館裡出乎意料地大聲迴盪著。姊姊首先抬起頭來。

「……有氣味。」

梅莉達退後一步。淫蕩的少女用鼻子嗅了嗅氣味。

「可能被人聽見了。」

梅莉達反射性地轉過身。她鑽過木箱的縫隙間奔馳著，衝進商工會的攤位。她在宛如迷宮一般並列的展示臺之間逃跑，逃跑，逃跑——

閃光一瞬間就從後方追趕上來，射穿一旁的商品架。梅莉達一邊拚命地不斷奔跑，同時發出尖銳的哀號。倘若她有餘力停下腳步確認，會發現接連射過來的閃光是「鳥的羽毛」吧。還有少年的怒吼傳來。

「瞄準腳！」

他們追上來了！一種本能般的恐怖襲向梅莉達。她一看到小路便衝進去，在飛奔而過時拉倒盔甲，留下障礙物。儘管如此，兩個人影還是糾纏不休地一直追趕在後。梅莉

達已經不曉得自己是沿著展示館的哪裡在奔跑了。

一來到寬廣的道路，立刻有人用力抓住了梅莉達的手臂。哀號從她的喉嚨迸出。

「梅莉達學妹？妳在做什麼呀……！」

那是穿著騎兵團軍服的女性。不，還可以說是「少女」吧。畢竟她直到去年度為止，都還跟梅莉達一樣就讀於聖弗立戴斯威德女子學院。

「神……神華學姊……！」

「妳的臉色很蒼白呢……！剛才也傳出驚人的聲響，究竟發生什麼……」

「我……我被追殺……」

這句話讓神華表情嚴肅起來。「這邊。」她這麼說，拉起梅莉達的手。

她讓梅莉達躲到攤販的櫃臺底下後，自己板著臉站在小路的出口。過沒多久，兩名追兵衝了出來。神華大聲喊道：

「站住！」

瞬間踩煞車的果然是剛才也見過的姊弟——有一瞬間他們看來像是採取了戰鬥術的架勢，但少年立刻像在掩飾似的搖晃著身體。

「嗨——軍人小姐。工作辛苦了。」

神華以嚴厲的視線割捨少年面色不佳的笑容。

「畢竟是關於武器的活動，有人鬧事是家常便飯呢。但勸你們留到明天再鬧吧。」

「我們在找人。無論如何都想跟那人聊聊。」

「這邊沒有任何人過來喔。」

少年不客氣地猛然拉近距離。

「說謊是不好的喔，軍人姊姊。」

少年的姊姊也從另一邊挺身向前——彷彿要縮小包圍範圍一般。神華反射性地將手放到腰部的劍上，同時往後退。她往後退幾步，少年就前進幾步。當少年的右手粗魯地伸過來時，梅莉達瞬間想衝出去。

但在她衝出去前，有其他人影插到神華前方。

少年的右手腕被用力握住，他咬緊牙關。

「你……！」

感覺又來了一個梅莉達沒印象的人物。畢竟那人連頭都用長袍蓋住，而且還戴著面具。不過被阻擋去路的姊弟還有神華，似乎一眼就看出那人是誰。

神華的臉頰浮現出朱紅色，白金秀髮在微暗中彈跳起來。

「繃帶騎士大人……」

神祕人物隨便地揮開少年的右手。從面具底下響起青年的聲音。

「別無謂地引起騷動。」

「剛才有人躲在帳篷旁邊……那人可能聽見我們的談話了！」

「就算聽見了，那傢伙也無能為力。克制點。」

碰——發出低沉的聲響，梅莉達不禁張嘴「啊」了一聲。

少年用全力揍了眼前的面具男後，以像要吐口水的氣勢折返回頭。

「明明是『舊型』……你最近很奇怪喔。」

少年的姊姊立刻依偎到他身邊，兩人份的影子融入黑暗對面，消失無蹤。

即使挨揍了，戴著面具的人物依然動也沒有動。等到姊弟的腳步聲遠離之後，他才深深吐了口氣。

真沒辦法——他這麼低喃，就那樣想邁步離去。神華抓住他的袖子。

「請……請留步！您是那時……我們在畢布利亞哥德陷入絕境時，您與庫法老師一起來拯救了我們對吧？」

「……是沒錯。還有事嗎？」

「都是因為我，害您受傷了不是嗎？請讓我幫忙包紮……」

「不用啦。」

面具男想甩開神華的手指。但神華頑固地不肯放手。

LESSON: IV

～在圓圈外側嗤笑之影～

「這樣不行……！」

神華像是在斥責他「壞壞！」似的蹙起眉頭，將不情願的男人拉到附近的長椅上。

從櫃臺底下窺探著情況的梅莉達，立刻明白了。現在的神華完全忘記了梅莉達的存在，只有看到眼前的男性而已。要說梅莉達為何明白，這是因為梅莉達跟庫法在一起時，也經常陷入類似的狀態。

神華將扁掉的面具從青年臉上拿下，撫摸著底下的真實面貌。

「啊，竟然這麼用力地毆打……實在太過分了。」

「在我們『學校』，這就類似打招呼啦。」

「哎呀。」

神華拿出手帕，仔細地按了好幾次青年的嘴角。從遠處看著的梅莉達心跳不已，感覺兩人好像會順勢親下去一樣。

話雖如此，但從梅莉達的位置來看，只能看見神華泛紅的臉頰就是了──

「騎士大人您……為什麼會來這裡？您是來觀賞博覽會的嗎？」

「真要說的話，我算是參展商那方吧。我在企劃一個小型『活動』。」

神華仗著從青年的角度看不到這點，在血已經止住後，也不斷碰觸著他的嘴唇。另一隻手則彷彿在憐愛花瓣一般，撫摸著臉頰和下頷。

青年雖任憑神華處置，還是一臉不可思議地回望著神華。

「妳從一開始就不會怕我呢。為什麼？」

「您希望我怕您嗎？」

青年抬起雙手，彎曲食指與中指，擺出「獠牙」般的動作。

「吼。」

「哎呀！」

呵呵笑的神華在梅莉達眼中，簡直就像比自己年幼的女孩子一樣。我待在這裡真的好嗎？一種如坐針氈的心情突然襲向梅莉達。

青年停止像是開玩笑的動作，重新以正經的聲音說道：

「我也不是很懂。不知道有幾年沒像這樣跟某人說話了。」

「……什麼意思？」

「說得也是——雖然這終究是某個男人虛構的故事。」

戴面具的青年講了這樣的開場白後，開始述說起來。

「那個男人作為名門貴族的長男誕生了。以父母的角度來看，是他們等候許久的繼承人。男人被期待能出人頭地。被期待能背負家族的名號占有一席之地。他本身也——集父母的期待與寵愛於一身，深信自己會有燦爛美好的未來。」

LESSON IV

～在圓圈外側嗤笑之影～

神華放下手帕，側耳傾聽接下來的話語。

「但幾年過去……當第二個孩子出生時，父母開始發現了異常。長男完全沒有讓瑪那覺醒的跡象。即使升上幼年學校就讀，周圍的貴族小孩都接連獲得瑪那，只有他還是……無論經過多久，在模擬賽中總是單方面地被打得一敗塗地。他成了整間學校的笑柄。父母以他為恥。」

「…………」

「然後父母不得不承認了。他們的孩子——雖然流著貴族的血，卻生來就不具備瑪那。」

對這個故事最感到衝擊的是梅莉達，但她同時也回想起來。在一年前的夏天，拯救了梅莉達的庫法曾經這麼說過：「偶爾也會出現雖然生在貴族家，卻沒有繼承瑪那的案例——」

不過，他也說了這種事情不會浮上檯面。換言之，就是會被隱蔽。

——如何隱蔽？

戴著面具的青年用彷彿削除了感情的聲音繼續說「虛構的故事」。

「那個男人身為貴族度過的最後一晚……在比賽中挨打的傷口痛到他躺在棉被裡睡不著時，他聽見了父母的談話聲。他一開始以為那大概是『假話』。因為一般人都難以

置信吧？為人父母居然會打算丟掉自己的小孩。但是第二天，父母用溫柔的表情開口說『我們搭馬車去觀光吧』時，一種彷彿吞下冰塊般的不祥預感襲向了男人——」

之後就如同預測的一樣——青年這麼說，聳了聳肩。

「男人被丟在深邃森林的深處。父母把小孩關在運貨馬車(Wagon)的車廂裡後，從容不迫地騎馬回去了。男人一直在睡……妳能想像當他孤伶伶地醒過來時，周圍的黑暗帶給他多大的絕望嗎？」

我是沒辦法想像啦——他用說笑的態度這麼補充。

倘若他不像那樣表示自己很清醒的話，在眼前聽他說話的神華可能會哭出來。梅莉達抱著膝蓋，這麼心想。

「但是啊，父母太小看他了。男人雖然沒有瑪那，卻有毅力。他覺得與其在車廂裡一邊發抖一邊等死，不如逃出這裡看看，而衝向了有藍坎斯洛普在徘徊的森林裡。之後他花了好幾天……他一邊靠長在路邊的野莓或果實，還有實在不是人吃的野草充飢，總算回到了弗蘭德爾！他渾身泥巴，在一堆人的白眼之下搭上列車，到達了宅邸！」

「哎呀……」

「妳覺得父母會怎麼做？會哭著道歉，說『對不起，是爸媽不好。我們再也不會拋棄你了』嗎？還是用力地抱緊他？」

LESSON: IV

～在圓圈外側嗤笑之影～

真是可笑——唯獨在這句話裡，青年滲出了深不見底的感情。

「那間宅邸啊……已經不是他家了。」

「……這話是什麼意思呢？」

「『生來不具備瑪那的名門貴族長男』，根本就**不存在**啊！他的名字變成了**弟弟的**；他的房間也是弟弟的；無論是他以前用的桌子、中意的樂器，還是互相承諾將來的未婚妻，全部！全部！……都被『新的長男』給奪走了。」

唉——他嘆了口氣。青年失落地垂下肩膀，神華將自己的手重疊在他手上。

「後來呢？」

梅莉達感受到神華這名少女彷彿要包容一切般的強大。戴面具的青年稍微調整呼吸後，斷斷續續地說了下去。

「……諷刺的是，在森林裡亂爬了好幾天的男人，全身破爛到連親生父母都認不出來。他被傭人趕走，之後再也沒回去過了。他已經怎樣都無所謂了……包括當個人類這件事。但他又害怕死亡，就那樣拖拖拉拉。」

青年用左手握住右手的拳頭，稍微思考之後，抬起頭來。

「最近他開始有些迷惘。覺得『就這樣下去真的好嗎？』」

「就這樣下去？」

「要繼續茫然地憎恨著世界一直活下去，還是說——無論有多麼痛苦，為了到達期望的場所——挺身而戰呢！啊，真討厭啊……光是說出口就覺得麻煩起來了。」

他頹喪地低下頭，神華撫摸著他的手背，就那樣將手指纏繞上去。

「感覺有答案嗎？」

青年乾脆地抬起頭。

「其實那並不是由我決定的。」

「這……這話什麼意思呢？」

「我實在無法下定決心，所以想說乾脆託付給其他某個人算了。我現在下了個『賭注』。我會用賭注的結果來決定今後。」

「哎呀！」

神華以千金小姐學校一脈相傳的潔癖吊起眉毛。青年聳了聳肩。

「別露出那種表情啦。我是個懶惰又優柔寡斷的懦夫啊。」

「我不那麼認為。」

神華用力握緊手心，將思念灌注在裡面。

「因為您曾經成功過一次吧？」

青年忽然站了起來。他重新戴上面具，將兜帽壓低，蓋住雙眼。

「我好像待太久了，我差不多該走了。」

「啊，等一下……！至少告訴我大名——」

「我現在不想報上姓名。」

青年將神華的肩膀拉近自己時，梅莉達差點「啊！」地叫出聲。因為感覺兩人好像真的接吻了。

不過，實際上似乎只是將嘴湊近耳邊而已……

青年低喃了幾句話之後，立刻放開神華，轉身離去。他的背影只有在路燈的正下方被照亮一次，眨眼間便融入黑暗之中。

神華暫時緊握胸口，目送著青年離開。雖然妨礙學姊沉浸在餘韻中讓梅莉達十分過意不去，但她還是戰戰兢兢地從櫃檯後面現身。

「神……神華學姊？」

她猛然轉頭看向這邊。從未見過她如此困惑的模樣。

「咦？啊……梅……梅莉達學妹？對……對不起喔，一直丟著妳不管……！」

「沒……沒關係的……謝謝學姊救了我。」

梅莉達眺望戴著面具的人物離開的方向。路燈的光芒沒有照亮任何人。

「剛才那位是？」

LESSON: IV ～在圓圈外側嗤笑之影～

「我不曉得，但我們一定還能再見面的。」

神華爽快地這麼說道，朝梅莉達招了招手。

神華想邀梅莉達坐到長椅上，但她思考了一下。過了一會兒，她讓梅莉達坐在自己剛才坐的位置上，自己則坐到梅莉達旁邊──也就是坐到面具青年留下的體溫痕跡上。

感覺憧憬的學姊好像突然變得很親近，梅莉達綻放出微笑。

「神華學姊為什麼會來鋼鐵宮博覽會？果然是因為工作嗎？」

不過，神華的表情蒙上一層陰影。

「不，是家裡吩咐我來的……其實我的未婚夫會參加博覽會。」

「咦──什麼！」

「學……學姊已經訂婚了嗎……？」

梅莉達瞬間混亂起來，甚至不曉得該對什麼感到吃驚。

「說是這麼說，但其實是從我出生時雙方家庭就決定好的對象，我也是到了最近才直接見過面的。他是尚．沙利文專門學院的最高年級生──作為對戰對手，不知妳是否聽說他的名字了？是名叫聖洛克．威廉斯的人。」

那是梅莉達唯一知道名字的尚．沙利文的首席學生。「在學院明明隱藏得很好啊」神華這麼說，看似頭痛地按著額頭。

像要是轉換心情一樣，神華緩緩搖了搖頭。

「我的事不重要啦。先別提這些，梅莉達學妹，妳究竟為何會被追殺？」

「啊……」

發生太多令人眼花繚亂的事情，記憶完全被沖走了。梅莉達迅速地說明自己在聖弗立戴斯威德的宿舍與同班同學起了爭執，為了詢問原因而前往莫爾德琉武具商工會的帳篷，在那邊偷聽到了相當危險——但並不確定詳情的談話內容等事情。

梅莉達深切地感受到「有商量對象」是多麼寶貴的一件事。神華非常耐心地側耳傾聽著梅莉達無止盡地吐出的鬱悶。

「過來吧。」

大致聽完來龍去脈後，神華將梅莉達的頭抱近自己胸前。

自己已經不是聖弗立戴斯威德的學生。所以才能毫無顧忌地當梅莉達的同伴——神華一邊撫摸梅莉達的金髮，一邊這麼向她低喃。

「但令人感到在意的是，妳在令外祖父大人的帳篷聽見的對話呢。」

神華看準梅莉達的心情已經平靜下來後，開口說道：

「出現了死者……至少我的部隊沒有接到這樣的報告呢。」

「是我聽錯了嗎？畢竟距離很遠，而且斷斷續續的……」

LESSON: IV ~在圓圈外側嗤笑之影~

「……但是，或許也不能籠統地那麼斷言。」

神華在眉間刻起皺紋，將臉湊近梅莉達。是要講悄悄話。

「其實呀？在萊寶財團的展示館……好像是叫路曼夏爾館？那裡發生了竊盜事件。所以才會突然由騎兵團輪流巡邏會場。」

梅莉達驚訝地睜大了眼，神華在她面前將手指貼到太陽穴上。

「妳的位階以那種形式被告知眾人一事也是，今年的博覽會有哪裡不對勁……像這樣煩惱，感覺也很令人懷念呢？」

梅莉達有些愣住。神華調皮地笑了。

「因為有妳跟愛麗絲學妹在的話，『風平浪靜地按照預定完成』這種事，從來沒發生過不是嗎？我度過了一段非常刺激的學院生活喔？」

「啊嗚！這這……這並不是我們期望的……！」

神華呵呵地笑了笑後，從長椅上站起身。她朝梅莉達伸出手。

「既然有那麼粗暴的人出入，妳改天再找令外祖父大人談話比較好喔——好啦，我送妳回宿舍。」

「謝……謝謝學姊。妳明明還在巡邏……」

「沒關係的，我也想久違地跟學院長他們打聲招呼……而且關於妳的煩惱，找那位可靠的家庭教師商量，應該是最好的辦法吧？」

神華拉起梅莉達的手，接著忽然感到疑惑。

「這麼說來，妳竟然會獨自一人，還真稀奇呢。庫法老師在做什麼呢？」

† † †

同一時刻，庫法正在他宿舍的房間**聽著**沖澡聲。

也就是有其他人在浴室裡。在朝高空伸展的高層飯店最上層樓，庫法茫然地從窗戶注視著沒有任何遮蔽物的景色時，沖澡聲忽然停止了。

過了一會兒，淋浴間的門像要吊人胃口似的打開了。

「心不在焉——沒錯吧。」

只披著一條浴巾就走出來的，居然是純真且高尚無比的公爵家千金——繆爾．拉．摩爾小姐。在飯店前叫住庫法的她，表示「有重要的事想說」，讓庫法帶她到庫法的房間後，首先就沖澡了起來。

「因為我在遊行上跳了很久的舞蹈嘛。」

她這麼表示，但庫法不懂為何要特地在庫法的房間將身體洗乾淨。總之，對洗澡後

的光景莫名打起寒顫——不，應該說有不祥預感的庫法，事先採取了對策。也就是把房間裡的燈都先關掉了。房內一片漆黑。

繆爾看到就連幾公尺前方都模糊不清的客廳，不滿地扭曲嘴唇。

「……在這種情況下想事情這點也是，你到底打什麼算盤呢？」

繆爾毫不猶豫地逼近坐在床上的庫法。

「庫法老師愈是想當個紳士，我愈會燃燒起來呢。」

「繆爾小姐，妳那種想法……我總覺得只會對彼此不幸。」

「那麼，讓我們一起獲得幸福如何？」

繆爾在庫法眼前輕快地掀開浴巾前方。膚色曲線有一瞬間烙印在視野之後，庫法連忙將臉別向一旁。

「繆……繆爾小姐，請別鬧了……」

不過，至少避免了在決定性的情況下玷汙她一事。也就是庫法以為會看見裸體，但繆爾在浴巾底下穿著成熟的內衣。

……不，就算這樣也是一點都不好。繆爾一邊攤開浴巾秀出內衣裝扮，同時像在揶揄庫法似的笑著。在微暗中浮現的臉頰紅通通的。

「真……真是遺憾呢？呵呵……」

她的聲音顫抖著。覺得害羞的話，別這麼做不就好了——雖然庫法這麼心想，但繆爾不知何故，來糾纏庫法時，總會像這樣硬是想裝大人。

浴巾啪沙一聲地掉落到地板上，只穿著內衣的繆爾悄悄靠近庫法。

「能請你借我衣服穿嗎？老爺。」

「誰是老爺啊——大衣可以嗎？」

「不，請借我襯衫！請借我你平常穿的襯衫。」

繆爾在奇怪的地方講究起來。庫法從行李箱抽出替換的襯衫給她後，她興沖沖地套上那襯衫。

相對於高個子的庫法，繆爾是個纖瘦的十四歲少女。就如同預料的一樣，衣服尺寸對她而言過於寬鬆。但繆爾彷彿想說這種不平衡感至高無上似的，一臉幸福地將嘴唇埋在領口中。

「我一直很嚮往……像這樣在洗完澡後，被美好的男性氣味給包圍。」

我實現了一個夢想——繆爾對著襯衫的袖口告白。

以庫法的立場來說，還是希望她能選擇厚重的大衣。畢竟只穿著一件單薄的襯衫，雖說室內陰暗，但也毫無防備過頭了。而且繆爾還故意不把扣子扣起來。她就那樣爬上床鋪。

她大腿性感誘人的動作，讓庫法的目光不禁被吸引過去這點是祕密。話雖如此，但庫法想移開視線的話，淺淺的乳溝又散發出讓人難以抗拒的引力。是忘了擦乾，還是緊張的汗水呢？從鎖骨垂落的一顆水滴，沿著隆起降落到肚臍。

直到見證那顆水滴被吸入內褲後，庫法才別過臉去。

「那……那麼，所謂重要的事是什麼？」

「我是來預支『報酬』的。」

庫法猛然轉過頭去，甚至忘了害羞，將嘴脣湊近少女。他慎重地低喃：

「……現在嗎？」

「就是現在。因為等鋼鐵宮博覽會結束後，我們又會分隔兩地了不是嗎……我可受不了被爽約呢。」

這是只有兩人才知道的祕密——在這次博覽會中，庫法委託了繆爾「某件事情」。這是連梅莉達都不曉得，全世界只有兩人才知道的密約。

作為回報，繆爾要求的東西——並非物品，當然也不是金錢，而是「庫法會答應任何事」的約定。

既然說出口了就會守約。但庫法不得不感到疑惑。

「不過，那是什麼意思？雖然是我委託的，但妳提示給梅莉達小姐的條件……『**在**

鬥技會獲勝的人可以當我的學生』是指？」

「哎呀，不是老師來拜託我，希望能讓梅莉達發憤圖強的嗎？」

繆爾調皮地豎起食指，比在嘴唇前。

「老師不覺得效果十足嗎？」

庫法壓根沒想到，其實兩名公爵家千金的目標是自己的嘴唇。又或者是三人，也許是四人，說不定有更多女孩子有這種企圖——…………

繆爾認為庫法這種嚴以律己的態度，讓自己有機可乘。我可是很清楚的，老師從剛才就被我的……內……內褲給吸引了。包括之前一起泡溫泉時，老師有多麼拚命地在克制自己。

現在是只有自己能獨占他的時間。繆爾下定決心，將雙手勾到庫法的脖子上，彷彿不檢點的情侶一般，將肌膚蹭上去。

庫法在表面上果然還是看不出來有驚慌失措的樣子。

「那麼，妳期望什麼呢？……倒不如說，跟這種姿勢的關係是？」

「關係可大嘍……我……其實……那個……」

繆爾動員所有體內的勇氣，顫抖著喉嚨。

「希望老師讓我——讓我轉大人。」

「……………………什……什麼？」

繆爾無法正確理解那時庫法的視線是什麼意思。

庫法不知何故，在這之前明明努力避免看見繆爾的半裸，卻突然像要看透每個角落一般——沒錯，他像是忍不住似的，用視線從上到下羞辱著繆爾。

由於事出突然，繆爾也不禁瞬間用手遮住乳溝。

「希……希望老師讓我轉大人……」

「可……可……可……可……可以再稍微說得簡單好懂一點嗎？」

庫法會驚慌成這樣，對繆爾來說也是出乎意料。

繆爾一邊讓心跳像要與庫法共鳴似的激昂起來，一邊繼續告白：

「所……所以說呢？我很嚮往能夠把男士玩弄在股掌之間的成熟淑女。但是——對，就如同老師察覺到的，我對這方面完全是一竅不通呀！」

「是……是啊……」

「所以說，我想請老師指導我。關於活生生的男性……」

「…………原來是這種意思嗎。」

庫法看來像是感到非常無力的樣子。為什麼？這明明是我一生一次的告白！

不過會在這邊姑且認真地陷入沉思，是庫法的優點吧。

LESSON Ⅳ ～在圓圈外側嗤笑之影～

——只不過他說出口的，是非常無可救藥的解決方法。

「妳要不要考慮交個男朋友？」

庫法沒有任何疙瘩地這麼說道。

「社交界有許多比我更優秀的男性。妳要不要試著積極地在派對上露面，與同年代的男生交朋友看看呢？如此一來，自然也會累積起經驗……」

「只有你呀。」

「不……不，所以說，妳可以再稍微拓展交友圈……」

「不是你的話我就不要嘛！」

繆爾斷然地鼓起臉頰，表達她的不滿。

庫法似乎按照字面意思理解了繆爾的願望。真教人難以置信——這種事情只能拜託內心屬意的對象吧！

簡單來說，就是為了接近對方的藉口。這是梅莉達和沙拉夏無法辦到，繆爾流的戀愛攻勢。庫法暫時盤起手臂思考起來，然後搖了搖頭。

「但我還是深感惶恐……畢竟還要顧慮到所謂的身分。繆爾小姐是拉・摩爾家重要的繼承人。我只是個微不足道的家庭教師，由我來指導男女關係這種事……」

「既然這樣，那偶爾——」

早料到庫法不會輕易點頭的繆爾，立刻將肩膀湊近。

然後——現在正是該加把勁的時候！繆爾這麼說服自己，拉起庫法的手。她一邊用自己的手牢牢握住，同時將庫法的手領向襯衫內側。

繆爾讓庫法觸摸自己的胸部。繆爾讓庫法的指尖按下去後，一種未曾感受過的甜美酥麻感竄過脊背。臉頰明明害羞得發燙，但不知何故卻忍不住會上癮。

那指尖順勢潛入內衣內側，準備彈奏胸前的「櫻花色」——

在千鈞一髮之際，庫法好不容易搶回了主導權。即使並非自己的意思，但玩弄十四歲少女的胸部這件事實，讓庫法不由得萌生背德感。

繆爾的眼眸陶醉地溼潤著，看來似乎沉醉在刺激中。

「偶爾像這樣兩人悄悄碰面，教我情侶之間的碰觸方式好嗎？我會努……努力學習，替老師服務喔……？」

「幽會……是嗎。要是被發現的話，感覺會吃不完兜著走呢。」

「就是這樣才好呀。」

繆爾的聲音忽然變得雀躍，並將臉頰蹭了過來。

「想像一下？老師和平常一樣，跟我們在一起的光景……大家都跟平常一樣，梅莉達她們什麼也沒發現。但只有我跟你……回想起像這樣放蕩地讓手腳交纏在一起的事情。」

繆爾更進一步地移動讓庫法摸著自己胸部的手。雖然庫法努力地不去看，但可以感受到指尖的感覺沿著肚臍移動到下腹部。繆爾讓庫法的指尖撫摸勉強還算內褲外側，大腿內側非常危險的界線，聲音陶醉地顫抖著。

「居……居然被老師做了這種事……假如在茶會時揭發這件事，究竟會發生什麼事呢？啊，光是想像……背脊就興奮地顫抖起來了。」

「真希望繆爾小姐能找到更加健全的興趣。」

「啊，對了！」

繆爾彷彿想說「想到好主意了」一般，雙手合十。庫法的手因此獲得解脫，但其實對她的肌膚有些依依不捨這點是祕密——正如她所願。

繆爾絲毫沒放在心上，一下子就改變了話題。

「如果吵起來，將來就我們和老師住在同一間宅邸裡生活如何？庫法老師是丈夫，我們統統都是你的新娘！你不覺得這點子很棒嗎？這樣大～家都能獲得幸福嘍？」

令人驚訝的是，這時繆爾的氛圍並不像在開玩笑。

畢竟她彷彿真的在夢想那種光景一般，闔上眼皮並靠到庫法身上。心跳聲怦怦地傳遞給彼此。

「跟大家說『晚安』，然後道『早安』並起床。每天都可以跟最喜歡的人在一起喔？多麼美好的生活呀……！這樣一來就再也不會……——一點都不會覺得寂寞了呢。」

「繆爾小姐？」

「你考慮一下。」

繆爾再一次與庫法面對面。庫法的視線被她像是黑水晶的眼眸給吸進去。感覺好像會就這樣被帶到妖精之國一般。

「我無論何時都是認真的喔？我打從心底期望老師願意當我們的丈夫，還有跟我幽會並疼愛我……」

「果然不能請妳改成其他願望——」

「已經太晚嘍？」

這時繆爾將嘴脣吻上庫法的脖子，啾一聲地，像在撒嬌似的吸住。

將臉移開時，她的眼眸寄宿著讓人聯想到梅莉達的熱情。

「愈是被人說『不行』，我就愈會燃燒起來的。」

這時，走廊傳來叩叩叩的腳步聲。

換言之，就是某人正爬著樓梯上來，但庫法立刻察覺到了。這間宿舍目前是由聖弗立戴斯威德包場，被安排在最上層樓的只有庫法這間男生房。也就是說那個某人是來拜

LESSON IV

～在圓圈外側嗤笑之影～

訪庫法的。

該怎麼解釋這種狀況呢——在庫法這麼感到不寒而慄時，繆爾也察覺到了情況。她一邊將床單拉近手邊，同時緊抓住庫法不放。

「討……討厭……！要是被人看到這種樣子，未免太難為情了……」

明明是她自己脫掉衣服逼近庫法，居然還好意思這麼說。「所以我不是再三警告過了嗎」——雖然庫法很想這麼說教一頓，但應該等之後再說。

庫法不禁想保護宛如小羊一般顫抖的少女。他迅速地掀起床上的棉被，然後一般爬到枕頭的位置，一邊對繆爾招了招手。

「過來這邊！在客人回去前，請別亂動。」

庫法先讓繆爾抱住自己的腰部，然後蓋上棉被。簡單來說，就是裝作「直到剛剛都在睡覺」的樣子。再怎麼樣也不會被掀開棉被吧。

就在庫法弄亂棉被，假扮得煞有其事後沒多久，響起了敲門聲。

『……老師？你在嗎？』

「梅……梅莉達小姐？」

聲音不禁變調。這名訪客該算幸運或不幸呢？無論如何，庫法都不會發現——當梅莉達的聲音響起時，躲在棉被裡的繆爾不懷好意地揚起嘴唇。

庫法戰戰兢兢地允許梅莉達進房，房門輕易地被打開。

梅莉達禮貌地關上門後，「奇怪？」露出疑惑的表情。

「老師，你剛才已經睡了嗎？」

「嗯……對……對啊……」

庫法總是晚睡早起。梅莉達跟庫法一起生活超過一年，幾乎沒看過庫法的睡相，無論何時都是被看見睡臉的一方。因此庫法現在從床上抬起上半身的模樣，非常地罕見。

才這麼心想時，只見棉被在他膝蓋附近蠢動起來。

就彷彿蛋孵化一般，幾乎全裸的美少女從棉被裡現身了。

「呼啊……究……究竟是怎麼回事呢，老爺？」

「喂！繆爾小姐。妳又──」

那人是目前身為情敵的繆爾，因此梅莉達不禁柳眉倒豎。

怎麼會有這種事！一邊喊著「老爺」一邊起身的繆爾，只穿著一件襯衫，胸罩的肩帶有一邊掉落，內褲也是……彷彿正要脫下來似的歪掉了。「呼啊」──才心想她故意打了個呵欠，只見她用朦朧的眼神抱住了庫法──彷彿直到剛才為止，她一直像這樣在睡覺似的。

梅莉達粗暴地一邊踩響地板，一邊逼近兩人。

LESSON IV

～在圓圈外側嗤笑之影～

「怎麼一回事！這是怎麼一回事！」

「小……小姐，請冷靜下來。這是有原因的——」

「梅莉達真是的，也太愛為小事生氣了吧。」

明明自己搧風點火在先，繆爾卻從容不迫地撥起頭髮。

「我借用了浴室沖澡，後來就那樣累到睡著了。看來庫法老師幫忙照顧我了呢。呵呵，我愈來愈迷上你嘍？」

「那副……打扮是……怎麼回事？為什麼妳會穿著老師的襯衫！」

「因為沒衣服可穿了。」

「穿妳脫掉的制服不就好了嗎！」

繆爾看來很高興似的雙手合十。「我都沒想到呢。」她一邊這麼說，一邊走下床舖。她再一次消失到淋浴間，出來時已經完美地穿上聖德特立修的制服。庫法不禁想像起在制服底下的性感肢體——明明打算勸誡她的，但這樣不是完全中了她的招嗎？

繆爾在擦身而過時，在梅莉達的耳邊低喃：

「妳可不能再傻傻發呆嘍？等明天在鬥技會上獲勝後，我就要拜託他進行剛才的後續……氣氛一炒熱的話……說不定就連內衣褲也會脫掉呢？」

「……！」

「呵呵，梅莉達也有注意到，他有時會看著我們的胸部和腳，內心小鹿亂撞對吧？要是被我用裸體逼近，他還能當個聖人君子，什麼也不做嗎？」

說不定我會是第一個喔？繆爾留下這番話後，離開了房間。

梅莉達顫抖著拳頭，呆站在原地。喂喂，這種情況叫我怎麼收拾啊？庫法一邊在內心由衷地這麼嘆氣，總之先下了床鋪。

「小……小姐？妳找我應該有事……」

「哼——！」

梅莉達噘起嘴脣，將臉撇向一旁，然後衝出了房間。

庫法立刻追趕上去，就看見沿著走廊飛奔而去的纖細背影。

「哼哼——！」

梅莉達頭也不回，並非朝樓下走，而是更往樓上爬——也就是前往屋頂。庫法再三嘆氣，同時拉起外套，一蹬地板。

狂風在屋頂的水塔呼嘯，果然還是會冷——

路燈的燈光在眼底下點綴著街道。不斷吐出的蒸氣彷彿失敗的夢想一般蟠踞在空中。被狂風玩弄的金髮顯得格外尊貴——

坐在水塔邊緣的那個纖細人影，在庫法眼中看來，虛幻到彷彿輕輕彈指就會消失一般。庫法刻意高聲踩響鐵板並走近，接著就那樣從背後緊緊抱住梅莉達。

「好啦，我抓到妳嘍。」

「……唔～」

「小姐，請妳別誤會。剛才的情況是——」

「是繆爾同學慣例的惡作劇對吧？這種事我很清楚。」

唔——梅莉達不滿地鼓起臉頰，讓身體前後搖晃。

彷彿在說「更用力地抱緊我」一樣。

「可是，我覺得老師也應該更嚴肅地斥責她才行。」

「……真沒面子。可能我也有些想與人接觸吧。」

梅莉達想轉過頭來，因此庫法將臉頰湊近她的後頸。

他就這樣一邊隱藏表情，同時更用力地抱緊梅莉達，將思念灌注到手臂裡。

「小姐，明天就是鬥技會了呢。」

「咦？是……是的……我能不能好好加油呢？」

「小姐那麼努力地特訓過了。一定沒問題……對，沒問題的。」

梅莉達也明白了庫法是在說服自己。感覺光是讓手指交纏還不夠，梅莉達稍微硬伸出右手，撫摸庫法的頭。

LESSON IV ～在圓圈外側嗤笑之影～

——老師上次變得這麼感傷的情況，是什麼時候的事呢？

不過，梅莉達終究還是不清楚庫法感傷的理由。

還有在祖父帳篷裡聽到的那些對話的意義，以及一分一秒地逼近喉嚨的死神鐮刀。

就連心上人此刻在內心低喃著道別話語這件事也——……

† † †

鋼鐵宮博覽會的第二天，人數比前一天更多的觀眾蜂擁而至。

他們的目的是博覽會的主要活動——「團隊戰術鬥技會（強勁軍火庫競賽）」。這個活動的外號是「決定武器庫排行戰」，對一般觀眾來說，其中蘊含著讓人必定會感到興奮的宗旨——也就是實際使用武器來證明光用肉眼看不會明白的武器優劣。這一天，鑽過賽勒斯特泰雷斯城門的數千民眾，幾乎都是直接前往設置在博覽會展示館中央的圓形鬥技場。

距離鬥技會的開始時刻，剩不到一個小時了——

參加鬥技會的三間學校中，在聖弗立戴斯威德用的休息室裡，也能看見梅莉達和庫法的身影。合計四十五名的選手正在進行最後的會議。

休息室中央有個迷你模型。那是仿造了鬥技場全景的迷你模型。雖然地面是泥土，但四處聳立著高大厚重的鐵板，分隔著場地。直徑大約兩百五十公尺……看起來就像超大型迷宮吧。弗立戴斯威德、德特立修、尚．沙利文各軍皆會分配到堡壘作為「根據地」，勝利條件便是憑武力攻陷敵軍的堡壘。直到剩下最後一軍為止遊戲都不會結束。這是相當艱難的條件，無法避免出現受傷者吧。

但是，這場「強勁軍火庫競賽」還有其他更特異的規則。

「**『禁止攜帶武器』**。」

米特娜．霍伊東尼會長——也就是聖弗立戴斯威德的軍團長，走到迷你模型前方。她稍微環顧參賽選手緊張的表情。

「我們不能攜帶武器入場。在遊戲剛開始後，三軍所有戰士都是手無寸鐵喔？用來戰鬥的力量——」

她輕輕指向迷你模型。

「必須就地取材才行。」

在迷宮四處蓋有被命名為「武器庫」的小屋。據說屋內會隨機配置莫爾德琉武具商工會、騎兵團樞機工廠、萊寶財團製作的武器。

米特娜會長接著依序比向鬥技場外圍的四個場所。

LESSON: Ⅳ ～在圓圈外側嗤笑之影～

「關於武器，有幾個嚴格的規定呢。『一度拿起的武器，除了損壞、弄丟以外的理由，不能替換』、『不能同時持有複數武器』……聽說裁判會在鬥技場外睜亮眼睛盯著，所以惡劣的違規會被強制退場。雖然找漏洞鑽也是個有效的辦法……大家還是多留意喔？」

以緹契卡為首的一年級生，表情僵硬地點了點頭。

每個人都很清楚。這個「禁止攜帶武器」規則的關鍵，在於能比敵軍多迅速地整頓好自軍的裝備。在被比賽前的緊張給吞沒之前，鬥爭心格外激烈的二年級生——涅爾娃輕輕舉起手。

「學姊，請問聖弗立戴斯威德的作戰是？」

米特娜會長點頭回應，指了指迷你模型的中央。

那裡也蓋有一間武器庫——不，應該說「一根」嗎？畢竟那個建築物在鬥技場中也與其他建築物劃清界線。粗壯、巨大且高聳——雖然是任憑風吹雨打的骨架，但堆疊了好幾層踏腳處，宛如矛一般刺向天際。

「就叫它『中央武器庫』吧。」

米特娜會長指著黑鐵塔這麼說道。可以預測那也是個武器庫，也就是在內部儲藏著十足充分的武器。別說是一軍的四十五人份了，應該能綽綽有餘地提供三軍所有人的裝備吧。

那麼，三間學校的參賽者會感情融洽地分享那座塔嗎？——不可能。

可以輕易地想像到獨占了這座塔的軍隊，將成為比賽的霸主吧。

「就由我們來收下這個據點吧。」

米特娜會長彷彿茶會時間一般優雅地露出微笑。

但立刻有人舉起手，陳述反對意見。

「聖德特立修跟尚．沙利文應該也抱著同樣的想法。」

「說得也是呢，所以就看誰最早到達那座塔——先搶先贏喔。」

妳們看這個——米特娜會長指向迷你模型的一角。

那裡有座機械式活動橋架設在深邃山谷間。只不過橋似乎是收起來的狀態，在遊戲剛開始後無法立刻過橋。橋的位置正好在聖弗立戴斯威德的根據地與中央武器庫中間，讓人覺得「啊，要是能走過這座橋，到目的地明明就是一直線啊」！

「聖德特立修跟尚．沙利文那邊沒有這種『近路』喔。我們沒道理不活用它。」

「不過，活動橋的操縱桿在對岸呢？」

其他學生從另一邊舉手發言。確實如此——米特娜會長點了點頭。

「有槍手位階對吧？」

LESSON: IV

～在圓圈外側嗤笑之影～

收到會長用視線打的暗號，一名三年級生上前到米特娜會長旁邊。

用長長瀏海遮住一隻眼睛的少女，是聖弗立戴斯威德名列第一的射擊名手。

米特娜會長代替沉默寡言的少女，比手劃腳地繼續說道：

「我們等比賽開始後，讓包括她在內的大軍直接前往這座活動橋。正好在途中有一間武器庫……在這裡讓她裝備槍，然後從山谷對岸射穿操縱桿。辦得到嗎？」

身為槍手的三年級猛然將身體探向迷你模型。

她似乎正藉由比例尺在估算大致的距離。她小聲地回答：

「這個距離還行。」

「太棒了。」

這個希望讓其他選手的表情也閃亮起來。米特娜會長的笑容變得更加自然。

「在到達這邊前，最糟的情況下，其他人就算手無寸鐵也無所謂。總之只要能放下橋，我們距離中央武器庫就是一直線……！趁其他學校緩慢進展的期間，我們一口氣將軍吧。」

觀眾席一定會興奮不已——這句話讓選手更加沸騰起來。

這時，有一名少女在牆邊忸忸怩怩地搖晃著身體。她並非聖弗立戴斯威德的學生，而是有著鮮明的緋紅秀髮的蘿賽蒂·普利凱特。

但在她挺身說「嗳」的瞬間，一旁的庫法立刻摀住她的嘴。庫法用手掌牢牢蓋住，讓蘿賽蒂很不高興。

「唔～唔～唔咕～！」

「怎……怎麼了嗎？老師們……」

「請別在意，抱歉打擾妳們開會了。」

庫法一邊露出紳士般的笑容，一邊從背後架住蘿賽蒂，把她拉到休息室角落。女學生們目瞪口呆的視線，沒多久後也各自斷絕了。

「這樣不行喔，蘿賽。我們不能插嘴。」

「可是，可是啊……！」

「噓」——庫法豎起食指，制止看似焦躁的蘿賽蒂。

庫法切身地感受到她想說的內容。畢竟庫法剛才也差點忍不住打斷會議。他偷看著什麼也沒有察覺到的女學生的側臉。

——她們疏忽了……！

但是，庫法與蘿賽蒂不能告訴她們這點。

「倘若這裡是實際的戰場，我們並不在身旁。她們必須不依賴任何人的建議，只靠自己的智慧與力量跨越戰鬥。」

LESSON: IV
～在圓圈外側嗤笑之影～

「可是，假如因為這樣輸了的話呢？」

「她們的程度僅止於此——就只是這樣罷了。」

庫法用事不關己的表情這麼回答，蘿賽蒂不禁抱怨：「真冷漠！」

另一方面，女學生那邊在這時也有了動靜。選手圍住迷你模型，梅莉達從最末尾試圖挺身向前。

但高個子的三年級生形成牆壁，她看不見迷你模型。就算想提醒一聲，但她看來有些猶豫是否要開口。米特娜會長察覺到學妹這樣微妙的心情。

「梅莉達學妹？有什麼意見嗎？」

休息室變得鴉雀無聲，關注著梅莉達。

梅莉達又再次如坐針氈。結果從昨晚開始，她沒有跟愛麗絲以外的同學好好說過話。索諾菈・帕巴蓋納從休息室的其他地方不屑一顧似的哼了一聲。

「想必妳一定會非常活躍吧？聖騎士小姐？」

「……」

梅莉達一句話也沒說地退出了。儘管愛麗絲從一旁伸出手，但梅莉達只是緩緩搖了搖頭，握住自己的手。

對這種氛圍沒轍的蘿賽蒂，看似痛苦地扭曲了嘴唇。庫法拿出懷錶確認了一下時間後，對那樣的伙伴伸出手肘。

「比賽差不多要開始了……我們到觀眾席去吧？」

命運的時間逼近——

當鬥技場的觀眾席激昂沸騰時，在賽勒斯特泰雷斯凱門區的幾個地方，隱藏著各自企圖的人們正在確認決心。半人半魔的團體在黑暗當中蠢動著。

「澤費爾、提亞悠，各位。都準備好了吧？」

「都等到不耐煩啦……快讓我大鬧一場！」

澤費爾抓著胸口，在他背後有大約三十名的恐怖分子亮出獠牙。

但就在同一時刻，在更濃密的影子當中，也潛藏著複數氣息。

「你們不用手下留情喔。」

對於白夜騎兵團上司的呼喚，沒有任何一個回答的聲音——

在洋溢著光芒的鬥技場，選手開始進場了。聖德特立修女子學園首先穿過拱門，帶頭的琪拉．艾斯帕達快活地散播著笑容。

「終於到了我閃耀發光的時候！勝利的桂冠將落入我這個月光女神的手中！」

在參賽者行列當中，也能看見席克薩爾家與拉．摩爾家千金等人的身影。

LESSON: IV
～在圓圈外側嗤笑之影～

「小繆，妳是不是有什麼企圖？」

「那當然——是有趣的企圖喔。」

入場口有三處，尚．沙利文的男學生在其中一處現身。有著褐色肌膚與灰色頭髮的聖洛克．威廉斯走在隊伍前頭。

「洛克，你好像從昨天開始就怪怪的？是身體不舒服嗎？」

擔任副官的三年級生，看到聖洛克的側臉，浮現不知是第幾次的異樣感。

「沒什麼。」

聖洛克像要打斷話尾似的這麼回答，按住包著繃帶的手臂。

「我沒能參加遊行，是因為受了傷的關係。我會負責代替校長。」

然後第三間學校，聖弗立戴斯威德的少女在準備萬全後開始進場。看到銀髮與金髮在隊伍中間處閃耀發光時，觀眾席前所未見地沸騰到最高潮。

「梅莉達．安傑爾小姐——！」

「是聖騎士姊妹！」

「你們快看賠率！根本是聖弗立戴斯威德遙遙領先啊！」

「這還用說！今天可是梅莉達小姐的重要舞臺喔！」

在驚人的歡呼聲中，庫法與蘿賽蒂也前進著。兩人到達事先預約好的座位，並肩坐了下來。蘿賽蒂用手心摀住雙耳。

「氣氛好熱烈啊！比去年的公開賽時還熱鬧呢！」

「是啊。」

庫法俐落地翹起二郎腿，在膝上讓十指交叉。

「所有觀眾將在今晚目睹比那時更驚人的奇蹟吧。」

與此同時，號角吹響起來。

一邊與止不住的狂熱產生出協同作用，同時將觀眾與選手的興奮度提昇到最大限度。擔任主持人的男性將厚實的嘴唇貼近擴音器。

「讓各位久等了～～！終於到了鋼鐵宮博覽會的主打活動！決定武器庫排行戰！強勁軍火庫競賽在此開幕！」

膨脹得更加熱烈的歡呼聲與拍手喝采。主持人也不服輸地用大音量繼續喊道：

「競賽的關鍵不管怎麼說，都是『禁止攜帶武器』這條規則！各位請看，聳立在荒野中的無數武器！以及勇敢地空手踏上戰場的年輕騎士！腕力的強度與武器的強度，能雙方兼具並稱霸這場戰鬥的究竟是哪個軍團呢～～？」

「快點開始啦——————！」

血氣方剛的男性觀眾按慣例朝主持人喝倒采。原本就是男校的尚・沙利文，還有自

LESSON: IV

～在圓圈外側嗤笑之影～

立心強烈的聖德特立修也就算了，庫法可以看出典雅的聖弗立戴斯威德少女格外緊張了起來。

主持人抬起看來可愛的墨鏡，環顧了觀眾席一圈。

「ＯＫ、ＯＫ，看來各位都等不及了！響徹周圍的刀劍交鋒聲，飛舞四散的瑪那火焰，還有洗鍊的劍術——選手啊，讓我們見識這些吧！鋼鐵宮博覽會第二天，強勁軍火庫競賽——我在此宣告比賽開始！」

空包彈的巨響伴隨著碎紙片填滿了空中。三間學校共一百三十五名的戰士同時一蹬地面，那一瞬間，鬥技場並非誇飾地搖晃起來。歡呼聲爆發出來。

「加油啊————！愛麗絲小姐————！梅莉達小姐————！」

與立刻站起來揮起手臂的蘿賽蒂形成對比，庫法用交叉的雙手遮住了嘴邊。流露出來的常見話語，蘊含著成千上萬的思念。

「開始了……！」

他的眼眸只追逐著僅僅一人，也就是金髮少女的美貌。

梅莉達·安傑爾

位階：武士

HP	2654	MP	252	攻擊力	259（219）	防禦力	213	敏捷力	284
攻擊支援	0～20%			防禦支援	—		思念壓力	24%	

主要技能／能力

隱密Lv.4／心眼Lv.3／結界效果減半Lv.X／逆境Lv.3／抗咒Lv.5／
幻刀三叉·絕風牙／拔刀開闢·白輝夜／千刀術·櫻華

愛麗絲·安傑爾

位階：聖騎士

HP	3137	MP	345	攻擊力	264	防禦力	308	敏捷力	277
攻擊支援	0～25%			防禦支援	0%～50%		思念壓力	21%	

主要技能／能力

祝福Lv.5／威光Lv.4／火焰菁英Lv.3／增幅爐Lv.5／潛力Lv.4／
神聖嗥叫／救世主旋風／遺跡守護者

莎拉夏·席克薩爾

位階：龍騎士

HP	2843	MP	332	攻擊力	277（333）	防禦力	234	敏捷力	308
攻擊支援	0～33%			防禦支援	—		思念壓力	21%	

主要技能／能力

飛翔Lv.5／空氣刃Lv.5／空氣殼Lv.4／節能Lv.4／抗咒Lv.3／
六號漸強／武竹彗星／空中突襲「烈」

繆爾·拉·摩爾

位階：魔騎士

HP	3230	MP	304	攻擊力	340	防禦力	276	敏捷力	257
攻擊支援	—			防禦支援	—		思念壓力	22%	

主要技能／能力

災禍Lv.X／吸收攻擊Lv.5／破壞者屏障Lv.3／抗魔Lv.5／抗咒Lv.4／
魔王之慟／失蹤的夜晚／血腥小行星

LESSON:V ～鋼鐵宮的華爾滋～

「第一部隊，突擊！」

在米特娜會長的號令下，大半女學生聚集成一塊開始移動。隊伍中央是作戰關鍵的三年級生槍手，在眾人守護下前進。隔了一段時間後，梅莉達隸屬的第二部隊前往戰場右方，緹契卡等一年級生構成的第三部隊則朝左側進軍。

鬥技會場是以高聳的鐵板區隔開來的迷宮。只有從各軍根據地以及武器庫的監視塔上能夠掌握全景。選手在耳邊裝備著時髦的「思念增幅器」，以便讓總指揮官的指示能夠直接傳達給隊員。

序盤的展開就跟預料的一樣。首先三間學校都讓部隊趕往距離最近的武器庫，試圖讓他們整頓好裝備。但聖弗立戴斯威德的米特娜會長看得更遠一步。集中了戰力的第一部隊在手無寸鐵的狀態下，一口氣衝到場地的中央區域。觀眾席立刻掀起一波聲浪。

到活動橋的途中只蓋有一間宛如小屋的武器庫。那武器庫狹窄到無法讓所有選手進入。包括槍手在內的三年級生小組物色著屋內的武器。

米特娜會長趁這個空檔，大略俯瞰鬥技場。聖德特立修看起來像是在分散戰力。尚．沙利文排出一支像蛇一般的隊伍——他們打算前往哪裡呢？總之，進展最迅速的是我們聖弗立戴斯威德。

「首先按照預定……！」

——但是，就在她這麼說出口後沒多久，計畫開始瓦解了。

耳邊的增幅器將三年級生槍手的吶喊傳遞了過來。

『**沒有槍呀**！』

那聲音傳遞給配戴著增幅器的所有人，瞬間，聖弗立戴斯威德全軍的動作都驚訝地僵住了。米特娜會長將手心貼在左耳上。

「沒有槍？沒有槍是什麼意思？」

『就是字面上的意思呀！這間武器庫裡全都是劍或杖，沒有槍手用的武器！這樣的話……就沒辦法射擊活動橋的操縱桿呀……！』

「怎麼會沒有槍啊！」

其他小組的隊長傳送了戰戰兢兢的想法過來。

『因……因為是**隨機**……的關係吧？』

「……！」

就連米特娜會長不甘心地咬了咬嘴脣的氣息，都明確地傳遞給所有增幅器。

「正是如此。」

即使聽不見她們的對話，庫法也明白少女們困惑的表情意味著什麼。他就這樣俐落地翹著二郎腿，用聽起來也有些冷淡的語調繼續說道：

「『禁止攜帶武器的就地取材』——她們太小看這點的嚴苛度了。未必能順利獲得期望的裝備……策劃了有槍手在才能進行的作戰，是個失誤呢。」

「咕啊～～所以我才想提醒她們的嘛！」

蘿賽蒂在一旁非常懊惱似的抱著頭。庫法反倒露出微笑。

「好啦，現在可沒空沉思喔，學生會長。侵略者正逐步逼近。」

從觀眾席上可以看得非常清楚。

聖德特立修流暢地分散進軍的部隊，正逐漸闖入聖弗立戴斯威德的陣地——

重新規劃進軍路線費時三十秒鐘。米特娜會長總算抬起頭來。

「總……總之按照位階與年級順序，把那間武器庫裡的武器分配給大家！記得別帶錯誤的武器出來！因為只要裝備過一次，就不能隨意丟棄！」

收到——儘管很快地傳來回應，但在這個階段，又花了一番工夫。畢竟各個小組都並未掌握到其他小組是怎樣的位階構成。年級不同的話，就更不用說了。結果只能彼此禮讓，輪流進去狹窄的武器庫裡確認。

相對於第一部隊的眾多人數，武器庫的儲藏量實在太少了。結果能夠拿到武器的，只有以三年級為首的不到十人。

與損失的時間相反，成果實在太匱乏了。

『請……請給予指示……』

聽到三年級槍手滲出無力感的聲音，米特娜會長立刻回以強烈的思念。

「第一部隊分成三小隊！兩小隊分別往左右的道路前進，跟第二部隊和第三部隊會合。剩餘的一小隊由我來指示新的路線——」

不過，給予指示，使其前進，然後要怎麼做？

米特娜會長瞬間這麼自問，說不出話來。既然作戰的前提已經被顛覆，讓她們毫無目的地進軍很危險。話雖如此，但也不能袖手旁觀。總之現在只能一邊讓棋子前進，一邊思考下一步——

『接敵！』

尖銳的吶喊搖晃著差點麻痺的腦內。

米特娜會長連忙尋找信號源頭，然後懷疑起自己的眼睛。因為聖德特立修的一支部隊從自軍突出，正急速接近這邊已經分散的第一部隊。

——為什麼她們能這麼迅速地準備好態勢？

她們所有人都各自隨性地裝備著武器。不過，她們身上纏繞的瑪那性質，讓米特娜會長察覺到了——所有人都是鬥士位階。

明明身為鬥士位階，她們卻用劍、杖或刀等等進行武裝，而不是自己擅長的鎚矛或晨星錘。米特娜會長反射性地下達指示。

「迎戰！」

但是，不管再怎麼說，條件都太不利了。跟好歹持有武器的敵人不同，這邊大半都是手無寸鐵的人！奮戰毫無效果，沒多久就遭到突破。

敵方部隊更趁勝追擊地繼續猛衝，米特娜會長只能一臉懊悔地俯視著她們——

「不同於依照年級分組，重視均衡地安排了前衛與後衛的聖弗立戴斯威德——」

庫法這麼說道。即使身處觀眾席的狂熱當中，他也沒有迷失自己的步調。

「聖德特立修似乎是**將各年級都混在一起**，**按照位階**來組成小組。這麼做確實比較迅速，而且能以直覺來應對……！再加上堅持要裝備最適合的武器這點，聖弗立戴斯威德有些規矩過頭了呢。」

「怎麼辦怎麼辦怎麼辦！照這樣下去會輸啊～～！」

蘿賽蒂從一旁激動地搖晃著庫法的肩膀。

聖弗立戴斯威德是否有反擊的機會呢？此刻第三部隊的一年級生到達了目標的武器庫。

『米……米特娜學姊，這邊的話有槍呀～！』

一年級的緹契卡．斯塔齊拚命地傳送思念過來時，米特娜不禁咬緊了牙關。「事到如今，就算有槍……！」她勉強把這種苦澀的思考吞下肚。

「謝……謝謝妳。總之第三部隊先整頓好裝備。」

總之，這時所有第三部隊的一年級生都成功獲得了適合位階的武器。但是……！在自己等人總算有些微成果的期間，戰況一口氣偏向了對方那邊。觀眾席的歡呼聲甚至傳到米特娜會長的耳中。

「完全照德特立修的步調在進行啊！」

在冷汗滑過臉頰的同時，彷彿感到共鳴的聲音接連傾盆而降。

「挺有一套嘛，聖德特立修的指揮官！那位人物是誰啊？」

「肯定是老手！聽說是去年的月光女神！真是美麗……！」

「我可是把全部家當都賭在德特立修身上嘍！就這樣贏下去吧！」

雖然應該不是被這些聲援推了一把，但聖德特立修又格外增強了攻勢。事情發展至此，我方讓戰力集中起來的第一部隊徹底變成了枷鎖。手無寸鐵地正在移動的第一部隊，將緊迫的思念傳送了過來。

『接……接敵！對方有武裝！』

在米特娜會長眼中，也能看見一邊迷路一邊進軍的二年級生，以及準備襲擊她們的聖德特立修的團體。米特娜會長反射性地回傳思念。

「撤退！各位同學，在獲得武器之前，盡量避免戰鬥——」

『請等一下，米特娜會長！』

格外鮮明強烈的思念打斷了話尾。

聖弗立戴斯威德選手的動作再次突然僵住。緹契卡、涅爾娃、索諾菈——三個年級的數十人，都同時將意識放到那聲音的主人身上。

梅莉達在沉默的海洋中注入類似雷電的思念。

『——**有必要嗎？**』

† † †

聖德特立修的突襲部隊，對於敵軍的行動蹙起眉頭，心想「她們終於開始自暴自棄了嗎」，畢竟相對於手持武器進擊的這邊，聖弗立戴斯威德只派了僅僅兩名——而且還是手無寸鐵的二年級生前來。

「打算爭取時間嗎？」

四人小組當中，帶頭的一人加快了速度。第二人、第三人也得意洋洋地追隨在後。

但殿後的小組隊長在碰上敵人前注意到了。

宛如姊妹一般的兩名戰士，金髮與銀髮隨風搖曳著——

現身之後眨眼間便拉近距離，那並非一般學生會有的速度。

「停下——！」

隊長指示隊員的聲音，跟那情況幾乎是同時發生。帶頭跑在前面的一人，一碰到敵人就被毆倒在地。金髮少女以快到看不清的速度奔馳過最後的幾公尺距離——這邊完全誤判了迎戰的時機。

「咦…………」

LESSON: V
~鋼鐵宮的華爾滋~

從兩步後的距離跑過來的第二人，勉強在視野捕捉到人影像跳舞似的滑進懷裡。拿著鎚矛的右手被固定住，才心想腳被掃了一下，接著就被摔到地面上了。武器的握柄從慣用手中一邊旋轉一邊離去——

隨後，第二個敵人在奔馳而過時，抓住了在半空中飛舞的握柄。燐光從銀髮散落。愛麗絲用搶來的鎚矛打擊第三人的肩膀。她一個回手敲斷對方勉強高舉起來的長劍，接著立刻滑動另一邊的腳，用身體衝撞上去。

接連發出沉重的聲響，第三個德特立修生吹飛到後方。第四個敵人——小組隊長挑起劍尖。愛麗絲猛然一驚，吊起眉毛。

因為敵人隊長裝備著聖騎士位階用的長劍。

「莉塔！」

愛麗絲一邊尖聲地向堂姊妹低喃，同時一蹬地面。那把劍就宛如指揮棒一般變換自如，打擊聲比打鼓更加沉重。才揮第一刀就馬上重心不穩的敵方隊長，被緊接而來的第二擊打趴在地面上。

長劍的握柄從她的手中掉落。梅莉達立刻飛奔靠近，撿起長劍。

「沒有武器的話——」

「從對方手上搶來就行了。」

「鏘」——安傑爾姊妹將武器高聲地重疊起來的瞬間，這場華麗的逆轉劇讓觀眾席沸騰起來。在聖德特立修的根據地，琪拉驚訝得睜大眼。

「怎麼可能……！」

不僅如此，戰局也在其他地方出現了變化。武裝過的德特立修生正準備襲擊聖弗立戴斯威德毫無防備的三年級生小組。

——但是，仔細一看，敵人小組不都是一年級生嗎？弗立戴斯威德的三年級生擺出格鬥術的架勢，振奮起勇氣挺身對抗。純粹的能力值差距發揮了效用，她們打贏了低年級生並將對方摔出去，從忍不住投降的敵人手中奪取武器。讚賞聖弗立戴斯威德的聲援又再次熱烈起來。

庫法也在膝蓋上輕輕拍手。

「真虧妳們能這麼果斷呢，小姐們。沒錯……不能光是被『禁止攜帶武器』這條規則給困住，而誤判了選手本身的戰鬥力。沒有學生能夠在體術上對抗梅莉達小姐和愛麗絲小姐。倘若是高年級生，有武裝的一年級生也並非強到需要撤退的對手……關鍵在於能夠冷靜地認清經常在變動的『綜合戰鬥力』。」

「太棒了！太棒了！占上風呢！」

蘿賽蒂還是一樣使勁抓著庫法的肩膀，非常吵鬧。

米特娜會長趁勝追擊，更進一步地發出指示。她讓緹契卡等一年級生小組構成的第三部隊折返回根據地附近。

因為敵方部隊正逼近眼前。一開始擊潰弗立戴斯威德第一部隊的鬥士團體，正高舉七色武器，朝根據地突擊過來。

「去迎戰吧，緹契卡學妹！」

「咦……什麼～～！」

一年級生驚訝地睜大了眼。因為──她們只是一年級生。相對於還摻雜著高年級生的敵方小組，入學才半年左右的自己等人能夠與對方較量嗎？

話雖如此，但能夠防衛的部隊也只有自己等人了。只能放手一搏。前衛咬緊牙關成為肉盾，舞巫女位階從中衛對敵方造成損傷，槍手從後衛趁機攻擊──才這麼心想時，只見神官位階的緹契卡捨己為人地幫忙回復。

於是──結果實在出人意料。

持久戰進行到最後，終於讓敵方小組的所有人都跪地認輸了。「我們投降……」看到德特立修的三年級生一臉懊悔地舉起白旗，緹契卡等一年級生儘管氣喘吁吁，仍露出摻雜著驚訝與喜悅的表情。

「咦？打……打贏了……？」

「我們打贏嘍？」

「贏……贏了……我們贏了呀~~~~！」

雛鳥們出乎意料的奮戰，讓整個觀眾席掀起震耳欲聾似的歡呼聲。庫法無視早已經加入那圈子的蘿賽蒂，一個人露出微笑。

「按照位階整合小組的聖德特立修，雖然有順應力，但相對地欠缺持久力。相對的意識到以小組單位來組成完整隊伍的聖弗立戴斯威德，儘管要準備齊全非常辛苦，但只要準備完畢，各個小組都能發揮出最大限度的性能，而且也能隨機應變——」

庫法將食指伸入領帶，緩和充斥自己本身的熱氣。

「風向改變了呢。」

比賽邁入中盤，幾乎所有選手都拿到武器的話，突然變有利的反倒是聖弗立戴斯威德。打算速戰速決，不顧前後地拿了武器的聖德特立修選手，縱然是跟位階不合的武器，但就規則來說也無法替換武器。

一名劍士位階拿著一次也沒用過的圓月輪，感到困惑不已。小組成員也是類似的狀態。這時弗立戴斯威德派來的兩名刺客襲擊過來。梅莉達一邊說服自己「盡可能像個聖騎士一般行動」，同時誇張地揮舞長劍，愛麗絲以最低限度的動作有節奏地打倒敵人。

愛麗絲注意到最後一人——後衛的魔術師位階緊握著不符合她身分的長劍。這時她故意大動作地高舉鎚矛，趁對方慌張地挑起長劍的瞬間，將這邊的鎚矛摔過去。

她流暢地將對方的劍捲入，接著讓交叉的尖端刺在地面上後，使出肘擊。側腹被打中的敵人飛了出去，而這時彼此拿的武器已經交換了。是宛如魔術一般的神速動作。

這應該判定犯規嗎——儘管有一名裁判抽動了一下，正準備有動作，但那過於俐落的手法讓他最終還是放下了哨子。在鬥技場中央附近，各自高舉長劍的天使們擄獲了觀眾的視線。碎紙片飛舞，口哨高聲響起。

「聖騎士姊妹拿到長劍嘍！」

「這表示比賽勝負已分嗎？」

也難怪有人會這麼大喊。上級位階的聖騎士、龍騎士、魔騎士雖然潛在能力出類拔萃，但絕對數量非常少——以這場比賽來說，只有三人——所以場上配置的專用武器本身就相當少。

實際上，德特立修的莎拉夏現在也並非拿著擅長的矛，而是裝備著長劍。至於繆爾也是一樣。無論巡視哪邊的武器庫，都找不到矛與大劍。不得不說這樣個人戰鬥力也只能發揮八成吧。

勝利女神此刻完全對聖弗立戴斯威德露出微笑——

不過，還不能掉以輕心。在米特娜會長身旁擔任副官的三年級生，一邊從有些距離的位置環顧著戰場，一邊陳述意見。

「米特娜，妳注意到了嗎？尚・沙利文的動作……」

「那當然。」

她側目觀察了一下。但也不好由這邊積極地發動攻擊。

畢竟他們的行動完全看不出意圖。從比賽開始後，一次也沒有遇上過。尚・沙利文的指揮官讓所有小組都拿到最低限度的武器後，命令他們各自「待命」。他誘導小組前往感覺是隨意指定的位置後，無一例外地指示他們「留在原地，什麼也別做」。

他們以為這樣能獲勝嗎？就連米特娜會長也不禁蹙起眉頭。

「他們的目的是什麼呢……真可怕。」

要說他們的目的是什麼，其實連選手本身也不知道。男學生一邊在遠方聽著刀劍交鋒聲，一邊面面相覷。

「噯，我們……到底在幹麼啊？我們不用戰鬥嗎？」

「天……天曉得……？但這畢竟是聖洛克的主意，他應該有什麼作戰吧。」

男學生的困惑當然也傳遞到根據地的堡壘。疑惑的聲音不斷地從思念增幅器傳出，飛舞交錯。擔任副官的三年級生質問著隊長。

「喂，洛克！採取這樣的戰法真的沒錯嗎……？」

LESSON: V
～鋼鐵宮的華爾滋～

「沒問題。」

即使被抓住肩膀，聖洛克還是絲毫沒有動搖，俯視著戰場。

「現在只管閉上嘴按照我的指示行動。最後一定是我們獲勝。」

無論尚．沙利文有什麼企圖，比賽都逐漸邁向終盤這點是事實。聖弗立戴斯威德的一支部隊到達深邃山谷的對岸。只要操作機械裝置，活動橋就會降下，製造出到根據地的最短路線。

「雖然花了不少時間，但這下就……！」

原本應該從對岸射穿這個裝置的。三年級的槍手伴隨著感慨，將手從操縱桿上放開。她隔著幾百公尺望向根據地，在遠方堡壘的米特娜會長也點了點頭。

米特娜會長將手貼在喉嚨上，把思念傳送給所有部隊。

『一口氣分出勝負吧——分散的第一部隊一邊集合，一邊朝中央武器庫前進！第二部隊護衛她們！第三部隊形成防衛線！』

『『『收到！』』』

作為一個軍團，發揮出無可挑剔的團隊合作，身穿純白演武裝束的少女開始行動。這幕光景讓觀眾聯想到在水中游泳的魚群或成群結隊的鳥類，鮮明地預測了這場比賽的結局。其他學校的選手也逐漸被這股氣勢給吞沒。

「琪拉……」

在聖德特立修的根據地，無論公私都是琪拉伙伴的皮妮雅．哈斯蘭，露出一臉沉痛的表情。身為指揮官的琪拉仍然冷靜地俯視著戰場。自軍的部隊已經減半。就算讓剩餘的戰力全部集合起來，也無法制止弗立戴斯威德的攻勢吧。既然如此，沒辦法了——只能動用「絕招」了。

「妳找我嗎，琪拉學姊？」

甚至露出優雅微笑前來的人，是二年級的繆爾．拉．摩爾。她已經察覺到琪拉找她來的原因了吧。琪拉露出毅然決然的表情，轉過頭去。

「……德特立修要從這種狀況逆轉的方法，只有一個。」

「可能是那樣呢。」

「把重擔推給妳實在很抱歉，但拜託妳了。成為聖德特立修的希望吧！」

琪拉這麼說並張開雙手站著。她在最後看向身為她搭檔的少女。

「皮妮雅，之後的指示就拜託妳嘍。引領我軍邁向勝利！」

皮妮雅．哈斯蘭眼中含淚地點頭答應。觀眾也開始注意到這像在演戲的一幕。聖德特立修似乎有什麼盤算。她們究竟打算做什麼？

許多觀眾注目著少女們，隨後他們驚訝得睜大眼睛，「啊！」了一聲。

才心想繆爾緩緩地揮起了劍，只見她居然一口氣朝琪拉砍了下去。這一閃讓指揮官倒了下去。所有看見這幕光景的聖弗立戴斯威德選手，都吃驚地停下腳步。

「這……這是打什麼主意……？造反……？」

米特娜會長不禁將臉移開望遠鏡，發出呻吟。但聖德特立修並非放棄比賽，也絕對不是變得自暴自棄。

她們做好了覺悟。

即使指揮官倒下，聖德特立修的少女們也絲毫沒有驚慌失措。剩餘戰力的一半——大約十五個人列隊站在繆爾面前。

繆爾面不改色地將她們一一砍倒。站著的人數愈來愈少，昏倒的少女身體堆疊在地板上。

在中央揮舞劍的繆爾，看起來就像奪命死神。

無論是聖弗立戴斯威德的選手還是觀眾，都完全無法理解她們的行動。不過騎兵團高層的極少一部分人，還有庫法察覺到了她們的意圖。

「真是大膽的行動……！」

就連庫法也不禁冒出冷汗，滑過臉頰。沒多久後，十幾名選手躺在監視塔上，那名美少女給人的印象就彷彿站在屍骸中的死神，只見她緩緩舉起劍。

其他學校的選手和觀眾，終於也領悟到在那個劍尖發生的「異常」。

集中在刀身的瑪那，怎樣也不可能是只有一人份的密度。風向改變了。才心想空氣以刀身為中心，宛如龍捲風一般捲起漩渦，將上空染得更加黑暗時，火花彷彿雷鳴一般四散。

「那就是魔騎士的……『吸收攻擊』……！」

戰慄竄過梅莉達的脊背。就連身在遠處，衣服下襬也被風翻弄著。

換言之，繆爾是把琪拉等同伴當成活祭品，提昇了自己的瑪那。十幾人份的壓力集中在一點上，才心想五顏六色的火焰交雜在一起，接著便揮灑出黑色火花。繆爾露出感覺也像是陶醉的笑容，開口說道：

「做好覺悟吧……我現在的一擊甚至能媲美公爵家的當家大人！」

繆爾衝出監視塔。她輕易地從幾十公尺的高度跳下並著地，然後就那樣毫不迷惘地飛奔而出。她筆直前進的方向有聖弗立戴斯威德的部隊在。

米特娜會長猛然驚覺，將手心貼在喉嚨上。

「小……小心！」

但毫無意義。繆爾從遙遠的距離使勁一踏後，揮動長劍橫掃。長劍揮空，但氣勢猛烈。地面呈扇形掀起，空氣牆將四名選手一起吹飛了。「呀啊！」就連這樣的哀號也摻

LESSON V
～鋼鐵宮的華爾滋～

雜在一起，純白的演武裝束伴隨著土塊翻滾。

四人一動也不動。光是風壓就有如此威力……！聖弗立戴斯威德的選手本能地往後退。觀眾席大聲喧鬧起來。就連庫法也低聲呻吟。

「這凶殘到不講理的暴虐性……就是魔騎士！」

面對過於巨大的存在感，聖弗立戴斯威德的選手一時之間什麼也辦不到。對於這樣的少女們，繆爾從映入眼簾的人隨手開始發動襲擊。根本沒必要思考戰術。總之只要揮動劍，從刀身呼嘯而出的瑪那暴風就會吹飛敵人。繆爾一邊輕易地擊垮戰線，同時衝向中央。

在尚．沙利文的學生中，有一個人儘管感到戰慄，卻也揚起嘴唇。

「這就是傳聞中的魔騎士之力……試試看吧！」

「喂……喂，等等啊，佛魯迪！」

那個人從待命地點衝了出去。聖洛克立刻傳送了思念。

「別打亂陣形！佛魯迪．第安德！」

倘若是實戰的成績，他是在所有年級中以壓倒性的實力為傲，武鬥派第一名的三年級生。手上拿的是符合他位階，莫爾德琉武具商工會製的最頂級鎚矛。繆爾也注意到了一邊讓武器尖端緊貼著地面上方滑行，同時以驚人速度接近的人影。

「跟我較量一下吧！」

佛魯迪甚至不聽指揮官的指示，將鎚矛摔了過去。繆爾撥起長劍迎戰。沉重的刀劍交鋒聲伴隨著火花炸裂開來。

「打……打倒她吧，佛魯迪！」

「讓她見識一下尚．沙利文的潛力！」

其他男學生紛紛鼓勵著他。觀眾的視線也緊盯著這一戰。佛魯迪發揮男生的肌力且活用體格差距，從上段使出連續攻擊。每一擊都炸裂出讓人暈眩的閃光與令人顫抖的重低音。

格外強烈的打擊命中長劍。繆爾的膝蓋稍微失去平衡，隨後她輕易地反推回去。超乎規格的瑪那壓力從背後推了她一把。

自傲的腕力完全不管用一事讓佛魯迪大受打擊。握柄顫抖起來，冒出龜裂。

「唔……！居……居然有這種事……！」

「一點都不夠呢。」

繆爾從容地露出微笑，連喘都沒喘一下。只要她踏出一步，佛魯迪便束手無策地被迫後退。不祥的漆黑火焰攀爬在長劍上。

「這把劍現在蘊含著以琪拉學姊為首，聖德特立修的全體意志。無論是誰，都不可能砍斷它的！」

「咕……唔……唔哦哦哦！」

「回去練過再來吧！」

繆爾使勁地揮落劍。鎚矛碎成兩半，佛魯迪連聲哀號也沒有地被吹飛到後方，翻滾在地。尚．沙利文的學生臉色蒼白起來。

曾是武鬥派第一名的他，以單純的能力值來說，在這場鬥技會是頂尖的吧。但他卻這麼輕易地……！聖弗立戴斯威德的少女們也害怕得動彈不得。繆爾確認到自己支配了戰場的氣氛後，立刻高舉長劍。

「本校的勝利就近在眼前！」

皮妮雅．哈斯蘭向所有部隊發出指示，回應她的呼聲。她代理指揮官。

「在此通告剩餘的所有小組。跟著繆爾學妹前往中央武器庫！鎮壓中央據點，排除殘存勢力，奪得勝利吧！」

優雅的戰吼回應著指示。散落在迷宮裡，規律行動的演武裝束身影，化為一道巨大的波濤，朝中心部猛衝。形勢眨眼間變成五五波——不，明顯逆轉了。聖弗立戴斯威德勝利的影像逐漸遠離。

米特娜會長緊咬嘴脣，將類似斥責的思念拋向通訊機。

「謹告聖弗立戴斯威德！」

選手猛然一驚，回過神來。聖弗立戴斯威德剩餘的部隊也不多了。

既然如此，最後一招就是——總力戰！

「我們也派出所有小組應戰，在中央武器庫一決雌雄。包括我在內，根據地的戰力也會發動攻擊！——緹契卡．斯塔齊學妹！」

『在……我在～！』

「妳的小組例外，請回來防衛根據地。」

這是僅剩的一點體統。一名同學從米特娜會長身旁表達了意見。

「根據地會變成幾乎空無一人的狀態呢。不用管尚．沙利文嗎？」

「他們也講面子的吧。就算闖空門獲得了獎盃，他們應該也會害怕之後的輿論評價。」

聖德特立修似乎也是同樣的想法。她們只留了最低限度的戰力在堡壘，所有選手都朝中央猛衝。

讓這種霸道的突擊變可能的，都是多虧了當開路前鋒的黑髮魔騎士吧。如果不設法阻止她，無論集中多少戰力都沒有意義——

以公爵家對付公爵家。米特娜一邊和同伴走下樓梯，一邊繼續傳送思念。

「梅莉達學妹、愛麗絲學妹！有事情拜託妳們！」

接到學生會長指名發出的指示時，兩人已經預料到大部分內容。

『想拜託妳們對付聖德特立修的魔騎士……繆爾．拉．摩爾小姐。辦得到嗎？』

梅莉達與愛麗絲互相交換了一下視線，愛麗絲很快地輕輕點頭。

梅莉達將手貼在喉嚨上，回傳思念。

「我們試試看！」

『所幸她的武器還不是最擅長的大劍！現在的話應該有勝算才對！』

這些對話傳達給所有同伴，她們立刻採取行動。剩餘的戰力大約一半……以選手的絕對數量來說，目前還比聖德特立修有利。

對方也非常清楚這點。特別是她們將剩餘小組的一半當成活祭品獻給繆爾，因此能行動的選手已經十分有限。從迷宮兩側發動突擊的兩色少女，散播著無止盡的鬥氣，在空中迸出火花。

尚．沙利文的學生在遠處看著這一幕，看似焦躁地面面相覷。

「喂……喂……我們不用參戰嗎？」

「說……說得也是。我們走吧，各位！」

『不行。』

宛如鞭子般的思念立刻從增幅器傳了過來。

聖洛克・威廉斯絲毫沒有被戰場的狂熱給吞沒。

『還別動。所有人都在原地待命。』

「喂，洛克！你該不會是打算漁翁得利吧？」

「我們可是背負著尚・沙利文的名聲喔！不允許那種卑鄙的戰鬥！」

『那就更該忍耐。』

即使同伴紛紛發出怨言，聖洛克的聲音依舊平坦冷靜。

『還沒好……還差一點……！』

就連跟聖洛克認識已久的同學，也完全不曉得他究竟在等什麼。就在他們這麼爭論時，聖弗立戴斯威德與聖德特立修的選手已經靠近，最初的刀劍交鋒聲終於響起。雙方開戰了。

「繆爾小姐、莎拉夏小姐！請兩位先走吧！」

德特立修的幾個人以拚死的覺悟形成人牆，將同學送到中央武器庫的入口。弗立戴斯威德方立刻以加倍的戰力瓦解防衛線。梅莉達與愛麗絲從混戰當中衝了出來。

「我們也前往中央武器庫！」

「別想走！」

一名德特立修生跳出來堵住入口。於是弗立戴斯威德這邊也有一名學生衝出來攻擊對方。

是索諾菈．帕巴蓋納。

「……要是打輸，我這次真的饒不了妳喔！」

她瞪著梅莉達這麼說道，強硬地使勁揮動武器。通往入口的路敞開了。

梅莉達與愛麗絲有一瞬間互相使了個眼色，接著一蹬地面。她們飛奔掠過索諾菈背後，踏入了中央武器庫——

† † †

那裡是細長高大，充斥著骨架的鐵塔。梅莉達與愛麗絲像是被樓下的刀劍交鋒給趕跑一樣，沿著中央武器庫不斷往上爬。

「妳看，莉塔……」

「嗯，真厲害呢。」

途中引人注目的是刺在鐵塔地板和牆壁鐵板上的無數武器。莫爾德琉武具商工會親自打造的華麗長劍、騎兵團樞機工廠製作的最高硬度的鎚矛、萊寶財團掛保證的，刀身被分成七塊的獨特刀劍——

那看起來就宛如並列在鋼鐵世界裡的墓碑一般。

梅莉達與愛麗絲緊緊地握住手中聖騎士用的長劍。特別是梅莉達，到目前為止她試著揮舞過幾次，但長劍果然還是與她的程度不合，十分沉重。要是當成平常愛用的刀來揮舞，感覺甚至會打到自己的手腳。

而且周圍四處都設置著觀眾席，愈是沿著鐵塔往上爬，從觀眾席投射過來的視線就愈多。必須避開會讓人懷疑自己位階的戰鬥。梅莉達將緊張嚥下肚裡，開口說道：

「不知繆爾同學她們到哪邊了呢？」

隨後，兩人同時注意到有影子從頭頂上飛舞降落。兩人宛如對照鏡一般挑起長劍，只見銳利的斬擊一口氣攻擊過來。咚砰！中間點伴隨著沉重的衝擊被劈開，梅莉達與愛麗絲立刻往後跳。

「……莎拉夏同學！」

以「飛翔」發動襲擊的是聖德特立修引以為傲的龍騎士——莎拉夏．席克薩爾。真想邀請她一起喝下午茶——倘若不是在比賽中的話。

她手上拿著彷彿從巨大鑽石削出來的一般，凹凸非常引人注目的矛。她在這種局面

LESSON V ～鋼鐵宮的華爾滋～

下，終於拿到了……龍騎士的專用武器！

莎拉夏一反平常的懦弱，她握住武器，表情一變。

「請陪我一戰。」

她猛烈地一蹬腳邊，鐵板「叮！」一聲地抖動起來。被挑起的矛瞄準愛麗絲，立刻閃動的長劍揮開了矛尖。回砍的刀身激烈衝撞。肘擊被對方的膝蓋擋住，同時用武器攻擊後，發出驚人的金屬聲響。雙方都往後跳。

聖弗立戴斯威德的聖騎士與聖德特立修的龍騎士——最頂尖學生的一戰讓觀眾席沸騰起來。梅莉達雙手握住劍柄，想飛奔過去。

「愛麗！」

但在她行動之前，一把劍刺向她腳邊。

刀身顫抖不停，彷彿要阻擋去路一般。梅莉達驚訝地抬頭一看，只見有個人影從樓上俯視著這邊。是搖晃著黑水晶秀髮的繆爾．拉．摩爾。

她的手上——天啊，竟有這種事？她居然握著可說是魔騎士象徵的大劍。彷彿火焰般的圖樣攀爬在刀身上，漆黑厚重的那把大劍，就算巨人使出蠻力也無法折斷吧，是穩如泰山的最頂級武器。

「上來吧。」

她用視線這麼挑釁後，轉過身去。梅莉達不禁轉頭看了一下背後的攻防戰，只見愛麗絲與莎拉夏正展開連一瞬間也不曾中斷的高速戰鬥。

愛麗絲趁連擊的空檔，朝梅莉達稍微使了個眼色，像是在說「去吧，莉塔！」般。梅莉達輕輕點頭回應愛麗絲無聲的聲音，踏上階梯。

她高聲踩響鐵板，一層，兩層，她前往比剛才高三層的樓上——

繆爾已經先走到哪邊了呢？還沒有看見她的身影。最後，來到骨架格外顯眼，任憑風吹雨打的樓層。這時梅莉達終於發現以蒸氣天空為背景站著的黑水晶背影。除了四處豎立著的支柱，沒有其他會妨礙單挑的障礙物。

宛如墓碑一般並排的武器——佇立在那當中的少女，看起來也像死之妖精。

「繆爾同學……」

梅莉達在眼前高舉起長劍，一步一步地拉近距離。繆爾還沒有轉過頭來。可以感受到觀眾席有一半的視線也移動到這層樓。空氣扎著皮膚。

終於到達能踏步靠近的距離，梅莉達架起長劍，對準對方的雙眼。

「就如妳所願，一決勝負吧……」

「我是無所謂，不過梅莉達，妳是不是忘記什麼了？」

繆爾突然這麼說，並轉過頭來。那動作實在毫無防備過頭，因此梅莉達有些意外。

繆爾的桃色嘴脣宛如惡魔一般吊起。

「我有說是單挑嗎？這可是**團隊戰**喔？」

「咦…………？」

隨後，三名德特立修生從支柱後面衝了出來。梅莉達的反應慢了一拍。鎚矛迅速地打了過來，勉強擋住攻擊的梅莉達朝後方翻滾。

即使採取護身倒法並跳起來，右手拿的長劍也不聽使喚，劍尖滑過地板，發出刺耳的聲響。觀眾席「啊！」了一聲，激動地倒抽口氣。

德特立修生包圍梅莉達。繆爾呵呵地露出微笑。

「呵呵，梅莉達真是的……因為我說了那種話，所以妳當成是『一對一』在想了吧？首先得考慮到團隊的勝利才行呀。」

「妳……妳……妳……妳騙了我？」

「我沒有騙妳喔——該拿的東西我還是會收下。」

三名德特立修生同時一蹬鐵地板。她們各自揮起長劍、鎚矛，還有金屬製的長杖，彷彿要摧毀後路似的攻擊梅莉達。

「是梅莉達・安傑爾小姐表現的時候了！」

觀眾席的某人探出身子。不過，並沒有變成他期望的展開。

梅莉達無法實現任何一個人的理想。她從地板上挑起劍尖，劍尖卻被輕易擋住的瞬間，「哎呀？」觀眾席的某個人內心感到不對勁。梅莉達要將劍收回來時費了一下工夫，被人趁隙從旁毆打時，歡呼聲止住了。

梅莉達再次被打到在地板上翻滾，但她立刻跳起來挑戰對方。她在腦海中描繪以前曾看過的父親——菲爾古斯的斬擊，一邊一蹬地板，同時弓起脊背。

「——喝！」

即使她灌注所有精力攻擊，敵人也穩穩地壓低重心，撐了過去。氣勢在空中被削弱後，長杖與長劍又立刻從左右兩邊攻擊過來。

純白的演武裝束身影不停翻滾，在觀眾席守護的人們開始喧鬧起來。

「……會不會太弱啦？」

某人低聲地吐出這句話，被一旁的友人拍打肩膀。『太沒禮貌了吧！』

不過，每個觀眾都有種大失所望的感覺。他們應該是期待梅莉達能像愛麗絲一樣，展現出壓倒性的長劍劍法吧。他們肯定是預期梅莉達會把其他三人當成墊場般一掃而空，與同樣公爵家出身的千金展開一場緊張刺激的激戰。

然而實際開打之後……她甚至被自己的劍耍著玩。

……那樣真的是騎士公爵家的人嗎？

來自觀眾席的聲援中斷得愈是明顯，梅莉達的內心就愈是感到焦急。懷疑的視線宛如鎖鍊一般綑綁住手腳。梅莉達不顧前後地握住劍柄，一蹬地板。

不過，沉重的刀身再度背叛了她。她完全提不起氣勢，被對方的長劍從容地擋住。在她辛苦地回砍時，長杖從旁一掃，讓她膝蓋落地，緊接著第三人用鎚矛打起劍尖。

「準備接招吧，梅莉達。」

繆爾彷彿要追擊似的飛奔過來。她用纖細的指法收緊大劍，然後宛如弓箭般擊出。梅莉達立刻用劍身保護身體。

衝撞。然後是金屬聲響——

長劍七零八落地碎裂。那陣衝擊讓梅莉達彈飛到前所未有的距離。她的肩膀撞上鐵板鋪設的地板，翻滾了好長一段距離，弄得全身疼痛。

「啊……咕……！」

梅莉達一邊呻吟，一邊勉強抬起上半身。

觀眾席已經沒有任何地方會傳來替她加油的聲音了——

儘管如此，梅莉達還是大口喘著氣，同時好不容易立起一邊膝蓋。一看之下，長劍從中間折斷了。倘若是這種狀態，就規則來說，是被允許更換武器的。

梅莉達抬起頭，看見就並列在正面的兩把武器。

右手邊是聖騎士用的長劍——

然後左邊則是武士的名刀。

梅莉達就這樣立著一邊膝蓋，慢慢地伸出手——伸出慣用的右手。

不過，從長劍的對面響起聲音。

「只要拿著長劍……就能說自己是出色的安傑爾家之子嗎？」

梅莉達的手指抽動了一下，僵硬起來。

繆爾從兩把武器之間，筆直地注視著遙遠的這方。

「梅莉達，妳還記得之前的冬天，曾舉辦了畢布利亞哥德圖書館員檢定考試嗎？那時某個女孩子這麼說了：『我對自己身為武士位階一事感到驕傲！』、『我就是我，我要以自己的模樣獲得大家認同！』……我那時不禁憧憬起那女孩喔？」

「……！」

梅莉達握住拳頭，顫抖著背。繆爾一臉無聊似的轉過頭去，眺望著充滿蒸氣的灰色天空。她的聲音像是在尋覓找不到的東西。

「不曉得那女孩上哪去了呢？」

梅莉達朝雙腳灌注力量，站了起來。

可以感受到觀眾席傳來大量視線。她就這樣垂著雙手，一蹬地板。

放鬆力道的左右手隨風搖曳似的晃動著。梅莉達奔馳穿過立在正面的兩把武器的正中間。在即將穿過前，雙手的指尖一瞬間掠過各自的握柄——然後響起命運的金屬聲。

梅莉達在奔馳而過時拔起左邊的刀。鐵板裂開，火花飛起。

隨後，德特立修生看見她的身影模糊地消失了。因為她的速度瞬間提昇。其中一人呻吟著「她上哪去了……？」並退後一步。

重心偏向後腳的瞬間，就是那名少女的最後。

「是『隱密』喔。」

宛如風一般繞到少女背後的梅莉達，毫不留情地橫掃延髓。她一擊便讓少女昏倒，首先是第一個人倒落地板上。那過於神速的動作讓其他人都驚訝地睜大眼。

梅莉達的影子非常貼近地板地滑行並逼近，第二個人立刻揮動鎚矛，劃破空氣。殘像重疊成好幾層，光是這樣就讓人差點要暈眩。

「可……可惡……！」

少女高高舉起鎚矛，將殘像一併橫掃。於是鑽過攻擊的本體用宛如蛇的軌道一邊纏住手臂一邊逼近，鎖定少女的關節。她用另一邊的手肘攻擊腹部。

「咕！」少女一彎曲身體，梅莉達便緊接著毆打她的下頷。但隨後第二個人丟掉鎚矛，握住梅莉達的手腕。這樣就封住梅莉達的雙手了。

「趁……趁現在……！」

第三個人瞄準梅莉達毫無防備的背後，揮起長杖。梅莉達也將刀扔向正上方。隨後她跳了起來。先是右腳，緊接著是左腳——

首先是右腳的後腳跟踢向第三個人的手腕。揮落武器的氣勢猛然被削弱；接著描繪出圓弧的左腳橫掃上臂，將長杖從少女手上彈開。這些事情發生得實在太快，因此第三個人大吃一驚，表情僵住了。梅莉達的右腳背再次使勁一踢，踹飛少女的臉頰。

梅莉達將體重推給第二個敵人，在空中使出矯捷的三連擊。她更進一步地彷彿陀螺一般扭起下半身，雙手被捲入的德特立修生不禁失去了平衡。少女實在撐不下去，從後腦杓倒落。

讓人想摀住雙眼的衝撞聲響徹周圍。梅莉達用柔軟的雙腳著地後，將右手往旁邊使勁一揮。刀正好在這時掉落，她的手握住刀柄後，流暢地將刀刺向地板。

即使刀尖在臉部旁邊挖了個洞，德特立修生還是翻著白眼，一動也不動。梅莉達無暇休息，她用力地握緊刀柄。

「『幻刀一閃——』」

在拔刀的同時橫掃。

「『風牙』！」

從刀身膨脹起來的衝擊波，突襲最後一名德特立修生。繆爾用大劍劍身擋住瑪那刀刃，被那股威力推動了幾公尺。

黃金色火焰被散播到空中，鞋底稍微迸出火花。

護著臉部的繆爾從刀身背面露出表情。那是狂喜的眼神。

「這樣才對嘛……！」

梅莉達一邊確認其他三人沒有動靜，一邊默默地壓低重心。

觀眾席的群眾驚訝地睜大了眼，注視這場令人眼花繚亂的攻防戰，也有人驚訝地張大了嘴。沒多久後，波紋從騎兵團的相關人士開始擴散開來。

「她用了『隱密』能力……？」

一個人這麼說出口後，其他人也很容易確信。眾人一邊與周圍座位的人交換視線，一邊接連地吐露出異樣感。

「她……她選了刀喔？而不是長劍……為什麼？」

「她的戰鬥方式……請……請看，跟樓下的愛麗絲小姐截然不同。」

「而且她在最後好像把瑪那本身發射出去了吧？我記得那是……」

「聖騎士位階能辦到那種事嗎…………？」

「…………………怎麼可能辦得到啊。」

某個壯年觀眾看似火大地聽著這些對話。他忽然啪！一聲地拍打膝蓋，站起身來。

「……已經沒辦法掩飾了。無論誰怎麼說，都不會顛覆這個事實。我非常清楚地親眼確認了……！大家應該也早就明白了吧？」

他高高地揮起手臂。他的聲音甚至讓觀眾席的每個角落都顫抖起來。

「梅莉達．安傑爾的位階並非聖騎士——而是武士啊！」

與此同時，梅莉達飛奔而出。慢了一拍後，繆爾也一蹬地板。雙方宛如對照鏡一般收緊武器，但梅莉達並沒有揮出。她順著收緊手臂的氣勢讓上半身也倒下，以一紙之隔閃避繆爾揮過來的大劍。

隨後梅莉達的左腳跳起。繆爾用肩膀去擋，認為這樣總比鼻頭被反擊踢中好。瑪那的衝撞聲宛如雷鳴般炸裂，梅莉達活用反作用力收回左腳後，流暢地用另一隻腳往上踢。繆爾立刻退後，只見圓弧劃過她下頷前方幾公分。

一看到對方的重心壓低，梅莉達立刻揮刀。繆爾用單手挑起大劍，擋住攻擊。雖然姿勢有些缺陷，但魔騎士足以彌補這點還有餘的瑪那在刀身上爆裂，反而將梅莉達纖瘦的身體撞飛到後方。

繆爾像是要還以顏色似的，用滑行般的速度追隨過來。對方在腳尖降落到地板上前，揮動大劍橫掃。梅莉達強硬地放倒上半身，在閃避的同時往背後躺落。她一邊忍耐脊椎骨嘎吱作響，一邊在跳起來的同時秀出了神速動作。

下半身宛如霹靂舞一般躍動著。梅莉達放開了刀，她猛烈地踢飛刀柄，令人眼花繚亂地旋轉的刀刃首先一閃，打中對方剛使勁揮落的大劍。在旋轉的氣勢被削弱的時候，更進一步地踢飛刀背，發動第二擊。沒有操縱者，但格外強烈的斬擊垂直地攻擊大劍。

在這個階段，梅莉達一邊旋轉，一邊爬起身。她捉住飛舞在半空中的刀柄，讓致命的第三閃滑過大劍的劍身。繆爾的瑪那一口氣被砍飛了。

繆爾不禁瞠目結舌。儘管她有些焦急地揮動大劍攻擊，但梅莉達矯捷地向前一個踏步，擋住那攻擊。她用刀身根部擋下，然後立刻傾斜刀身，將威力分散到劍尖。她更進一步地讓刀背沿著大劍滑動，伴隨著「鏘鐺！」的金屬聲響，削除了大量瑪那。大量的黑色火花填滿兩人周圍。

「太棒了……！」

繆爾的雙眼閃閃發亮，那危險的色調介於知性與瘋狂的夾縫間。

「這個速度……！果然這才是梅莉達呀！」

「討厭，都是繆爾同學害我的位階穿幫了啦！」

梅莉達一邊用單手拿的刀與繆爾的大劍較勁，同時出其不意地揮拳毆打。但這波攻擊輕易地被擋下。繆爾看似憐愛地一邊握住梅莉達的拳頭，一邊露出微笑。

「哎呀？我可沒叫妳『露出真面目！』喔？」

繆爾挑起大劍，拉開距離。她躲在金屬聲響後面低喃道：

「要抱怨就去跟庫法老師說吧。」

至於那位「庫法老師」，正在觀眾席上按捺不住地呵呵笑著。蘿賽蒂在一旁用手心貼著額頭，「哎呀～」了一聲。

「啊～啊～啊～搞砸了……」

「哎呀，搞砸了呢。」

「為什麼你看起來好像很高興啊。」

對於氣呼呼地斥責自己的蘿賽蒂，庫法一臉若無其事地回了句「失禮了」。

梅莉達已經毫不遮掩的戰鬥模樣，讓觀眾互相交換著視線，無法判斷應該聲援她，還是抨擊她。某人提出疑問。

「這……這也就是說……安傑爾家之人搞外遇的傳聞是真的嗎……？」

「……不，沒辦法那麼斷言吧。就算是騎士公爵家，在遺傳上發現了武士位階這種事，以可能性來說也並非為零……雖然沒有前例。」

「不過，要這麼說的話，曾是『無能才女』的她為何到現在才覺醒瑪那？我比較好奇關於這一點弄清楚原因了嗎？」

「菲爾古斯公是怎麼想的呢…………」

大人們都露出複雜的表情，當中有一個年幼的孩子天真無邪地說道：

「可是爸爸，那個大姊姊比剛才要帥氣多嘍！」

「啊……是啊，說得也是。可是，不是那個問題……」

父親悄悄地堵住孩子的嘴。但周圍的人們也聽見了這番對話。

一個年輕男人站起身，高聲地敘述他的主張。

「沒……沒錯！在討論位階之前，先好好看梅莉達小姐的活躍吧！她甚至不輸給拉．摩爾家的千金！我……我相信安傑爾家！」

「所以說，不是那個問題啊。」

冷靜的另一個人，立刻對年輕男人潑冷水。

「這並非強弱的問題。豈止如此，甚至就連我們怎麼想的都不是問題。梅莉達．安傑爾小姐的位階是武士……這件事實會導致嚴重的後果喔。」

這番話滲透了鴉雀無聲的周圍，原本站起身的年輕男人忽然感受到一股讓人打冷顫的寒意。

LESSON V

～鋼鐵宮的華爾滋～

氣勢增強的風緩緩地吹過鬥技場——……

那並非錯覺。這時確實有纏繞著冷氣的風流入觀眾席。從腳邊往上竄的氣息，讓衣服較為暴露的蘿賽蒂搓揉著手臂。

「好冷……？」

異樣感很快地也波及到周圍的觀眾。腳趾尖凍僵，皮膚起雞皮疙瘩，吐出的氣息逐漸變白。一個孩子打了噴嚏，父親讓孩子披上自己的外套。儘管如此，空氣仍毫不留情地刺激著皮膚——

某處響起了聲音。

「喂……喂，結霜嘍！」

觀眾席騷動起來。有人踮起腳尖確認這件事。在包廂座位角落，居然有一層冰膜。不僅如此，那層冰膜還慢慢地在擴大範圍。

這場騷動——不，應該說觀眾席發出的怒吼和哀號也傳遞到鬥技場。刀劍交鋒的聲響也逐漸停住。選手緩緩地抑制武器的氣勢，然後注意到悄悄靠近自己腳邊，宛如波浪般的冷氣。已經沒有任何一個人在意比賽的結局了。

待在中央武器庫樓上的梅莉達等人也一樣。

「繆……繆爾同學，下面的情況好像不太對勁耶……？」

「是啊……客人也在騷動呢。」

繆爾一邊放下大劍，一邊低喃：「我可沒聽說有這種事喔？」

這時，燈光忽然熄滅了。

從圓形鬥技場的中央附近到外圍，提燈的亮光彷彿波紋擴散一般地逐漸被摘除。那光景看來也像是一口氣吹熄插滿在蛋糕上的蠟燭。連鎖且不斷的消失在眨眼間遍及各個角落，然後就連最後一道燈光也熄滅了。

隨後，鬥技場被一片漆黑給包圍。某處響起了微弱的哀號。

「這到底是怎麼一回事啊！快開燈！」

「但……但是這個一點反應也沒有啊……」

異常變化也在鬥技場外側，「甜甜圈」構造的展示館擴展開來。不曉得來自何方的冷氣飛舞進來，路燈一個接一個地熄滅了。

在樞機工廠的攤位上，身為第九工房組長的羅伊斥責著部下，但部下反倒不知所措的樣子。即使爬上梯子檢查路燈，裝置本身也找不到任何異常。瓦斯也正常地噴射著。

——是火。最重要的火點不燃。部下這麼訴說，於是羅伊試著摩擦火柴棒。只見火焰才亮了一瞬間，便立刻融入黑暗當中。

LESSON: V
～鋼鐵宮的華爾滋～

「這是怎麼一回事啊……？」

羅伊丟掉火柴棒，轉身離去。部下從梯子上呼喚著他。

「羅……羅伊先生，你要上哪去？」

「我去街上要些燈光來！暗成這樣的話，根本算不上展示會吧！」

羅伊在一片漆黑中跌跌撞撞地前往展示館的入口。

他絆倒好幾次，還踢倒貨物，手臂也撞出淤青，但他仍勉強到達正門，只見那裡不知何故，聚集了一群人。大概是跟羅伊抱著同樣的理由，打算前往街上的參展廠商吧——不過，為什麼他們不趕緊離開展示館？

「你們在拖拖拉拉什麼啊！快讓開！」

羅伊強硬地撥開人潮，衝到最前排。

然後，他明白為何人們會停下腳步。

在門口聚集著大約三十名左右的人影，堵住了去路。既然這樣，請他們讓開不就好了嗎？羅伊一邊誇耀著靠打鐵鍛鍊出來的胸肌，一邊威風凜凜地邁出步伐。

「喂喂喂！你們賴在這裡很礙事。快讓條路出來！」

「真不湊巧，我們不能答應你這件事。」

悠哉地這麼回答的聲音，絲毫沒有被羅伊的氣勢給壓倒。

那是站在團體正中央的男人……留著長髮，而且眼鏡在黑暗中發亮著。不知何故，羅伊感到不寒而慄，就彷彿被天敵盯上的青蛙一般——對方乍看之下，明明是個纖瘦的柔弱男人。

在男人背後並排著的二十幾人，也纏繞著同樣的氛圍。他們穿著同款的黑色長袍，眺望在門口困惑不已的羅伊等人，不懷好意地嗤笑著。

——就彷彿踩扁螞蟻的孩童一般。

戴著眼鏡的柔弱男人，忽然高舉起一隻手。

「非常抱歉，但已經不能讓任何一個人離開展示館了。祈禱各位能放寬心……迎接最後一刻的到來。」

「你……你……你……你在說什麼啊？最……最後……？」

「犧牲者愈多，明天的報紙就愈是熱鬧呢。」

啪！男人彈響手指。

隨後，從鋼鐵地面毫無預兆地突出的「冰牆」，將兩個團體斷開。正好就在關起門扉的位置。從正下方冒出來的厚重冰塊衝撞上天花板。

驚人的巨響。冰粒四處揮灑。「嗚哇！」羅伊摔倒在地上。

參展廠商的團體就彷彿推倒骨牌一樣在地上翻滾。從厚重的冰牆對面，響起了應該是剛才那個團體的哄堂大笑聲。羅伊不禁火冒三丈，他氣勢洶洶地跳起來後，立刻揮拳打向冰牆。

冰牆動也沒動。

「好……好硬……！手都要斷了。武……武器！快拿武器來！」

「哦……好！正好這裡是莫爾德琉武具商工會的攤位啊……！」

雜工理所當然似的正要轉過身時，羅伊更是氣得面紅耳赤地怒吼。

「不對！是樞機工廠！從工廠的攤販那邊拿本大爺的武器過來！」

黑長袍團體隔著冰牆，聽見了這亂七八糟的騷動。澤賚爾拍掉兜帽，一臉從容地露出真面目，同時轉過身。

「這下就封住出口了……！那些傢伙已經無法逃離『刺骨火焰』！」

「不過，作戰開始時刻慢了呢……威廉．金究竟在想什麼呢？」

安納貝爾醫師這麼喃喃自語。澤費爾追上走在前頭的他。

「需要懲罰那傢伙嗎？醫師。」

「之後再說吧。我們首先要……」

醫師推起眼鏡的鼻梁。黎明戲兵團的精銳「安納貝爾的使徒」跟在他後面。長袍下襬孕育出冷氣、舞動、醞釀出宛如冥府送葬行列般的氛圍。

「按照『真正的計畫』，迅速地侵略哲學軍事研究所。燈火騎兵團的大多數成員應該會忙著收拾情況，但不曉得白夜騎兵團何時會察覺到我們的行動。要迅速地逼近那個『最高機密』。」

「真令人躍躍欲試啊！要是那些警衛跑來礙事，該怎麼辦？」

除了澤費爾之外，所有「使徒」也側耳傾聽醫師的答案。

醫師稍微調整眼鏡的位置，像個講師似的回答：

「——殺掉也無妨。」

「耶！」

一陣下流的歡呼聲響起。面對這危險的黑長袍團體，街上人們也不禁讓出一條路。

澤費爾正想將戀人的肩膀抱近自己時，想起她此刻並不在這裡。

提亞悠被託付了暗殺「無能才女」的任務，目前與眾人分開行動——但在重逢的瞬間，伴隨著擁抱要交談的第一個話題，已經決定好了。

就是誰「狩獵了」更多獵物？

「屠殺的時間到了……真是太期待啦！」

澤費爾用非人類會有的紅色長舌頭，舔了舔長出來的獠牙。

LESSON: V ～鋼鐵宮的華爾滋～

† † †

鬥技場的觀眾席至今仍持續著混亂。豈止燈光沒有恢復，就連氣溫也逐漸下降。意氣用事的年輕男人一把抓住競賽的主持人。

「夠了，快讓我們出去！再這樣下去會凍死的！」

「我我我我……我們也正在調查原因啊～～！要是各位在這種黑暗中同時飛奔到出口，會非～～常危險，因此請再稍等！請再給我們一些時間～～～～！」

觀眾的不安與不滿正無止盡地高漲。已經沒空管什麼鬥技會了。會場的相關人士慌忙地在觀眾席中四處奔波，場上的選手也完全停止比賽。

只有選手噴出的瑪那火焰，成了散布在黑暗中的渺小路標。

「愛麗絲小姐她們不要緊吧？究竟發生了什麼事啊……」

蘿賽蒂已經借用庫法的外套，儘管如此，她還是不停搓揉著肌膚，喊著「好冷好冷」。照這樣下去，可能真的會變成冰棒，不是開玩笑的……

在蘿賽蒂身旁，看起來絲毫不覺得寒冷和恐懼的青年從座位上站了起來。庫法無意識地確認腰上的刀之後，抓住蘿賽蒂的手，讓她站起來。

「能請妳陪我一下嗎？蘿賽。」

「咦……要……要……要……要上哪去？我話都講不清楚了……！」

「話講不清楚也沒關係。只要手腳能動就足夠了。」

庫法暫且轉過頭看——不知是看了什麼呢？庫法將高聳在鬥技場正中央的塔，以及在塔內閃爍的四色火焰烙印在內心後，轉身離開。

那感覺像是要斬斷留戀一般——

蘿賽蒂搖晃著暗色下襬，追逐青年果斷遠去的背影。

「你你……你要上哪去啊～！不用關注梅莉達小姐她們嗎？」

「我有我的——有我們應該做的事情。」

庫法側目地轉過頭來。在黑暗中也能看清東西的深紫眼眸，不可思議地在黑暗中眨了眨眼。

「妳有帶武器來吧，蘿賽？」

LESSON：Ⅵ ～火之契約～

哀號在圓形鬥技場的外圍迴盪著。不斷傳來有人倒落的聲響。

那裡是比包圍住迷宮的觀眾席更靠近外牆的位置。特別高的那個地方設置著裁判用的瞭望臺與通道。此刻又有另一名裁判被打趴在地，剩餘的一人手拿望遠鏡，顫抖著膝蓋並後退。

「你……你……你們是怎麼回事啊？這裡禁止非相關人士進入！」

「……因為這個地方能最清楚地看見『兔了』。」

「安納貝爾的使徒」提亞悠似乎就連回答也嫌麻煩似的走上前。她用纖細的手臂輕易地扭起裁判的衣領，然後掐著他的脖子往上揪，讓他的腳趾尖浮空。望遠鏡在地上翻滾，從外牆邊緣掉落。從遙遠眼底下的展示館傳來清脆的掉落聲。

「放……放開……哦……咕嗚……！」

即使高大的大人掙扎亂動，少女的手腕仍動也不動。沒多久裁判嘴裡冒泡，翻起白眼，在他差點要沒命時，後方有人出聲制止了少女。

是莫爾德琉卿。他膽顫心驚地窺探著提亞悠的背影。

「別……別這樣了吧？不……不要無謂地引起騷動好嗎？」

「…………」

提亞悠在不被發現的情況下偷偷咂了聲嘴，然後將裁判丟到一旁。三人份的人影倒在黑暗中。提亞悠不屑一顧地向前進，相對的莫爾德琉卿則是為了避免踩到裁判的手腳，笨拙地踮起腳尖跟在少女後面。

提亞悠像在唱歌似的說道：

「從這裡就能很清楚地看見目標。」

一覽無遺的圓形鬥技場被黑暗給包圍住。但是在那當中，四處鑲嵌著五顏六色的「路標」。

是選手噴出的瑪那。在鬥技場中心格外高聳的塔上，點亮著四色燈光。席克薩爾家的公主發出的「櫻花色」、出自安傑爾家的「白銀」；更上層樓有拉·摩爾家的妖精不可思議的「黑色」。然後，在妖精的對面——

罪孽深重的天使閃耀著「金色」光芒。

提亞悠超乎常人的視力，甚至明確地捕捉到目標看似不安的表情。少女似乎是打算窺探塔的下方，當她一步、兩步地離開身旁的友人（繆爾）時，提亞悠也趁機進行「準備」。

也就是露出哈耳庇厄的本性。她雙手的皮膚裂開，冒出類似猛禽類的羽毛。鳥的羽翼長度超越了身高。提亞悠拔下一枚羽毛。羽軸宛如弓箭一般筆直，前端比鏃更堅硬。

她架起扛在背後帶來的弓，將箭搭在弦上。

弓弦表現出強烈的抵抗。提亞悠以超乎常人的肌力拉動弓。

倘若靠這把弓的性能與她的狙擊能力，射出的弓箭能在一瞬間飛過幾百公尺的距離，不偏不倚地刺中目標的心臟吧。

——然後梅莉達．安傑爾將伴隨著祕密被葬送。

在這種混亂當中，不會有任何觀眾察覺到吧。等她的死亡引起騷動時，早就為時已晚。黎明戲兵團的第二計畫、第三計畫會將賽勒斯特泰雷斯凱門區化為破壞與殺戮的漩渦，且會有數千人喪命吧。

扣下扳機的是提亞悠這過於纖細的白皙指尖——

還有她隱藏在內側的猙獰殺意。

「雖然澤費爾說『讓妳當兄弟姊妹』，但我不需要。」

提亞悠在過於敏銳的視野中瞄準梅莉達，對著她低喃。

「我討厭比我漂亮的女孩。」

羽軸嘎吱作響。指尖灌注了超出必要的力量。

「永別了。」

鏃的前端分毫不差地從幾百公尺的距離捕捉到心臟。

提亞悠的瞳孔收縮，她纖細地吸了口氣，停止呼吸──隨後。

有個人影從旁衝了出來。

「慢……慢……慢……慢點！」

是莫爾德琉卿。他撞上弓箭，打亂了提亞悠的狙擊姿勢。

提亞悠一臉疑惑──不，是一臉煩躁似的蹙起眉頭。

「……幹麼？」

「呃，那個……要……要殺了她嗎？妳接著要殺害梅莉達嗎？」

「對呀。就按照你委託的那樣。」

「但……但是情況不同了！老……老夫壓根沒想到那孩子會在眾目睽睽之下揭露自己的位階啊。目前先重新審視一下計畫……！」

提亞悠暫且放下弓，用比弓箭更銳利的視線射穿老人。

「**正因為如此**，機會只有現在。現在的話，只要處理掉『無能才女』的屍體，就還能防止祕密外洩。能夠找理由開脫……這就是你的目的吧？」

「說……說得也是。妳說得完全沒錯，但是……」

莫爾德琉卿轉頭看向鬥技場。

以他的視力無法看到表情吧。不過，或許正因為如此嗎——少女看似不安地左右徘徊，在她背後隨風搖曳的金髮，讓莫爾德琉卿把她跟某人的影子重疊在一起了。老人混濁的眼眸稍微動搖起來。

「要——要不要等下次再說啊？」

提亞悠一把抓住老人的脖子，從射擊軌跡扔出去。莫爾德琉卿重重地撞到腰，在因疼痛發出呻吟的同時嚷嚷著。

「妳……妳要殺她嗎？要殺害那孩子嗎？」

「那應該是你的期望吧。」

提亞悠壓低重心，立起一邊膝蓋，將上半身宛如鋼鐵般收緊。彷彿她全身化為弓一般，此刻再度被搭上弦的弓箭，沒有一絲動搖地被拉緊。

就算下次又有某人介入射擊軌跡，箭鏃也會毫不留情地連同障礙物一起貫穿，飛向目標吧——這次要用最強威力。

提亞悠的雙手嘎吱作響，弓箭被拉緊到極限。駭人的殺意收束在箭鏃前端的一點，扭曲了周圍空氣，就連莫爾德琉卿也看得出來。

莫爾德琉卿就這樣爬在地上吶喊。

不曉得是誰的眼淚在黑暗中飛散。

「別殺她！」

提亞悠最後這麼說道：

「太慢了。」

命運的扳機被扣下了。

隨後，彷彿要劈開大地的巨響穿破天空——

提亞悠的左手無力地垂下。

右手也垂落了。沒能射出去的弓箭從她的指尖掉落。

「咦…………」

看向下方尋找弓箭的她，看見了。

看見自己豐滿的身體中心，開了個無法挽回的大洞。

從洞裡不斷滲出的鮮血，將下半身染成不快的顏色。

「為……什麼……」

視野模糊不清。儘管如此，她還是抬起頭，然後看見了。

LESSON: VI ～火之契約～

在遙遠的鐵塔上層，金色火焰至今仍輝煌地閃耀著。

自己沒能徹底收拾掉的唯一一個獵物，至今依然健在的模樣——

「怎麼……可能……怎麼可能……啊……」

提亞悠一邊從嘴唇吐出血塊，一邊像壞掉的機械人偶似的轉動頭部。身體已經動不了了。在斷氣前的僅僅幾秒，她總算找到了那個。

讓賽勒斯特泰雷斯凱門區形成要塞的星形城牆。

從城牆一角微微地飄出硝煙。槍口從凹凸的夾縫間突出、槍身長到異常，架起那把槍的是——怎麼看都比自己年幼的稚氣少女。

彼此的距離超過一千公尺。

「澤……費……會……………」

這就是她最後的記憶。上半身搖晃了一下，往後傾斜，接著嘩啦地噴出鮮血倒下。之後大量的赤紅色在黑暗世界中拓展出血池。

原本突出的槍口從提亞悠最後目睹到的城牆一聲不響地被抽回。

少女前後滑動槍機拉柄，於是空彈殼伴隨著宏亮的金屬聲響彈出。

「命中。」

若無其事地這麼宣告的她，是以前在列車上拯救了假扮成巡王爵的庫法等人的狙擊手。一旁還能看見像那時一樣，一臉自傲地挺起胸膛的青年身影。

也就是理應不在這裡的王爵——塞爾袞．席克薩爾。

「怎麼樣啊，『安納貝爾的使徒』。我的『警犬』很了不起吧？」

雖然很不好意思——塞爾袞朝聽不見的對手爽朗地繼續說道。

「你們黎明戲兵團，今天就在這裡消失吧。」

† † †

安納貝爾醫師侵入了目標的軍事研究所，他當然也注意到異樣感。

計畫進行得順利無比——實在是順利過頭了。警備人數連他們原先推測的一半都不到，而且在剛撞見時只是威嚇一下就一溜煙地逃走了。就是由這種窩囊廢在守護著最重要機密嗎……？儘管感到疑惑，但嘗試解讀隔牆後，齒輪機關的隔牆輕易地騰出通道，簡單到讓人掃興。

暗號太過單純了……翻遍古今東西的迷宮指南書，在腦內預演到腦袋快裂開的自己簡直就像個蠢蛋啊。

LESSON: VI
～火之契約～

「醫師，你在幹麼啊！真慢耶！」

澤費爾在團體前頭這麼催促著。醫師加快速度，追趕上他。

沒多久後，一行人到達研究所的最深處。那裡有平面圖上沒畫出來的升降機。似乎原本是用來搬運大批人群和大型裝置。約三十名的「安納貝爾的使徒」綽綽有餘地搭乘進去後，格柵從上下左右關閉起來。

升降機沿著軌道動了起來。

「終於要目睹到弗蘭德爾的『最高機密』了……！」

「是很不得了的兵器嗎？還是被埋葬在歷史黑暗中的真相？」

人造藍坎斯洛普脫掉兜帽，彷彿在晚餐前一般伸舌舔了舔嘴脣。

只有一臺的升降機，沿著就連提燈亮光都沒有的黑暗迴廊滑行著。

不留縫隙地關起的鐵柵欄，給人一種牢籠般的印象──

「……不，還是別想了。」

聽到安納貝爾醫師的喃喃自語，一旁的澤費爾「嗯？」地挑起眉毛。

就在這時，前進的方向隱約變藍。

似乎潛入了相當深的地下深處。倘若升降機是擺渡船，他們到達的地方應該算冥府嗎……「好啦。」──在醫師做好覺悟時，軌道終於發出尖銳的聲響。

升降機一邊在空中散播火花，一邊煞車。

升降機流暢地放慢速度後，不偏不倚地滑進了終點站。

好耶！不知是誰發出了這樣的歡呼聲呢？格柵一打開，同伴便爭先恐後地飛奔而出。醫師也拚命地壓抑著急躁的心情跟在他們後面。

在前方拓展開來的光景——正是弗蘭德爾政府一直隱藏的最高機密！

藍色光芒填滿視野的瞬間，醫師身為一名科學家，應該「哦哦！」地發出感嘆吧。他自己也能預料到那種模樣，興奮地拱起肩膀——

正要吐出的氣息忽然卡住了。

前方可以看見的東西是…………——

「……棺材？」

是與機械相連的……沒錯，看起來只像是棺材。

終點是相當寬敞的房間。應該有舞蹈廳那麼大吧。但一半以上的空間都被巨大且用途不明的成堆機械給塞滿，與各種大小的管子相連的中央——有一具棺材坐鎮著。

要說為何能判斷那是「棺材」，因為蓋子是用玻璃製成的。

也就是能看見裡面。

在鋪滿了純白花朵的箱子裡，一位身穿純白連身裙，純白長髮朝四方散落的女性正

LESSON VI
～火之契約～

陷入長眠。

——不，她應該已經過世了吧。

但女性美麗到讓人難以想像她已經過世。她沒有呼吸，心臟也不會跳動，正因如此，才該說她像是人造品嗎？年齡——也就是享年應該還不到三十幾歲。安納貝爾醫師看到那具「遺體」，有一瞬間睜大雙眼看入迷了。

看著同樣的東西，同樣身體僵住的一名同伴開口說道：

「……這就是『最高機密』？」

啊——醫師猛然回過神來。同伴也接連地面面相覷。

「這……只是個女人吧。她究竟是誰啊……？」

「她真的是人類吧？怎麼說呢，與其說是人類……」

「是呀，我也有同樣的想法。簡直——」

為數不多的女性人造藍坎斯洛普，回想起昔日的少女心並低喃道：

「就像是……**銀水晶妖精**。」

醫師感受到背後有一種難以言喻的畏懼，不禁緊張地吞了吞口水。

在每個人都動彈不得時，響起了像在逞強的腳步聲。澤費爾看似焦躁地從團體中走上前，一步步逼近棺材。

「她的真面目是什麼都無所謂！這傢伙就是我們要找的『最高機密』對吧？」

他毆打沉默的棺材代替招呼。機械裝置的棺材文風不動。

「要怎麼做啊，醫師！擄走她？還是把她四分五裂？」

「…………這——」

醫師反射性地按著眼鏡。他遮住表情，但啞口無言。

這時從其他地方響起回答的聲音。

「都不用做。」

三十名使徒同時警戒起來。有個男人從房間的更深處，巨大機械的後面走了出來——還穿著天敵的騎兵團軍服。

醫師也不禁緊張起來，但看到男人熟悉的面孔，立刻擠出笑容。

「這……這不是『白夜』閣下嗎！……閣下怎麼會在這裡？」

「那是我要說的臺詞。你們現在應該在鬥技場引發恐怖活動不是嗎？那個把展示館弄得一片漆黑的機關是怎麼回事？嗯？」

醫師若無其事地用手指比暗號，告知同伴「擺出臨戰態勢」。

但白費工夫。從軍服男人的更後方——也就是從成堆機械的各處，同樣穿著暗色軍服的人一聲不響地出現了。

周圍十分陰暗，其中還有戴著兜帽的人，因此無法掌握氛圍。但可以得知一個個都是相當厲害的老手。這是理所當然的，因為他們是從弗蘭德爾的黑暗面集結了少數精銳，冷酷無比且是史上最強的暗殺團體——

白夜騎兵團的團長揹負著無聲的殺意，朝這邊走了過來。

「我早就察覺到你們今天會趁暗殺『無能才女』的計畫，以這個房間為目標……畢竟洩漏『最高機密』這個情報給你們的，就是白夜（我們）嘛。」

「……！」

「莫爾德琉卿選擇賽勒斯特泰雷斯凱門區當實行地點時，你們應該覺得『這是個好機會』吧。能將大軍送入騎兵團的大本營，千載難逢的好機會！是對弗蘭德爾的現行體制造成巨大打擊的絕佳時機！在你們對今天的暗殺計畫投入超出必要的大批人數時，我立刻就猜到背後的目的了。然後那目的——對我們白夜騎兵團而言，也是『絕佳的好機會』。」

團長拄著枴杖，上前一步。醫師反射性地想退後，但他忍住了。

「白夜閣下……這話是什麼意思呢？」

「你覺得我們會放任你們不管嗎？像你們這樣的『世界之敵』。」

暗色軍服群跟著團長慢慢移動腳步。

「實力出類拔萃，黎明戲兵團的最大兵力『安納貝爾的使徒』！我們一直在等待平常因為任務散落各地的你們，一起集合起來的瞬間……！」

「……！」

「被狩獵的其實是你們啊。」

這句話讓自尊心強烈的澤費爾非常煩躁。醫師連忙伸手制止企圖逼近的他。醫師一邊從背後架住澤費爾，一邊對他低喃：

「不行，澤費爾。大家一起看準攻擊的時機——」

每當暗色軍服群慢慢地縮小包圍網，安納貝爾的使徒就宛如磁鐵一般聚集到一處。白夜團長讓人看不出任何表情地俯視那樣的他們，然後像換手似的上前到那具「棺材」旁邊。

銀水晶妖精毫不在乎充斥在周圍殺氣騰騰的氛圍，持續沉睡著。

「……居然想傷害這位人物，實在令人惶恐。你們應該為能在最後謁見她一事感到光榮。」

團長本想將手扶上棺材邊緣，但作罷了。

「你們是在黎明戲兵團的所有作戰中率領隊伍的幹部級。只要能將製造出人造藍坎斯洛普的你們一網打盡，剩餘的兵力就跟殘兵無異……！這應該會成為值得慶賀的紀念吧，在這個燦爛輝煌的鋼鐵宮博覽會舉辦日——」

團長猛然高舉起一隻手。部下的軍服群膨脹起殺意。

就在澤費爾終於甩開醫師，打算衝上前時，團長開口說道：

「黎明戲兵團即將告終。」

「別開玩——」

澤費爾正想這麼吶喊的瞬間，激烈的閃光摧毀了他的視野。

醫師和其他成員也忍不住摀住臉。那閃亮到近乎暴力的光芒真面目，他們應當無法目睹到。那是「攻擊」，是白夜騎兵團的黑暗騎士設下的圈套。也就是他們各自架起**爆能槍**，從四面八方放射出毫不留情的閃光彈。

團長將手指貼到不知何時戴到眼睛上的護目鏡，繼續下達指示。

「第二發——」

不給任何休息時間，所有爆能槍發射出音響彈。巨響之幕伴隨著物理性的壓迫感覆蓋並擊潰「安納貝爾的使徒」。有幾個人忍不住倒落在地。雙眼暫時看不見，耳朵也聽不見。有東西滾落到那樣的他們腳邊。

是手榴彈。那些手榴彈依序以猛烈的氣勢噴射出氣體，逐漸填滿房間。異臭和喉嚨被灼燒的異常感覺，讓人造藍坎斯洛普不自覺地呻吟。簡直就是阿鼻地獄——看到眼前讓人聯想到地獄大釜的光景，白夜團長若無其事地告知：

「聽說是肌肉鬆弛類的氣體。要是吸入太多，心臟似乎會停止。」

他習慣性地擺出抽菸的動作，但嘴邊的防毒面具阻擋了他。

團長不滿地搖了搖頭，粗魯地揮下手指。

「殺掉。」

漆黑騎士從各自的位置同時襲擊過來。他們自己戴上護目鏡、耳罩和防毒面具，一邊做好萬全防備，一邊朝只能在地板上掙扎的獵物收緊武器——然後刺下去。十幾個武器一擊貫穿要害，在鮮血噴出的同時，哀號停止了。

之後展開了一場比地獄更悽慘的慘劇。人造藍坎斯洛普甚至無法好好抵抗，接二連三地喪命。澤費爾激動地搓揉眼角，試圖恢復視野。稍微復甦的聽覺聽到了同伴的臨終慘叫。

雙腳還站不穩。無法自由地移動指尖，是因為吸入太多氣體吧。白夜騎士悠哉地奔馳的模樣，感覺非常不講理。其中有一人現在瞄準了澤費爾。他收緊長劍，一口氣突擊過來。

當然不可能閃得開。

因此某人衝到澤費爾前面，代替他擋下刀刃。安納貝爾醫師被長劍刺著背後，抱著拚死的覺悟庇護澤費爾。

「澤費爾……這是……陷阱…………」

醫師伴隨著斷斷續續的話語，從嘴唇流出鮮血。

他的指尖滑過澤費爾的臉頰，那裡也延伸出血跡。

「至少你要逃掉……啊……我的最高傑作…………！」

又來了兩名騎士將劍刺向他背後。醫師的上半身往後仰，嚥下最後一口氣。目睹到這一幕的瞬間，血管在澤費爾的太陽穴裂開。

「嗚……嗚嘎啊啊啊啊啊啊啊！」

澤費爾的雙腳急遽膨脹起來。他的腳分裂成四隻，一口氣增加體積後，馬類體毛覆蓋住腳，還長出尾巴。身高足足長高了一倍。

他顯露出了身為半人馬的本性。那股壓力讓漆黑騎士有一瞬間被壓制。澤費爾用右手從其中一人手裡搶來了劍。然後他的左手將醫師的屍體當盾牌一般拿起，一蹬地板。他跳起來的前腳踢散了騎士們。

澤費爾尖叫到喉嚨彷彿要破裂一般，發動突擊。鎚矛從右手邊攻擊著他。他沒停下來。魔力彈從左手邊毫不留情地射擊過來。醫師的四肢炸飛，澤費爾扔掉已經派不上用場的那東西。

他的目標只有一個地方。白夜團長一個人從容地拄著枴杖。我要拖你陪葬！澤費爾靠四隻腳的加速甚至甩開騎士們的追擊後，一口氣跳躍過最後一段距離。飛行道具（圓月輪）劈開了他的背。他毫不在乎地高高揮起劍。

「去死吧————！」

團長一臉無奈似的將手繞到腰後——

以閃電般的速度撥起槍。

射擊。

於是一記驚人的槍擊發射出去。彷彿圓木一般粗壯的光線從槍口冒了出來，隨後那光線便宛如大樹的根一般分枝了。各自的前端同時射穿澤費爾。有一瞬間將他刺空中後，光線貫穿四肢，撞上天花板。

「嘎呼………」

澤費爾當場墜落到地板上。與此同時，開槍的團長也盛大地垂下肩膀。

「咕呼……這把槍是怎麼回事啊！才開一槍就消耗了這麼多瑪那……！萊寶財團真是做了不得了的東西啊。」

不過，效果似乎超群。一槍就吹飛了澤費爾深不見底的生命力（HP），讓他在地板上痛苦呻吟。無法對焦的眼眸感覺也像是在天花板看到了幻覺。

LESSON VI ～火之契約～

團長稍微環顧周圍，觀察戰況。

響起了刀劍交鋒的聲響。無論是其他人或這個半人馬藍坎斯洛普，回復速度都相當快。已經不是白夜單方面的蹂躪，而是在四處都發生了戰鬥。雖然應該不至於落敗……

「這下好像會拖很久啊。」團長這麼發著牢騷。

「不過算啦。讓我充分地確認最新武器的性能吧。」

團長再次拿起槍，走近瀕死的半人馬。

團長窺探著已經只能等死的半人馬臉龐，誇示著粗壯的槍身。

「嗨，讓我聽聽你的感想當作參考吧。這把槍的滋味如何？如果是萬全狀態，感覺能閃開嗎？有準備的話能夠承受住嗎？嗯，怎麼樣？」

「…………啊……嘎…………！」

「噢，什麼？這麼說來，對喔。」

團長這麼說，抽回上半身。他用左手戳了戳至今仍一直戴著的耳罩。

「我現在聽不見呢。」

他將槍口對準地板，射擊。

在槍聲響起後，呻吟聲停止。

† † †

這時，在距離遙遠的鬥技場上，有個人物猛然抬起頭來。是聖洛克．威廉斯。他顯露出至今為止一直壓抑著的感情，「呼──」發出一聲難以說是安心或嘆息的聲音。

「作戰總算開始了嗎……！」

他突然轉過身。從瞭望臺觀察著底下的副官臉忙轉過頭去。

「喂……喂，洛克，你要上哪去？隨便行動很危險喔！」

鬥技場至今仍一片漆黑。要說光源，就只有選手本身噴出的火焰。

聖洛克邁步踏向階梯。他的瑪那有一瞬間隱藏在支柱背面。

他趁那零點幾秒**解除了變裝**。他一口氣剝掉尚．沙利文的戰鬥裝束，個頭比原本嬌小一圈的少女從底下現身。褐色肌膚與蓬鬆的頭髮。掛在腰上的七種武器。彷彿要遮住暴露的內搭衣似的，她套著聖弗立戴斯威德女子學院的講師用長袍。

在橫跨過支柱的一瞬間，十五歲的男學生很快地變身成略微年幼的少女。拉克拉老師將手心貼在耳邊的思念增幅器上，這麼吶喊：

「謹告聖弗立戴斯威德、聖德特立修，所有在鬥技場上的學生！」

可以感受到一百幾十人份的動搖同時聚集起來。只有聖弗立戴斯威德的女學生，因為那熟悉的聲音反而更加混亂起來。

『拉……拉克拉老師？為何會在這裡……？』

拉克拉老師一邊走下階梯，同時單方面地滔滔不絕說起來。

「所有人立刻逃離迷宮！尚．沙利文的學生是路標！通往出口的路線都配置了他們的小組。男學生都留在原地別動！」

如果在空中飛翔的鳥從鬥技場上空俯瞰的話，應當會明白吧。尚．沙利文的男學生正好被配置在迷宮的分歧點，他們噴出的瑪那在黑暗當中成了路標。

就宛如會發光的小石頭，引領迷路的孩子回家一般——

不過，沒多少學生能迅速地服從指示。米特娜會長開口說道：

『拉克拉老師，這究竟是怎麼回事？氣溫如此寒冷的原因是什麼？』

「等下再說明。簡潔地說，就是這場鬥技會被當成犯罪組織的目標了！空氣之後也會繼續冰冷下去，照這樣逗留下去的話，會出現凍死者喔！」

學生們的緊張透過通訊機傳遞過來。拉克拉老師嚴厲地宣告：

「動作快！」

女學生總算像受到刺激似的動了起來。兩種顏色的演武裝束，從中央武器庫底下聚集成一塊飛奔而出。以緹契卡為首的防衛部隊，也開始從各自的根據地撤退。拉克拉老師一邊仔細地呼喚，確認是否有學生受傷而沒跟上，一邊走下階梯。

尚．沙利文的副官從瞭望臺飛奔到階梯。

「咦……奇怪？洛克……洛克上哪去啦？那傢伙剛才還在這裡……」

拉克拉老師大大地嘆了口氣並折返回頭，抓住副官的衣領，使勁拖著他離開。她一邊催促其他男學生也撤退，同時悄悄地回答副官：

「那傢伙還在醫務室。」

聽到拉克拉老師在耳邊響起的指示，並俯視著開始離開中央武器庫的同學，梅莉達與繆爾也總算理解了情況。

繆爾開口說道：

「我們也快逃吧。」

梅莉達指向後方。

「得帶她們一起走才行！」

被梅莉達弄昏倒的三名聖德特立修女學生倒在那裡。繆爾點頭回應時，踩著鐵板的

LESSON VI
～火之契約～

腳步聲從鐵塔樓下響起。

「莉塔！」、「小繆！」

是已經能感受到類似血緣的羈絆的愛麗絲與莎拉夏。會合的四人簡潔地互相確認情況，梅莉達率先要轉過身時……

「趕緊行動吧。會被丟下的！」

「是啊，真遺憾──………」

所有人都驚嚇地僵住身體，心想是誰的聲音。

那是男性的聲音。但不可能是尚·沙利文的學生──因為他們按照拉克拉老師安排的布局，一直停留在自軍的陣地。

實際上，突然從黑暗彼端走出來的青年，也纏繞著與學生截然不同的危險氛圍。肌膚顏色彷彿生鏽一般、頭髮色淺、整張臉到下半部都用繃帶覆蓋著。倘若是生活在表社會，絕對不可能露出那種混濁的眼神吧──

「我還以為再也不會見到妳了呢，梅莉達妹妹。」

「你是……！」

梅莉達不自覺地用力握住刀柄。愛麗絲「噫！」了一聲並往後退。

那是梅莉達以前被稱為「無能才女」時的痛苦回憶之一。在去年的頭環之夜，某個人為了隱蔽她是武士位階一事，試圖讓她的位階變成聖騎士，於是將她和愛麗絲一同綁架——

結果，梅莉達至今仍不曉得委託那件事的某人真面目。梅莉達率先邁出步伐，架起刀以便隨時能發動攻擊。

「你又是來說『我幫妳改變位階』的嗎？我說過好幾次了，敬謝不敏！」

「嗯？真可惜！現在情況沒那麼簡單了——」

繃帶男這麼說，從懷裡拿出某樣東西。

那東西——直截了當地說，看起來像是「火焰球」。它激烈地熊熊燃燒著，有個彷彿惡魔的輪廓在晃動。男人用包著繃帶的手直接高舉那東西——他不會燙嗎？只見他向公爵家千金誇耀著火焰球。

「『刺骨火焰』惡魔拉沃斯。」

簡單來說，就是並非單純的火球。繃帶男將那東西放到自己眼前搖晃著。

「這是黎明戲兵團的王牌『七大災禍』之一……這傢伙只有在幾乎密閉的空間才能發揮效果，它會無止盡地吸收周圍的熱量，增強自己的火力……！這兵器非常適合用來對付閉關在提燈裡生活的人類吧？」

「鬥技場會突然變得這麼陰暗，難道是……！」

LESSON: VI ～火之契約～

「都是多虧我把這傢伙從牢籠裡解放出來。」

繃帶男晃動外套下襬，拍掉像是瓶子碎片的東西。

他的手掌高舉起彷彿惡魔般的火焰。是錯覺嗎？有一種鬥技場裡的空氣都捲起漩渦，被吸入那一點的感覺。彷彿要撕裂肌膚的凍氣吹過觀眾席，沒有瑪那庇佑的一般觀眾全身僵硬地蜷縮起來。

已經連怒吼和哀號都發不出來了。他們彷彿等待死刑的罪人一般低下頭——

男人從繃帶縫隙間吐出唯一的希望。

「只要破壞這傢伙，熱量就會復甦。」

梅莉達等人猛然一驚。但彷彿當然早預料到這點一般，男人將拿著火焰的手舉到頭頂上。他抬起下頷，「啊～」地張大了嘴。

「——但不會讓妳們破壞就是了。」

咕嚕——他吞了下去。

梅莉達等人目睹「刺骨火焰」滑過男人的喉嚨。恐怕是那龐大的光量讓皮膚赤熱起來。光球從喉嚨往胃袋掉落，到達男人的胸部中心後沒多久，怦通！一聲地膨脹起類似脈搏的光。

「要阻止的話，只能殺了我。」

梅莉達改變架勢，擺出從下段發動的突擊姿勢。刀鐔發出「嘰」的聲響。

綳帶男稍微看向倒在鐵塔角落的三名德特立修生。

「妳們要逃走也是可以，但到時就是妳們的朋友會死嘍。」

彷彿在回答一般，三名公爵家千金同時上前到梅莉達的左右兩邊。

愛麗絲的長劍伴隨宏亮的金屬聲響比向前方。

「我不會再變成絆腳石了……！」

莎拉夏的矛流暢到令人毛骨悚然地劃破風。

「既然只有我們能阻止你……」

繆爾的大劍一高高揮起，空間本身便顫抖起來。

「就只能請你退場了呢。」

「不錯的覺悟啊，騎士公爵家……！」

綳帶男也緩慢地壓低重心，從彷彿猛獸般的架勢散發出惡意（壓力）。再加上「刺骨火焰」累積起來的無止盡熱量，在戰鬥前冷汗便滑過少女們的臉頰。

「審判時間到了。」

綳帶男——也就是威廉·金喃喃自語。

「然後對我而言，這是賭上了人生的賭博……！遭到否定的人應該消失嗎？還是仍遺留著反抗之路呢……此刻我將在這邊詢問那樣的可能性！」

雙手肌肉超出極限地嘎吱作響，手痙攣起來，顫抖不停。

他忽然啪！地張開雙手。彷彿在說周圍都被觀眾席圍住的這個舞臺，是人生最精彩的場面一般，他高聲歌頌起來。

「來吧，『無能才女』！秉持妳的驕傲……向眾人展現妳的價值！」

雙方在同一時刻猛烈地一蹬地板的鐵板。

朝前方揮出的四道劍閃，同時襲向威廉·金——

† † †

眺望著那光景的人悄聲地喃喃自語。

「開始了。」

塞爾裘·席克薩爾放下望遠鏡，並未見證到最後便收了起來。

「這是對梅莉達小妹的考驗。倘若她的命運在此中斷，那也無妨。但是，假如她能活下來——…………」

在一旁待命的狙擊手少女，用雙眼追逐那樣的主人身影。

長而大的狙擊步槍掛在肩膀上。

塞爾袞回應少女的視線，露出微笑——就在那之後沒多久。

塞爾袞的美貌突然僵住。

他隨即撲向少女，將少女推倒在地板上。

「什……——」

少女還無暇臉頰染紅——

幾乎就在倒地的同時，一道閃光飛過兩人的頭頂上。閃光瞬間橫跨過狙擊手的視野，在右手邊發出巨響。少女連忙轉頭一看，於是看見「棒子」刺在鐵板上。

不，那並非「棒子」——而是「羽毛」。

那是用羽軸長如弓箭，連鐵都能輕易貫穿的鏃發動的——狙擊。

狙擊手立刻抬起上半身。塞爾袞也一邊滾動身體，一邊慎重地抬起背，兩人從城牆的凹凸處並肩露出臉。

「怎麼可能……還活著……？」

狙擊手不禁這麼低吼，這也是理所當然的。在圓形鬥技場的外圍部分，可以看見狂暴的「怪鳥」身影。直到剛才為止，她應該還保持著女性的輪廓。但現在衣服幾乎都炸裂開來，裸露出來的皮膚長滿硬質的羽毛。雙腳已經完全變成鳥類的腳。唯一殘留著人

LESSON: VI
~火之契約~

類特性的顏面朝向天空。

「咕嘎——————啊啦啦啦啦！」

那聲嘶吼不用說，但讓狙擊手少女更為吃驚的是敵人的軀體。

那裡居然還是一樣開著步槍子彈轟出的大洞。倘若靠近到她身旁，應該能看見對面的景色吧。雖然是自己的戰果……但大概才十五歲左右的狙擊手少女，不禁感到毛骨悚然。

「為……為何她能以那種狀態活著呀……！」

「真棘手啊。看來那似乎是『哈耳庇厄』呢。」

塞爾袞．席克薩爾冷靜地觀察著敵人。狙擊手用視線催促他說下去。

「哈耳庇厄具備『擁有兩條命』的異能。聽說牠一度死亡後，會變成食慾的化身復甦。因為沒了知性，也會失去大半攻擊能力……但看來那個少女似乎非常想吃妳的肉呢。」

實際上，被稱為提亞悠的哈耳庇厄對一旁的莫爾德琉卿根本不屑一顧。她拍動雙手的羽翼，氣勢猛烈地飛舞起來。飛舞時捲起的暴風讓莫爾德琉卿「噫！」了一聲，翻滾在地。

提亞悠喪失理性的眼眸，果然只瞄準了在遙遠城牆上的少女。她再次用羽翼拍打空氣，一口氣加速。她一邊在上空散播風壓與怪聲，同時筆直地朝這邊前進——

狙擊手少女抬頭仰望主人。

「再殺一次的話會死嗎？」

塞爾袞面不改色地點了點頭。少女也堅決地點頭回應。

「我去做個了結！」

「妳一個人不要緊嗎？」

「沒問題——」

少女這麼說，朝自己嬌小的影子高舉手心。

只見有東西從影子裡接連地跑出來。並非「人」而是「物」——也就是動物。看起來像是有灰色毛皮的狼。總共有七隻。牠們的身體跟成人男性一般大，像是要保護嬌小少女似的跟在她身旁。

「因為我不是『一個人』！」

少女跳到體格最強壯的一隻狼身上。對於這包含狙擊步槍在內的重量，狼根本不當一回事。在狼流暢地轉換方向要飛奔而出前，塞爾袞出聲呼喚少女。

「芙莉希亞。」

少女轉過頭來。塞爾袞露出不讓人看透真心卻又迷人的笑容，繼續說道：

「不……**菲絲**。路上小心。」

「我是你的槍──」

「警犬」芙莉希亞將手貼在扛著的槍身上，開口回答：

「我會將勝利獻給我的主人！」

七隻狼同時一蹬地板。牠們以驚人的速度遠去，鐵板將勇猛的振動傳遞到塞爾袞腳邊。

塞爾袞仰望著蒸氣蟠踞，感覺有些像血色的天空。

「……要筆直回望那種眼神，還真是難受啊。」

散播著怪聲的一隻怪鳥，飛過他的視野──

另一方面，莫爾德琉卿一個人被留在血池旁。他目瞪口呆地一屁股跌坐在地上時，有個堅硬的感觸在池裡滾動後撞上指尖。

他低頭一看，原來是個瓶子。

裡面裝著醜陋的肉塊，還有收納在小格子裡的藥水。換言之，只要打破瓶子，藥水就會灑到肉塊上面──造成戲劇性的變化。莫爾德琉卿被告知了那東西的真面目。那是黎明戲兵團的王牌之一「幽靈奇美拉」。

根據自己事前聽說的計畫，靠狙擊確實解決掉梅莉達・安傑爾之後，提亞悠就會從鬥技場上空投下這個奇美拉。似乎是藉由將多數學生牽扯進去，好讓人無法判別、調查屍體。

但是，他們的企圖失敗了。

提亞悠也弄掉這東西，就這樣飛往某處。

學生們正陸續地逃離鬥技場迷宮——莫爾德琉卿俯視著那光景，猛然回過神來。他撿起沾滿血的瓶子，抱在胸口。

「不……不妙，這可不妙啊……照這樣下去，暗殺梅莉達的計畫會失敗……！得殺掉才行，得趕緊殺掉學生們才行……！」

他慌張地這麼低喃，站起身來。

他在血池周圍左右徘徊，忽然俯視胸口的瓶子。

「……殺掉？由老……老夫來動手嗎？」

瓶子裡的肉塊跳動了幾下，像是在回答。

太愚蠢了——莫爾德琉卿激動地搖了搖頭。

「老……老夫只是個微不足道的武器商人喔！為何得思考殺不殺這種事啊！這……這跟老夫無關。老夫不過是——」

他突然停下腳步，穿著沾滿血的衣服呆站在原地。

他茫然地眺望周圍。

「……老夫為何在做這種事？」

燈光斷絕的一片漆黑，不會給予任何答覆。

但是，即使在這種黑暗中，也有拚命閃爍著的光芒。那是在遠方中央武器庫的——

在上層交錯的四色火焰。

莫爾德琉卿的視線不由分說地被金色給吸引。

翻動的金髮讓他昔日的記憶復甦了。

「梅莉諾亞？」

那時他的眼眸已經並非映照著眼前的光景。

「孩子出生了嗎？」

他的臉頰露出微笑。

裝滿肉塊的瓶子從他沾滿血的手中掉落。

湊巧的是，那瓶子撞上鐵板的聲響，讓莫爾德琉卿清醒過來。他連忙用視線追逐。

儘管瓶子冒出裂痕，但勉強還沒摔破，就那樣流暢地滾動著。

「……啊。」

LESSON VI

～火之契約～

莫爾德琉卿追趕了兩三步。但大腦察覺到來不及了。

瓶子從外圍滾落。

莫爾德琉卿反射性地從邊緣探出身體，喉嚨要裂開似的尖叫出聲。

「快逃啊啊啊啊啊────────！」

† † †

神奇的是，幾乎就在老人發出警告的同時，瓶子衝撞上鋼鐵地面。

那並非掉在原本正在使用的鬥技場，而是博覽會的展示場。該說幸好嗎？為了逃離「刺骨火焰」的猛烈寒流，相關人士都空下攤位，能夠目睹到裂開飛散的玻璃碎片的近處，連一個人影都沒有。

肉塊滾落出來。

肉塊與藥水摻雜在一起，怦通！格外激烈地跳動起來。

簡直就像全速奔馳的心臟一般，肉塊無止盡地重複膨脹與縮小。倘若庫法看見這幕光景，應該會想起一年前的頭環之夜吧。也就是肉塊爆發性地增加體積，四肢與頭部從內側逐漸隆起的模樣──

據說是「完成型」的那個奇美拉，比一年前更迅速地製造出稍微時髦了點的造型。發脹的四肢與流線型的頭部，大概很接近青蛙的外觀吧。牠用六顆眼球睥睨周圍的攤位後，立刻張開裂到臉部正旁邊的嘴巴。

——**吞食**。

張開大嘴的頭部宛如彈簧裝置一般來回，將展示館的一角整個啃掉了。攤販被吞沒，半吊子地留下的基礎被吹飛。奇美拉仰天似的抬起鼻頭，可以看見牠朝一百八十度擴展的獠牙縫隙間有鋼鐵突出。

是之前用來展示的武器。奇美拉沙沙、喀喀地咀嚼著那些武器。刀身在碎裂的同時掉落到胃裡，被強烈的溶解液融化的那些武器，令奇美拉的全身造成了非常可怕的變化。

也就是被吞食的武器**長了出來**。

宛如鱗片一般，從皮膚表面密密麻麻地突出利刃。每當奇美拉的巨體搖晃，就會演奏出刺耳的不協調音。奇美拉是感到心情愉快嗎？只見牠貪婪地將周圍啃食殆盡。一發現吃的東西沒了，便立刻突擊隔壁的攤位。然後吞食、搗亂、散播食物殘渣般的破壞痕跡，繞了展示館約半圈——

彷彿想說總算吃完開胃菜似的，奇美拉停下腳步。這時牠已經完成「完全武裝」了。

LESSON VI ～火之契約～

也就是從四肢前端到軀體，從下頷底下到背後，都不留縫隙地用武器全面覆蓋住。頭部嵌著像是防護面罩的盔甲，六顆眼球從黑暗深處散發出赤紅的光芒。

那模樣就宛如展示館本身寄宿了惡意般的化身——

變貌成應該稱為「武裝奇美拉」的異質存在。

奇美拉對自己的進化感到高興。透過吸收最頂尖的武器，從臨界點又更進一步提昇的能力值讓奇美拉有一種全能感。但還是想吃肉……果然要吃，還是吃肉最好！奇美拉順從至今仍訴說著空腹的胃，轉動嵌著盔甲的頭部，環顧周圍。

就在那一瞬間，拉克拉．馬迪雅率領的學生從鬥技場飛奔而出。

那個怪物就連在黑暗當中，也散發著壓倒性的存在感。從選手用的出入口逃離後沒多久，拉克拉老師等人首先對毫無預兆地聳立在前方的鋼鐵巨人大吃一驚，接著被破壞殆盡到慘不忍睹的展示館光景讓他們為之愕然。

怪物的嘴看起來像是在咧嘴嗤笑的瞬間，拉克拉老師立即大喊：

「散開！」

學生們彷彿被彈開的撞球一般散落開來。奇美拉在那一瞬間的時差張開了嘴。牠的皮膚裂得更開，鮮血飛濺。

牠將下頜壓得不能再低，從喉嚨深處發射出「砲彈」。也就是將吸收進體內的武器本身宛如嘔吐一般，但用驚人的速度與密度噴射出來。

從側面吹打的鋼鐵之雨，伴隨著震耳欲聾的金屬聲響橫掃前方——

德特立修生在千鈞一髮之際衝入陰影處。一名尚・沙利文生的腳稍微被割傷，但也連滾帶爬地躲避到安全的地方。但聖弗立戴斯威德的一年級生緹契卡來不及逃跑，大量的劍撲向因恐懼而睜大雙眼的她。

這時一個褐色身影插入她的前方。在刀身即將到達緹契卡之前，拉克拉老師抓住那握柄。她扭動身體，拍落第二把劍。她接著踩穩左腳往上一砍，於是第三把劍被彈開劍尖，在空中激烈地旋轉。

她用空著的手更進一步地捉住那把劍的握柄——二刀流。她的左右手以快到看不清的速度還擊，彈開不厭煩地蜂擁而至的刀身，不斷擋住並甩開。緹契卡完全動彈不得。武裝奇美拉眨著眼球，顯露出煩躁的情緒。

奇美拉接連地發射兩把鎚矛，混在劍雨當中。完美地以同樣軌道飛翔的鎚矛，在第一把被彈開後，出其不意的第二把隨即突襲過來。第二把不偏不倚地用力撞上拉克拉老師纖細的左肩，將劍從她手中彈開。

被擊潰的肩膀迸出鮮血。隨後拉克拉老師用左手拔出自身的左輪手槍。她在一瞬間

LESSON VI ～火之契約～

瞄準目標並射擊。

在鋼鐵雨中逆行的一記子彈，以拿線穿針般的精密度滑入防護面罩。穿破一顆眼球。瞬間，奇美拉發出尖叫，往後仰倒。

『嘰嘎——啊啊——啊啊啊啊啊啊！』

大量的唾液和武器碎片從裂開的口中散落。拉克拉老師趁隙抓起緹契卡的手，飛奔到她的同學等候著的展示臺背面。

湊巧的是，因為武裝奇美拉吃得到處都是，瓦礫在周圍形成了路障。拉克拉老師迅速地確認過學生們都只有輕傷後，「唉」一聲地大大嘆了口氣。

手槍從她滴著血的左手掉落。緹契卡哭著緊抓住她不放。

「拉……拉克拉老師，都是緹契卡害妳受傷……！」

「不礙事。」

但左手暫時派不上用場了啊——她只有在內心這麼補充道。

拉克拉老師慎重地從路障後面露臉。武裝奇美拉伴隨著刺耳的金屬聲響揮起拳頭，用剩餘的五顆眼球凶狠地尋找獵物的身影。

「那就是『到達臨界點』嗎……！為何會在展示場大鬧？狙擊手應該收拾了帶著瓶子的敵人才對……！」

無論如何，都不能一直這樣躲藏下去。奇美拉一明白自己找不到獵物的身影，便激動地發起脾氣。牠用巨大的前腳不顧場合地橫掃四周，開始將展示館夷為平地。

那裡是莫爾德琉武具商工會的攤位。槍械的火藥成了元凶，金屬之間的衝撞產生火花。散發性地膨脹起來的爆焰，包圍過度裝飾的攤子。赤紅火海一口氣燃燒蔓延，商工會的紅色旗子在紅蓮火焰當中搖曳著。

那股熱量逐漸被遠方中央武器庫的「刺骨火焰」給吸收。彷彿龍捲風的強風瘋狂呼嘯，帳篷連根拔起地吹飛出去。是宛如惡夢般的光景。

「待在鬥技場會變冰棒……到外面會被火烤嗎！」

拉克拉老師也不禁進退兩難。學生們護著頭部，蹲了下來。

這時有一群人飛奔過來。是在鬥技會進行時也不忘巡邏的騎兵團的一支部隊。帶來兩名部下的隊長發出低吼。

「怎麼會變成這種狀況……！」

其中一名部下，也就是白金秀髮隨風搖曳的神華飛奔到學妹身旁。米特娜會長露出彷彿年幼少女般的哭臉。

「學姊……！」

「大家能忍到現在，真的很了不起呢。」

LESSON VI ～火之契約～

之後就交給我們——神華這麼說道。不過，一同飛奔過來的第三名騎士，同樣躲在路障後面開口說道：

「但是，不能讓那傢伙進入鬥技場。也不能讓牠到街上。無論如何，都會出現數千人單位的犧牲者……！」

「只能在這裡收拾掉牠吧。」

隊長反倒為了承受敵意而暴露行蹤。武裝奇美拉的視線凶狠地射穿總算找到的獵物。接著第二名、第三名騎士讓軍服下襬隨風搖曳，走上前去。

「我瀏覽過幽靈奇美拉的報告了。」

隊長拔出扛在背後，宛如矛一般有著長握柄的鎚矛。

「看來為了將攻擊力與防禦力提昇到臨界點，牠似乎犧牲了速度。我會盡可能吸引那傢伙的注意。你們設法剝開那傢伙的面具，首先瞄準眼睛。」

神華拔出長劍，第三名騎士高舉燧發槍。

「「收到！」」

——隨後，第三名騎士從神華身旁往後飛去。

他全身噴出鮮血，誇張地被吹飛，然後重重地衝撞上鋼鐵地面。

他仰望天空的眼眸已經沒有映照出光芒。射遍全身的槍傷像拔出了瓶塞一般，猛烈

地溢出鮮血。

「……咦？」

就連隊長的雙眼也無法徹底看清發生了什麼事。總之，奇美拉突出了前腳的關節。那裡密集地長出了九個槍身。那些槍同時噴火——此刻正瀰漫著硝煙。

甚至無暇目瞪口呆。奇美拉將暫且放下的前腳猛烈地突出。隊長無法避開，只能擋住。密密麻麻地長出的武器中，隊長用鎚矛擋住第一把。但宛如鱗片般的第二把、第三把武器刺穿了隊長的四肢。

神華因為沒站穩，勉強逃離了攻擊線。但奇美拉順著使勁揮落前腳的氣勢，將隊長連同利刃一起帶走了。

奇美拉收回前腳。

隊長被按在地面上拖行著。宛如鱗片般的利刃削薄鐵板，響起不是抓黑板能比擬的，令人毛骨悚然的金屬聲響，散播著猛烈到駭人的火花。斷斷續續的那道光輝，照亮被刀刃與鋼鐵蹂躪的隊長。

「哦……咕……嘎…………！」

就連哀號也無法完整傳達。沒多久後奇美拉抽起盡情削薄了地面的前腳。

隊長勉強還保有全身的身體在空中飛舞。

LESSON VI ～火之契約～

就宛如吸了水的抹布一般，在衝撞向地面的同時，鮮血飛濺出來。在近距離目睹那光景的尚．沙利文的男學生「噫！」地倒抽了一口氣。

奇美拉收回右腳後，接著收緊了左腳。至今仍健在的一名騎士——神華舉起長劍的劍尖，茫然地低喃。

「槳……『槳環』。」

實在過於微弱的思念勉強發動了防禦技能。彷彿即將被吹熄的火焰纏繞在刀身上。無論是神華本身或在周圍的人眼裡看來，都十分明顯。

——打不贏。

奇美拉的左腳像反手拳似的揮出。聖弗立戴斯威德、聖德特立修的少女們發出哀號。隨後，接連地發生了三件事。

拉克拉老師用右手撿起左輪手槍，開槍射擊。子彈掠過神華的小腿。她的姿勢猛然崩落，身體後仰地閃過了攻擊。

儘管如此，從皮膚突出的利刃仍瞄準了她的喉嚨。這時飛奔過來的暗色青年鑽過奇美拉的左腳，同時揮刀一閃。宛如鱗片般的劍從中間被斷開，神華在千鈞一髮之際倒向地面。

在奇美拉使勁揮落左腳後，第三個人影隨即衝了過來。蘿賽蒂一抱住神華的身體，立刻一口氣跳躍起來。她在半空中舞動一圈，在路障的另一邊著地。女學生有一瞬間目瞪口呆，但立刻發出熱烈的歡呼聲。

「蘿賽蒂老師！庫法老師！」

庫法也在奇美拉展開追擊前滑入路障背面。那裡是尚・沙利文的學生躲藏之處。他從畏懼不已的一名學生身上搶來了思念增幅器。

「這情況是怎麼回事？有什麼萬一時，原本應該預定要在鬥技場收拾掉奇美拉才對啊……！」

拉克拉老師的思念從增幅器的另一頭回應。

『不曉得。似乎是有哪裡出錯，導致那傢伙在這裡被解放了。總之考慮到那傢伙的破壞能力，還有這龐大的人數，已經不能掉以輕心地行動了。』

兩人互相使了個眼色，可以看見拉克拉老師受了傷。庫法蹙起眉頭。

「不能呼叫增援嗎？」

拉克拉老師明確地察覺到庫法省略了「從白夜（我們）的部隊」這句話。

『沒辦法啊，人手不夠的反倒是「爸爸他們」那邊。能動的大概就燈火騎兵團的部隊，但就算聚集了半桶水的戰力，要對付那個怪物還是——』

「只會無謂地增加犧牲嗎？」

LESSON: VI
～火之契約～

這也是逼不得已——庫法用力握住黑刀，準備踏向路障外面。

但臉色蒼白的尚・沙利文的男學生拉住庫法。

「你……你要戰鬥嗎？跟那個怪物？會……會……會沒命的！」

「哎呀，你不曉得嗎？」

庫法輕輕地甩開男學生的手。

「代替不想死的人對抗『死亡』，正是我們騎士的工作。」

他這麼說道，轉身離開。

他一現出身影，軍服下襬便隨孕育著熱氣的風激烈搖曳著。庫法拿著一把黑刀，挺身對抗長滿數千鋼鐵的巨人。背景是一片火海。

他不自覺地低喃。

「再戰（Revenge）吧……！」

瞬間，奇美拉突出左手肘。響起九重槍聲。蜂擁而至的九道槍彈射線，在庫法眼前宛如煙火一般散開。黑刀的軌跡在黑暗中勾勒出殘像。

「完成度比一年前（那時候）更高了……！」

但速度還是庫法比較快。奇美拉一領悟到這點，立刻高舉右邊的前腳。

牠一口氣發動宛如巨木般的打擊。庫法矯捷地朝左邊滑動，避開了直擊。但無法大動作地迴避。他站在勉強會掠過拳頭的位置，宛如鱗片一般長出的刀身蜂擁而至——就彷彿海嘯。

庫法化解那波攻擊。

巨腕打穿庫法旁邊，在交錯的剎那有好幾百把刀劍重疊起來。庫法的全身超越極限地發出低吼，瘋狂揮舞的黑刀接近音速地撼動空間。庫法將在眼前出現的眾多武器一一折斷、砍斷、連根拔起地挖了出來。

在旁人看來只是一瞬間的事情。

奇美拉抽回手臂、揮出拳頭的瞬間，學生們「啊！」了一聲，感到絕望。但軍服青年以快到看不清的速度滑向旁邊，首先揮起第一閃斬擊。

之後展開一場令人瞠目結舌的攻防戰。奇美拉使勁揮落前腳時，可以看見前腳的皮膚被瘋狂亂砍。揮灑在空中的幾百把武器閃耀發光。軍服青年以使勁揮動刀的姿勢，有一瞬間放鬆肌肉，甚至無暇喘口氣，便將刀尖刺入奇美拉。

黑刀深深地埋入奇美拉裸露出來的皮膚裡。庫法用力握住刀柄。

「……唔！」

他伴隨著沉重的呼氣，使勁揮落。黑刀驚人的切斷力將奇美拉的右腳從根部砍飛。令人難以置信的龐大重量在空中飛舞，伴隨巨響落入火海中。

LESSON: VI ～火之契約～

尚．沙利文的男學生現在才發出尖叫。

「解決了？」

庫法隨即一蹬地面。他滑入奇美拉的軀體底下，在奔馳而過的同時揮刀橫砍好幾次。伴隨著血花砍飛宛如冰柱一般從軀體垂落的劍。

奇美拉的尖叫響徹周圍。儘管牠用剩餘的三隻腳眼花繚亂地轉頭，敵人的身影仍固執地在軀體底下來回，並逐漸撕裂皮膚。奇美拉煩躁不已，然後想到了一個妙計。牠放棄支撐體重，壓扁正下方。三隻腳一伸直，龐大的巨體便衝撞上鐵板，散播壯烈的衝擊聲響。

——瞬間，庫法晃動著軍服下襬，撤離躲避到安全的地方。

「正如我所料……」

庫法逃到奇美拉左側的後腳處。那裡也長滿了武器——庫法跳到奇美拉宛如岩石般的後腳跟上，緩緩地高舉刀。黑刀流暢地勾勒出殘光。

然後一口氣奔馳而過。

一抹閃光從後腳跟貫穿到後腳的根部。那是一連串的火花。庫法以超速奔馳而過，同時發動斬擊，將宛如針插一般密密麻麻長出的劍一把不剩地砍飛。刀身一邊揮灑著碎片，一邊在半空中互相碰撞。庫法並未用視線追逐那些武器，而是將刀尖刺向露出來的皮膚。

第二團肉塊像是被彈射出來一般在地面上跳起。肉塊又再次蹂躪還保持著原形的展示館，一邊散落著鋼鐵與肉的碎片，同時翻滾了長長一段距離。

奇美拉並未發出哀號。牠的眼眸在防護面罩底下閃耀——訴說著「絕不原諒」。牠在地面上非常靈活地滾動身體後，試圖從正上方壓扁庫法。還健在的左邊前腳在地面上拖拉的瞬間，有三名少女同時從路障對面衝了出來。

「『波爾卡民族舞』！」

從蘿賽蒂雙手射出的圓月輪，藉由揉合在裡面的龐大瑪那製造出四十個複製品。這些複製品以壓倒性的密度蜂擁而至，將裝甲(鱗片)從前腳根部彈開。

奇美拉瞬間轉頭看向那邊。牠像要嘔吐似的讓喉嚨痙攣，從獠牙縫隙間射出七把武器。那軌道能將三人一起刺成肉串——拉克拉老師動作流暢地單膝跪地，左手依舊慵懶地垂落著，並將右手拿的左輪手槍對準前方。

「『七人詠諧曲』……！」

只射出一發的槍彈，在空中分裂成七個，噴射出瑪那。它們精準地追蹤奇美拉射出的武器，並加以擊落。這是槍手位階和舞巫女位階的複合技能——具備「模仿」能力的小丑位階才辦得到這種神乎其技。

白金髮少女的軍服隨風搖曳，跳入被開拓出來的最後一段距離。

「『先鋒……強襲』！」

宛如課本範例般的連續劍技，攻向奇美拉裸露出來的皮膚。光憑一擊還不夠，那就再使出第二擊、第三擊——神華在每一記攻擊中灌注所有的思念。彷彿旋律般的流暢連擊，用格外銳利的橫掃宣告終結。

奇美拉的肌腱周到地被擊潰，牠的前腳失去了力氣。光靠剩餘的一隻後腳，實在無法支撐那副巨體。庫法從容不迫地繞到奇美拉的頭頂部。

「『至源拔刀——………』」

他暫且將黑刀收回刀鞘。但龐大的壓力甚至讓收納的刀鞘扭曲變形，讓武裝奇美拉顫抖起來。儘管牠用後腳掙扎，仍然無法避開。

庫法拔刀。在拔出的瞬間，一切就結束了。

「『斬歌』！」

那是一刀且極大的斬擊。

黑刀只是劈開防護面罩的前端。但那股切斷力將奇美拉從頭頂到下半身一口氣斷開，勾勒出蒼藍軌跡後，鮮血飛濺四散。

身體被劈成左右兩半，奇美拉終於發出響徹周圍的臨終慘叫。防護面罩裂開，分成左右兩半地掉落到地面。那尖銳的金屬聲響……讓目瞪口呆地觀望著激戰的一百數十名學生，體認到眼前的光景是現實。

圓月輪自行被拉回蘿賽蒂的手心；拉克拉老師護著左手站起身，收起左輪手槍；神華將長劍左右甩了甩後收回刀鞘，靜靜地為隊伍的同伴默禱。

「好啦……」

庫法也一臉若無其事地揮動幾次黑刀，然後一口氣收回刀鞘。刀鞘口鮮明強烈地發出的聲響，讓尚．沙利文的男學生嚇得抽動了一下肩膀。

庫法主要是朝著他們比了比後方的武裝奇美拉。

「看來這傢伙似乎還活著。」

男學生嚇得向後退，但庫法彷彿在上課似的一臉若無其事的樣子。

「牠已經連站起來的力氣都不剩，但無止盡地膨脹的生命力卻不允許牠死亡。天啊，這實在太可憐了！」

庫法用演戲般的態度張開雙手。男學生面面相覷。

——他究竟想說什麼？

庫法非常幽默地對浮現出這種疑問的少年們訴說道：

「各位男同學……眼前有個動彈不得的獵物，周圍有各種武器任君挑選！你們不想

LESSON: VI

～火之契約～

在淑女面前展現帥氣的一面嗎？」

最先在眼眸中燃燒起熊熊烈火的是誰呢？

是錯覺嗎？彷彿能看見尚・沙利文學生的背景有熱氣形成的陽焰裊裊升起。庫法充分感到滿足後，便說了聲「那就交給你們」，並讓出通道。

「我……我……身體癢到差不多想活動一下筋骨了。」

一個人開口這麼說道，並率先想走上前。周圍的友人也緊跟在後，深怕被人搶先。彷彿被磁力給吸引一般，整個團體動了起來。

「我也是。結果在鬥技會都沒表現的機會嘛……！」

「你到旁邊休息吧，你不是說自己好像感冒了嗎？」

「不不，你們才應該退下。這裡就由我——」

「你這傢伙，那個武器是我先看上的！」

「吵死了，打頭陣的是我啦！」

眨眼間便開始了摻雜著怒吼的比賽。男學生在奔馳而過的同時，撿起從奇美拉全身炸裂出來的武器，爭先恐後地撲向獵物。「喝啊——！」、「看招——！」他們一邊像在賣弄似的宣揚氣勢，已經習得攻擊技能的人毫不吝惜地展現本領。因為只顧著吸引女學生的視線——此刻有一個還有待磨練的學生劍被彈開，翻滾在地。希望他沒受傷就好了……

總而言之，人數這麼眾多的話，應該要不了多久就能砍光奇美拉的ＨＰ吧。庫法瀟灑地轉身，飛奔到聖弗立戴斯威德生、聖德特立修生的團體身旁。

「「「實在太精彩了，庫法大人！」」」

兩種顏色的少女眼神閃閃發亮地注視著庫法，庫法在當中尋覓要找的人。

「蘿賽、拉克拉老師，之後的事情能拜託妳們嗎？」

「你要怎麼做？」

庫法直率地回望拉克拉老師的視線。

「我要到梅莉達小姐身邊——去見證一切。」

「見證一切？」

蘿賽蒂感到疑惑。庫法也重新面向她。

「動作不快點的話，可能會趕不上——沒事的，愛麗絲小姐也交給我吧。蘿賽請保護這裡的人們。」

他很快地這麼說道，打算轉身離開。

在離開之前，神華的手抓住了庫法的手腕。

「庫法老師——又被你救了一次呢？」

LESSON: VI ～火之契約～

「只要妳一聲吩咐，我隨傳隨到……」

「哎呀。」

神華看似開心地笑了笑，指尖用力地握緊一下後，放開了手。

庫法這次毫不猶豫地飛奔而出，奔向通往鬥技場內部的出入口。

與展現給少女們看的燦爛微笑相反——當那身影混入通道陰影處，來自後方的視線一中斷，他的表情立刻隨之一變。他以最高速度在看不清任何事物的黑暗中奔馳，同時用力咬緊牙關，在內心尖銳地低吼著。

——戰況現在怎麼樣了？

† † †

這時，在圍住賽勒斯特泰雷斯凱門區的星形城牆上，響起了槍聲。

一名年幼的少女——芙莉希亞操作槍機拉柄。周圍的景色以目不暇給的氣勢在變動著，是因為少女跨坐在奔馳的野狼身上。她夾緊大腿固定好姿勢，再次將步槍前端對準後方。

因為已經重複好幾次亂來的射擊姿勢，感覺腰都快扭斷了。該不會「目標」也是看準了這點吧——才心想提亞悠故意降落到容易瞄準的高度，但在芙莉希亞的手指即將扣下扳機前，又立刻逃向上空。

此刻無所作為的一發子彈又穿過了空中。提亞悠發出刺耳的大笑。

芙莉希亞一邊咂嘴，一邊前後拉動槍機拉柄。

「還有五發……！」

芙莉希亞拿的狙擊步槍是世界僅有一把的超長距離武器。那是據說太陽還掛在空中閃耀的時代留下的失落科技。在芙莉希亞出現前，長期沒有使用者的那把槍，據說因為過於刁鑽的設計，拒絕了眾多槍手。

其一是需要能以裸視瞄準數百公尺前方的視力。

然後是能將所有瑪那灌注到僅僅九發填彈數裡的強大集中力。

每當從彈匣射出一發子彈，就會有一股沉重的疲勞壓到芙莉希亞纖細的肢體上。剩餘五發……倘若不能靠這些子彈解決敵人，芙莉希亞將會連動一根手指都變得困難，從野狼背上滾落吧。

若是看到芙莉希亞那毫無防備的模樣，不難想像提亞悠會趁機襲擊吧。芙莉希亞意識到自己的背後被汗水給淋溼。

——真不愉快。集中力被擾亂了。

LESSON: VI ～火之契約～

其他六隻狼也拚命地從旁協助。但對於自由在空中飛舞的敵人沒什麼效果。提亞悠才猛然收緊雙手，就在振翅的同時射出大量羽毛。每一根都具備必殺的威力。

野狼盡全速奔馳。好幾根弓箭窮追不捨地穿破鐵板。載著芙莉希亞的狼先一步遠離射擊軌道，相反地跑太慢的另一隻狼在最後面翻滾起來。

失去知性的提亞悠面露喜色。她跳向倒落在地的狼。

——那是陷阱。

芙莉希亞在那一瞬間扭轉身體，將槍口對準後方。她明白敵人的目的。她估算敵人降落的速度，捕捉到能在一瞬間必定命中的時機，扣下扳機。

步槍子彈伴隨巨響飛翔著。

芙莉希亞的眼眸預見到子彈完美地射穿提亞悠的未來影像——但那子彈沒有任何反應地飛過提亞悠身旁。「什麼！」芙莉希亞會感到驚愕也是理所當然的。

提亞悠在子彈命中前躲開後，朝著芙莉希亞急轉彎——落入陷阱的其實是這邊。她不是應該沒有知性嗎？芙莉希亞大吃一驚，閃避的判斷慢了幾秒。

「嘎呀————嘎嘎嘎嘎！」

怪鳥的腳在飛過身旁時踹飛了芙莉希亞。鮮血飛舞。芙莉希亞從狼的背上誇張地飛出去，在鐵板上翻滾了好幾圈。

「啊……唔……！」

七隻狼立刻圍住周圍，威嚇上空的敵人。但無論牠們如何露出獠牙並低吼，優雅地在空中飛舞的提亞悠只是笑意更深。

「嘎、嘎、嘎……！」

儘管被不愉快的笑聲給籠罩，芙莉希亞仍勉強抬起上半身。一隻狼將鼻頭磨蹭過來，她就這樣低著頭勸告著狼。

「我……我沒事……總算到達『這裡』了。」

芙莉希亞鞭策疼痛的全身，再度跳到狼的背上。

「去吧！」

隨後，對方團體的行動讓提亞悠一臉疑惑地「嘎？」了一聲。以載著芙莉希亞的那隻狼為首，野狼居然同時從城牆跳了下去。提亞悠從空中追趕過去，想知道他們打什麼主意，於是目睹到非常有意思的光景。

那七隻狼居然垂直地沿著城牆向下奔馳。速度快得驚人。芙莉希亞從隊伍中心強硬地扭轉身體，不把晃動當一回事地開槍射擊。

提亞悠的顏面浮現出狂喜，她用雙翼拍動空氣。她一邊意識到飛過身旁的步槍子彈，同時更加快速度，一口氣俯衝將敵人團體逼入絕境。

芙莉希亞為了避免從狼的背上被甩落，發揮出神入化的平衡感，且在「要是從這種高度墜落必死無疑」的極限緊張狀態中扣下扳機。肯定只有她才辦得到的精密射擊襲向上空的敵人。

遺憾的是對方具備迴避能力。提亞悠憑著野獸本能敏銳地感應到殺氣，在子彈射出來前改變了軌道。結果以一紙之隔逃離了射擊線。正因為芙莉希亞的命中精準度十分優異，正確的瞄準是打不中的。

緊接著第二發、第三發子彈也被輕鬆地閃過，芙莉希亞一邊用力咬緊牙關，一邊前後拉動槍機拉柄。空彈殼彈飛出去。

「還剩一發……！」

提亞悠一看勝券在握，立刻一口氣提昇俯衝速度。她輕易地超過三隻狼，用腳的爪子抓住立刻護住頭部的芙莉希亞。

芙莉希亞被帶到空中。

然後被隨意地丟棄了。雖然那裡已經是非常接近地面的高度，但從十幾公尺的位置被摔向地面，不可能毫髮無傷。芙莉希亞激烈地彈跳著，好幾次撞到肩膀和腳，她一邊忍耐著彷彿要失去意識般的劇痛，一邊翻滾了長長一段距離。

在她總算咚！的一聲，面朝上倒落時，她吐出摻雜著鮮血的氣息。

「嘎呼！咳咳……！」

那裡是在要塞外面拓展開來的鍛鐵森林。沒有被模擬樹枝的尖端刺成肉串，應該算奇蹟嗎？但追趕過來的怪鳥立刻覆蓋住芙莉希亞。

提亞悠張大了嘴，模擬生前的聲音。

「我，開，動，了……」

芙莉希亞在兩次呼吸之間調整氣息，架起她憑著一股毅力一直抱著的狙擊步槍。她將槍口對準提亞悠的鼻頭前幾公分。

提亞悠急忙想往上飛，但察覺到背後的殺氣。

是什麼時候開始的呢……七隻狼包圍住她的周圍。其中三隻爬到樹上，彷彿只要提亞悠一動，就會咬破她喉嚨似的發出猙獰的低吼聲。

「這就是『射鳥』的基本喔，大姊姊。」

芙莉希亞儘管嘴唇沾著血液，仍堅定地仰望敵人。

「要讓空中飛的獵物停留在容易瞄準的地上，就是要製造出『飛起會不利』的狀況……妳完全上鉤了呢。妳想就這樣被我射擊？還是在空中被大家吃掉？」

芙莉希亞將槍口更加靠近，動起扣在扳機上的手指。

「無論如何，妳都已經——沒戲唱了！」

LESSON: VI

～火之契約～

最後一發子彈伴隨火焰被射出——

提亞悠瞬間扭動脖子，子彈挖起她的臉頰穿了過去。芙莉希亞驚訝得睜大雙眼。她在那一瞬間不可能確認到。但在芙莉希亞眼中，確實看見了提亞悠舔著從臉頰流出的鮮血，那美豔的動作。

理應已經消失的知性開口說道：

「妳可不是在對付野獸喔？小妹妹…………」

「這也在計算內。」

「——！」

與此同時，響起激烈的金屬聲響。

理應飛過上空的步槍子彈，衝撞上黑鐵樹枝反彈回來。子彈宛如撞球一般，更進一步地反射，再次反射——驚愕射中了提亞悠的腦部。

「對了！這座森林是用鐵——」

隨後，重複了三次跳彈的步槍子彈，從正旁邊炸飛提亞悠的頭部。變成無頭屍體的怪鳥傾斜搖晃著上半身，倒落在地。

砰——在地面上翻滾的她應該不會再爬起來了吧……所有血液從她開了個洞的身體與脖子流出，被吸入地面。

芙莉希亞的指尖顫抖起來，放開了扳機與槍托。幾乎是垂直站立的步槍緩緩傾斜，倒向一旁。

芙莉希亞躺成大字型，激烈地喘著氣。前所未有的激戰……！自從被席克薩爾家僱用後，說不定是第一次將體力與瑪那耗盡到這種地步。

「瑪那……已經……一點都不剩……！呼……呼……！」

周圍的四隻狼還有樹上的三隻狼立刻飛奔過來圍住少女。牠們看似不安地皺起勇猛的臉，發出「嗚～」的叫聲。芙莉希亞露出苦笑。

「我沒事……我沒事的。」

一隻狼將鼻頭磨蹭過來，她也勉強抬起手撫摸著狼。

「我還能戰鬥……也一定會……『奪回』大家給你們看……所以……——」

所以別擔心——少女這麼低喃，手臂掉落。

野狼慌張地左右徘徊。但芙莉希亞的嘴唇稍微綻放著微笑——只是睡一下而已。這場鋼鐵宮博覽會已經沒有自己該做的工作了吧。

之後就是「無能才女」與守護著她的人們要做個了結……

芙莉希亞緩緩地闔上眼皮。以前見過的車頂光景橫跨過慢慢霧散的意識彼端。穿著女僕服的金髮少女，用類似紅寶石的眼眸注視著這邊。這麼說來——芙莉希亞在進入夢鄉前回想起來。

——那女孩——叫作——什麼名字呢——…………？

† † †

梅莉達．安傑爾看準這不知是第幾次的好機會，勇敢地向前踏步。

但理應是從敵人死角揮出的斬擊，對方連看都沒看地就抬起手臂擋了下來——無法劈開！這都是因為保護手臂的繃帶十分堅硬。

既然如此，就以量取勝——但這也無法如願。梅莉達從左側切入，彷彿對照鏡一般，莎拉夏與愛麗絲從右側展開突擊。長劍與矛的尖端描繪出要用肉眼追逐也十分困難的複雜軌跡，但敵人靠一隻右手屢次甩開這些攻擊。

威廉．金還綽綽有餘。

「雖說是騎士公爵家，也不過如此嗎？」

他用手背撥起矛尖，向前踏出一步。瞬間且厚重。一陣驚人的衝擊傳遞到地板的鐵板上，矛的握柄被擊中要害，莎拉夏飛了出去。

與此同時，他在距離拉開時用左手抓住刀——是空手抓。他毫不猶豫地使勁握住，於是梅莉達連同刀被輕而易舉地抬了起來。

「呀啊……！」

然後被扔出去。

他以驚人的蠻力讓梅莉達衝撞上愛麗絲，兩人糾纏在一起，同時翻滾到後方。彷彿想說「好，有破綻」一般，好幾條繃帶從金的兩邊袖口飛出來。

前端宛如鋼鐵一般，從四面八方蜂擁而至，瞬間，梅莉達與愛麗絲雙眼閃耀。

梅莉達抬起腳踢了第一記，一邊讓下半身宛如陀螺般旋轉，同時跳了起來——攻防一體。然後四肢獲得自由的愛麗絲也使出全身的彈力。從背後跳起的同時往上揮砍，順著向前傾的姿勢打倒敵人，彷彿跳舞般地踩了一步後，一口氣橫掃周圍。繃帶碎裂四散。

看到瞬間朝四方散落的繃帶群，就連金也稍微瞠目結舌。

「哦……看來妳有認真鍛鍊過『抗咒』能力呢。」

但是——他高舉手掌。

「只有那樣的話，是贏不了我的。」

他彷彿想說「閃邊去」似的彈起五指。凍氣（咒力）本身從彈指間射出，光是那股壓力就將梅莉達與愛麗絲推向了後方。她們拚命用刀與長劍護著臉。

金甚至沒有擺出像是架勢的架勢，他從容地放下手。

「光顧著防守是不行的啊。」

「那我就盡情地——」

黑水晶秀髮跳躍到金的背後。消除瑪那悄悄靠近的繆爾，一看到敵人的注意力中斷，立刻以全開的瑪那壓力撲了上去。金的視線瞬間飄移起來。

毫不留情的大劍揮向破綻百出的背後。這一擊有強烈的命中感。

然後刀身被反彈回來。簡直就像敲打厚重鐵塊般的衝擊，讓繆爾的雙手竄起一股彷彿電擊的麻痺感。「什……！」她驚訝得睜大了眼。

她劈開外套背後。但劍尖並未碰到肌膚。保護肌膚的繃帶有著驚人的防禦力……！甚至沒必要擋住啊——金到現在才轉過頭來。

「魔騎士嗎……這攻擊挺痛的喔。」

在繆爾的身體跳回去時，他緊接著向前踏步。揮起來的拳頭打向大劍的劍身。瞄準肩膀的第二擊在命中前被甩開——每一擊都放出驚人的巨響與衝擊波。在兩發彷彿打鼓般的音色後，金收緊右手。

像是要還以顏色的全力右直拳，與大劍的刀鐔衝撞。

繆爾宛如砲彈一般被吹飛。她甚至沒能採取護身倒法，在地板上彈起，且在鐵板上滑行了很長一段距離。到達幾乎是樓層邊緣的地方後，她不禁大口地喘著氣。

「繆爾同學！」

梅莉達的呼喚也無法立刻獲得回應。繆爾一邊顫抖，一邊用手掌頂地，試圖抬起上半身。莎拉夏也總算從衝擊中重新站起，單膝跪地。梅莉達與愛麗絲並肩架起武器，但想不到該如何反擊。

即使被四個人包圍，威廉・金依然毫髮無傷。

自從開戰之後，四人至今仍無法給予他一次有效的打擊——

圍住鬥技場的觀眾席發出呻吟聲。

「啊……就連公爵家的千金都不是對手嗎……？」

「那男人是何方神聖……！居然一個人獨占鎮上的燈光！」

成為光源的不是別人，正是吸收了「刺骨火焰」的金本身。在被寒冷與黑暗封閉的空間內，只有他的胸膛熊熊地赤熱地發光，照亮著中央武器庫。那光景看起來也像是四色星星在反叛狂暴的太陽。

一名觀眾衝到騎兵團的相關人士座位，抓起高官的衣領。

「我說你們啊！快點去幫她們啊！那些女孩會被殺……被殺掉的！」

「我們早就派部隊前往了！但你看清楚！」

充滿威嚴的騎兵團老兵滲出同等的怒氣，指著鬥技場。

LESSON VI
～火之契約～

「周圍暗成這樣，要穿過迷宮到達中央非常困難……！耐……耐寒裝備也無法充分地準備齊全，能動的人愈來愈少……！」

站不穩的觀眾鬆手放開對方，視線再度望向彼方的鐵塔。

實際上，「刺骨火焰」在金的內側更增強了氣勢，從周圍奪走氣溫，不斷提昇著火力。被繃帶覆蓋的胸膛宛如煉獄之爐一般滾燙發紅——此刻金「咕」一聲地發出呻吟，按住胸口。那動作讓梅莉達忽然蹙起眉頭。

她還以為金會因為吸收「刺骨火焰」什麼的變得更強……但反倒變弱了？畢竟吞下了高熱的物體，似乎也能說是理所當然。

金急促地喘了幾口氣，調整呼吸之後，一臉若無其事地重新面向千金們。

「這樣好嗎？身為人們希望的公爵家，只能表現出這麼窩囊的戰鬥。」

「咕……！」

「妳們這一年來究竟都學了些什麼？」

啊——梅莉達猛然抬起頭來。

親愛的家庭教師的聲音在腦中復甦。

——小姐。來實踐一下團體戰中基本的兩個戰術吧——

梅莉達緩緩睜大的眼眸，隨後犀利地瞇細單眼。

「各位！我們不能只顧著各打各的！」

一旁的愛麗絲，還有莎拉夏、抬起頭來的繆爾都看向梅莉達。

威廉·金也靜靜地瞪著梅莉達看。

「現在先聽我的指示！首先由繆爾同學——」

金在一瞬間縮短距離，抬起右腳。梅莉達在下頷被踢中前移開上半身。金將使勁抬起的腳立刻放下——從後腳跟放下。

梅莉達盡全力跳向後方。可怕的是，金的鞋底居然讓鐵板凹陷了。

「妳覺得我會讓妳們悠哉地開作戰會議嗎？」

金流暢地挑起反手拳，打飛一旁的愛麗絲。莎拉夏立刻衝上前突出矛尖，就算打不中，也拚命地吸引敵人的注意力。

繆爾趁隙飛奔到梅莉達身旁。

「我該怎麼做呢，梅莉達？」

「我想只有繆爾同學才能對他造成傷害。所以說——」

驚人的金屬聲響打斷了對話。金在揮開矛的空檔再度踏穿地板，而且還挑起了一塊鐵板。固定扣彈飛出去，薄薄的超重量在半空中飛舞。

莎拉夏忍不住畏縮的瞬間，金踢了一下那鐵板。他瞄準的是梅莉達與繆爾，鐵板劈

LESSON VI
~火之契約~

開中間，兩人跳向後方閃避。

金緊接著一蹬地板，朝繆爾發動攻擊。繆爾高舉人劍迎戰。重整架勢的愛麗絲趕過去支援，莎拉夏一邊用矛牽制，一邊「飛翔」。

在漫長的滯空後，她降落到梅莉達身旁。

「我該做什麼？梅莉達同學。」

「莎拉夏同學跟我負責敵人的——」

野獸的嘶吼響徹周圍。

金突然抬頭仰望天花板，彷彿演唱會場一般吶喊起來。聲音迴盪在鐵板上，非常吵鬧。他突然的怪異舉止讓愛麗絲和繆爾也猶豫著是否該上前攻擊，莎拉夏反射性地摀住耳朵，梅莉達的內心惱火起來，氣憤地跺腳。

「夠了沒，你很吵喔！」

「抱歉，消除一下壓力。」

金毫無誠意地道歉後，朝這邊伸出雙手。繃帶從袖口蜂擁而出，梅莉達與莎拉夏跳向左右兩邊避開——根本沒空交談。

真是夠了，好麻煩！

梅莉達在空中轉換思考。在著地的同時，她大聲吶喊以免被妨礙。

「——小繆！」

三名友人還有就連金都嚇了一跳，僵住不動。

如果能稍微攻其不備，就太幸運了！梅莉達緊接著一口氣滔滔不絕地說道：

「妳是『主攻』！愛麗負責防禦，我跟莎拉負責擾亂！明白了吧？」

友人瞬間從三個地方互相交換視線。

然後接連地用力點頭回應。

「收到，莉塔！」

「我明白了，莉塔同學！」

「交給我，莉塔……！」

威廉·金到這時，才緩緩擺出像猛獸般的架勢。

「真令人不爽啊………」

以他為中心，戰場的鬥氣膨脹到臨界點，炸裂開來。

愛麗絲先發制人。她猛烈地一蹬地板，空氣發出低吼。長劍的劍尖從腳邊跳起，描繪著螺旋飛舞起來。愛麗絲宛如芭蕾舞者一般在半空中跳躍。面對這攻防一體的突擊，金一邊用雙手揮落連擊，一邊後退。

在他退後三步的期間，其他三人也動了起來。繆爾繞到愛麗絲的後方，梅莉達與莎拉夏從左右兩邊包夾敵人。被收緊的刀與矛在同一時刻刺向前方。愛麗絲也在視野捕捉到這一幕，在著地的同時橫掃長劍。

金一邊勾勒出殘像，同時彎下身。從三個方向揮來的刀刃在他的頭頂上互相交纏。鮮明強烈的聲響。金立刻用脊背彈開那些武器，在起身的同時收緊拳頭。

「我知道妳們的作戰……」

他將收緊到極限的拳頭宛如弓箭一般擊出。他的構想是這樣——先打飛正面的愛麗絲，讓她連同繆爾一起摔倒。接著立刻一蹬地板，跳到接近天花板的高度，將搭載了全身重量與重力的追擊打向她們——把兩人一起擊潰。

然而。

在挨打之前，愛麗絲瞬間壓低身體，站穩腳步。白銀瑪那格外強烈地噴射出來。她將所有思念壓力都聚集到長劍的刀身上——與拳頭衝撞。

嘎嘎！發出低沉且盛大的聲響，但在途中被擋住了。

愛麗絲的鞋底滑動起來，鐵板燒焦了。但她沒有屈膝。金維持著揮出拳頭的姿勢，對方將自己的肌力反推回來的頑固意志，讓他不禁瞠目結舌。

——太輕敵了！這種防禦力……是聖騎士嗎！

刀刃橫跨過眼前。金反射性地抽回上半身。

梅莉達與莎拉夏糾纏不休地瞄準唯一沒有覆蓋著繃帶的眼睛周圍。金忍不住咂嘴。愛麗絲趁隙鑽過他的手臂，像用身體衝撞似的揮出長劍攻擊。儘管沒造成傷害——還是感到煩躁。

——魔騎士少女在哪？

金驚訝地睜大了眼。他還以為繆爾不會從愛麗絲背後出來。但繆爾積極地踏向前方後——應該說是「間接距離」嗎？她隔著梅莉達的背後，將大劍的劍尖刺向這邊。劍尖彷彿會伸長的點，逼近眼前。

金一直以為她們的目標是自己的身體——「刺骨火焰」。

但並非如此。大劍與梅莉達的刀一在空中交錯，立刻往回砍。金色火焰被厚重的刀身擄走。

金還無暇蹙眉思考她們是打什麼主意，莎拉夏的矛便從右手邊瞄準金的眼睛。金瞬間扭動頭部，矛尖伴隨空氣穿破一旁。

然後長矛的矛尖隔著金，伸到繆爾眼前。

大劍往上揮起。櫻花色瑪那從矛尖被擄走——這樣就三人份了。

「該不會……！」

金搞錯了閃避的方向。他不該退後，而應該向前傾的。愛麗絲緊接著揮起長劍時，

LESSON: VI ～火之契約～

他不得不更往後退一步。

劍尖劃過金的臉頰旁，只隔了幾公分的距離。

然後使勁揮落的長劍順著那股氣勢落向愛麗絲的背後。繆爾立刻讓大劍滑過長劍。將聖騎士的瑪那盡情地搭載到自己的刀刃上。

「吃我這招吧，魔騎士的『吸收攻擊』——…………」

繆爾讓寒冷徹骨的聲音迴盪在周圍，準備萬全地踏入敵人懷裡。金雖想閃避，但姿勢不利。他急忙高舉起來的左右手，隨後從正下方被往上撥。梅莉達與莎拉夏從兩側盡全力揮起了武器。

「……咕。」

金本想發出什麼聲音呢？

他只能眼睜睜地看著橫掃自己正中央的刀刃。衝撞聲響徹周圍。繆爾的全力無庸置疑地打在金身上，金以那樣的姿勢猛烈地滑向後方。鐵板在長靴底下迸出火花。四色瑪那猛然散落到四方。

然後。

「——嘎……咕啊！」

金激烈地吐出鮮血。胸口的繃帶確實被撕裂，上面刻畫著斬線。

「「「「有效果了！」」」」

四千金彷彿自己也難以置信似的叫好。那一瞬間，原本冰冷不已的觀眾席彷彿恢復了熱度一般，可以聽見零散地響起了歡呼聲。

滲出鮮血的繃帶從金的胸口鬆垮地垂落。他咬緊牙關。

「別……得意忘形了，小鬼！」

他用盡全力猛踏瞬間抬起來的鞋底。響起震耳欲聾般的爆炸聲，衝擊宛如波紋一般擴散開來，鐵板彷彿波浪似的掀起。少女們失去平衡的瞬間，繃帶纏上繆爾的左腳踝。金毫不留情地將袖子連同繃帶揮起。

彷彿被釣魚線給拉起來一般，繆爾衝撞上天花板。緊接著被摔向地板。最後被金用蠻力摔了出去，繃帶在同時鬆開掉落。

換言之，她就在無法削弱氣勢的狀態下，朝牆壁直直飛去。莎拉夏一蹬地板。

「小繆！」

儘管莎拉夏在千鈞一髮之際成功跳向繆爾，但兩人就這樣糾纏在一起衝撞上牆壁。莎拉夏讓自己當墊底承受一切，包括兩人份的體重、速度以及衝撞的氣勢——響起肋骨嘎吱作響的聲音。「嘎啊……！」唾液閃耀發光。

兩人從牆壁滑下，倒落到地板上。「小繆！莎拉！」梅莉達發出哀號。

LESSON: VI ～火之契約～

「妳有空擔心朋友嗎？」

金迅速地伸出左手。十幾條繃帶從袖口一口氣跑了出來，宛如小喇叭一般掀起並擴展開。繃帶轉圈埋住立刻架起刀的梅莉達前方。

像是要堵住她的退路似的——

繃帶一條條宛如鞭子般低吼，徹底毆打梅莉達的全身。在擋掉第一擊、第二擊的階段，由於那些繃帶實在太重且太硬，刀不聽使喚，隨後被打中側腹。

之後梅莉達已經只能護著頭部，一直忍耐到暴風雨通過為止。她的膝蓋被拍打，腹部被挖洞，背後被強烈地毆打，讓她向前倒落。

在她趴倒後沒多久，愛麗絲立刻發出哀號並展開突擊。

「莉塔！」

她格外用力地握緊長劍，從大上段瞄準敵人頭頂。

金挑起右手擋住那攻擊。繃帶與刀刃炸裂出金屬聲響。雖然愛麗絲快哭出來似的揮劍攻擊，卻連金的單手握力也比不上。

「所以說妳的攻擊不管用啦……妳知道的吧！」

左勾拳擊向側腹。少女的全身用力搖晃了一下，愛麗絲尖聲喘息。「咳呼！」

在瑪那急速聚集到身體後，金立刻出其不意地用腳橫掃。愛麗絲纖細的身體輕鬆地

被撈起。緊接著金抓住她的手腕。

扔了出去。

他故意讓愛麗絲衝撞上支柱。過剩氣勢讓愛麗絲在地板上彈起。她亂甩著四肢滑行了很長一段距離，甚至無法採取護身倒法便倒落在地……不用說，當然是一動也不動。

「幸好妳是耐打的聖騎士位階呢。」

金大言不慚地這麼說道後，「咕呼……！」盛大地喘了起來，雙手貼在兩邊膝蓋上。吸收「刺骨火焰」的代價……差不多要到達極限了。不過，很明顯地能在那之前做個了結吧。

在旁人眼裡看來，也已經快沒人相信千金們會獲勝了。

「已……已經不行啦……！我們會就這樣凍死啊……！」

這麼呻吟的男性觀眾也是直打哆嗦。這般猛烈的寒流包圍著觀眾席。

無論是怒吼、哀號、歡呼或聲援，都已經聽不見的漆黑鋼鐵世界——

在只能等死的光景中，儘管如此，千金們仍掙扎著想站起來。繆爾憑著一股毅力一直握著大劍。疼痛的肋骨妨礙著莎拉夏的呼吸。愛麗絲的內心開始萌生「自己必須成為盾牌」這種聖騎士的驕傲。

梅莉達也試著想抬起頭來，但身體居然完全動不了。被打中的四肢宛如鉛塊一般沉

LESSON: VI ～火之契約～

重，光是動起指尖，就有一陣劇痛甚至竄到骨頭裡。

——會導致死亡——

在茫然地麻痺的思考中，響起了家庭教師的聲音。

那說不定是滲透進自己體內的他的教導在回響。

在自己內心點燃火焰的，無論何時都是心上人的存在。

——很冷嗎？很難受嗎？

——那就抵抗吧！

——只會像那樣垂首的話，敵人會很高興地砍斷妳的頭吧。

——來吧……

放出瑪那！

火花在梅莉達的背後飛舞起來。金也察覺到這點。

「嗚……嗚嗚……啊啊……！」

梅莉達彷彿垂死的熊一般發出呻吟，儘管如此，她仍抬起手臂。她以讓人快昏過去的鈍重用手掌頂著地板，抬起上半身。

觀眾也從遠方注意到慢慢地爬起來的金色柱子。

「……梅莉達小姐她──」

「站起來了…………」

一道光芒映入人們的眼眸。

梅莉達慢慢地抬起上半身，立起一邊膝蓋。從鞋底竄上來的劇痛讓她蹙起眉頭。儘管指尖顫抖著，她仍握住刀柄，用左手撐著地板，讓另一隻腳站起來。

她一邊搖晃顫抖著膝蓋，一邊緩緩讓手心離開地板。這麼一來，總算能與「敵人」正面對抗。她「呼──」一聲地吐出一直屏住的氣息。

威廉・金靜靜地回瞪著彷彿一戳就會倒下的虛幻少女。

「……我突然覺得。」

金這麼說道，同時讓繃帶收束到右手的手心前方。

他用五指使勁握住，於是那裡冒出一把感覺非常鋒利的劍。究竟是在哪裡學的呢？他一邊用貴族流派的劍術將劍尖對準梅莉達，同時吐出後續的話語。

「妳是無法成為我們的『兄弟姊妹』的。」

梅莉達一蹬地板。但往上撈的斬擊被金俐落的劍法給揮開。梅莉達順著飛撲過去的氣勢，又再度倒落。

看到這一幕的男性觀眾摀住臉。

「啊……果然還是不行……！」

不過，也有人抬起頭來。

「加油啊——————！梅莉達小姐——————！」

這番話並非鼓舞了梅莉達，而是不可思議地讓周圍的觀眾點燃了活力。

「……沒……沒錯。加油啊……」

「加油！別輸啊，梅莉達小姐！」

「請站起來！救救我的孩子！」

「收拾掉那傢伙吧——————！安傑爾家的聖騎士！」

梅莉達的鞋底砰！地踩著地板。

她將手貼在膝蓋上，再度站了起來。金將一年前的光景重疊在她的背影上。

「果然那時應該先殺掉妳的啊……」

金手拿著劍，讓繃帶隨風搖曳地走上前。其他三名公爵家千金現在總算抬起了上半身。「莉塔——」、「……莉塔。」、「莉塔同學……！」她們各自注視著梅莉達。梅莉達還在調整急促的呼吸。

為何妳明明只是武士位階，卻要奮戰到這種地步——……

但金這邊也接近極限了。縱然是人造藍坎斯洛普的強韌肉體，也無法一直保持會無止盡地提昇火力的「刺骨火焰」。彷彿隨時會咬破牢籠的凶猛惡魔，從身體內側替四肢套上枷鎖。

金的外觀已經變成吸收了太陽的火焰化身——

勝負將近。金走近到梅莉達背後，隨意地揮起了劍。

然後揮落。

與此同時，梅莉達在轉過身時用刀橫掃。刀身衝撞起來，彼此彈開。往回砍。然後又再次撞上，偏離軌道。金用單手使勁地揮劍攻擊，梅莉達頑固地不斷擋掉那攻擊。就彷彿小孩子的打鬥一般，在極近距離的互相對砍——

雙方讓武器互相碰撞好幾次，每一擊都讓兩人逐漸加快速度。刀劍交鋒的節奏慢慢加快，演奏出驚人的速度，沒多久冒出令人暈眩的火花飛舞。

金忽然改用流暢的劍術高舉起劍，在上段雙手握劍。梅莉達宛如「紙張」一般避開垂直揮落的那攻擊。也就是順著劍的風壓，在命中前**輕輕地**躲開，配合旋轉的氣勢發動反擊。

金只有在必要的最低限度內後退。他的眼睛眨也不眨地目送刀刃劃過眼前幾公分。他隨即一踢。側腹遭到痛擊的梅莉達飛了出去。

LESSON: VI ～火之契約～

但梅莉達立刻用手心撐著地板，跳了起來。令人傻眼的體力。看到她輕盈地著地，還有使勁砍向旁邊的刀，金不經意地表達感想。

「真是把好刀呢。」

互相撞擊了那麼多次，卻連一個缺角也沒有。梅莉達也俯視手邊。

「這是外祖父大人的——商工會的刀……！」

梅莉達不知想到什麼，她的視線瞬間一閃，然後奔跑起來。

往橫向奔跑。

並非在測量攻擊距離——也並非在尋找退路——金隨後想起了他差點忘記的事實。梅莉達在奔馳而過的同時，從豎立在這間武器庫的眾多武器中，用左手又拔起了一把刀。地板裂開，火花飛散。

「**二刀流**嗎……」

然後梅莉達一邊轉了一大圈，同時再次挑戰金。她一蹬地板。

梅莉達順著跳躍的氣勢發動先制攻擊，金滾向一旁來躲開。他在跳起來的同時砍向梅莉達。梅莉達也用使勁揮刀的氣勢掉頭，不服輸地踏步向前。

兩人在中間點衝撞。一把劍與兩把刀迸出火花互咬著。

——隨後。

梅莉達左手拿的刀碎裂了。刀尖從跟劍的交錯點彈飛出去，順著那股氣勢襲擊金的顏面。金只靠反射神經扭動脖子。但儘管如此，刀刃還是深深挖過他的左眼，接著飛向後方。鮮血軌跡散落在半空中。

「嘎啊啊啊啊！」

鮮血一邊從顏面噴出，金一邊忍不住往後仰。他倒退了兩三步，同時按住左眼，得知那裡已經——不會映照出光芒。右眼猛烈地亮了起來。

「妳算好的啊……！」

「沒錯！」

梅莉達趁機踏步向前。她丟掉左手的刀，取而代之地從腰帶上拔出刀鞘。神速到手臂都模糊起來。她將右手的刀收入刀鞘時，金露出破綻的懷裡就在眼前。

「『拔刀開闢……白輝夜』！」

第一刀以超越極限的速度被拔出來。準確地捕捉到繃帶已經破掉的金的胸膛。往回砍又是二閃、三閃。難以想像是刀的壯烈斬擊聲。那變換自如的軌道，即使靠金的動體視力也追逐不上。他震驚地睜大了眼。

「這個技能是那傢伙的……！」

被怒濤般的十六連擊轟炸，金的身體滑向後方。鮮血灑向周圍。

梅莉達連一口氣也不喘地再度收起刀。她滑動右腳，擺出拔刀姿勢。

「『幻刀三叉・絕風牙』！」

從刀身銳利飛來的三道衝擊波打中金的右膝，橫掃腹部，命中顏面。無法掌握遠近感的他大動作閃避最後一發攻擊時，梅莉達將握柄拉向臉旁。

「『千刀術……──」

淡淡的光芒包圍刀刃。梅莉達一蹬地板。金只能眼睜睜地看著。

刺向前的刀尖深深地貫穿了金的胸部中心。梅莉達吶喊：

「『櫻華』！」

所有瑪那化為細小的刀刃交錯飛舞，在金的體內劃出細碎的傷口。背後裂開了。那裡成了出口，鮮血與火焰混在一起揮灑出來。

彷彿世界停止了似的幾秒膠著──

梅莉達拔出刀，兩步、三步──毫不疏忽地拉開距離。

金也按住胸口，踉蹌了兩三步，踩到自己製造出來的血池。

「我原本預估要五年……沒想到一年就有這種程度…………」

金緩緩抬起頭，他的嘴角流出鮮血，還吐出意料之外的話語。

「幹得……漂亮。」

LESSON VI
～火之契約～

「咦？」

「這麼一來，就真的是最後一次見面了……梅莉達．安傑爾…………」

他東倒西歪地一步一步往後退。他退到樓層邊緣——蒸氣色的背景逼近身後。

金露出了怎樣的表情呢……胸口熊熊搖晃著的火焰遮住了他的表情。

「賭博時間結束了……妳的存在會對今後的世界掀起怎樣的波紋呢……呵呵，會引發怎樣的混沌呢……我很期待喔…………」

呼——金嘆了口氣，挺直脊背。他在最後說道：

「妳贏了。」

隨後，金的胸膛爆裂開來。

封在裡面的「刺骨火焰」貫穿他的身體，累積起來的龐大火力一口氣被釋放出來。熱浪以驚人的氣勢擴散開來，吹飛周圍的一切。梅莉達忍不住向後方翻滾。三名朋友護住頭部。幾把武器從地板上飛起。

在這當中——

金的身體也吹飛到反方向。他從中央武器庫飛了出去，被吸入遙遠底下的地上——即使前去俯視，他的身影也已經立刻混入黑暗之中，不見蹤影了吧。

爆炸聲消失到天空彼端……之後位於觀眾席的人們注意到了。

在爆炸的瞬間，護住頭部的某人戰戰兢兢地抬起頭。

緊抱著兒子的母親，發現自己能確實感受到孩子的體溫。

喧囂聲慢慢擴展開來，確認了周圍情況的人們各自發出聲音。有人歡呼著，也有人跳起來高喊萬歲。一名少女眼中浮現淚水，露出笑容。

「是光……」

亮光與熱度在提燈裡復甦了。恢復原有姿態的賽勒斯特泰雷斯凱門區，在黑鐵藝術上反射出太陽之血的光芒。四處響起了歡呼聲，響起人們歡喜祝賀的聲音。在這陣狂熱中，位於觀眾席的某人站了起來。

「為公爵家的年輕騎士獻上掌聲！」

所有人都突然停住，然後重新面向鬥技場中央。

「獻給繆爾．拉．摩爾小姐！」

看似瀟脫的貴公子率先鼓掌。

「獻給莎拉夏．席克薩爾小姐！」

發出尖叫的女性接著跟上。周圍的人也不服輸地拍著手。

「獻給愛麗絲．安傑爾小姐！」

粗壯的聲音響徹周圍，震耳欲聾般的掌聲從騎兵團的相關人士座位響起。

LESSON VI ～火之契約～

最後一個年幼的小女孩啪啪地拍著仍十分稚嫩的手心。

「然後……獻給梅莉達．安傑爾小姐！」

閃耀的歡呼聲與掌聲波浪擴散開來，從全方位包圍中央武器庫。換言之，就是包圍待在那裡的四名千金。梅莉達與總算抬起身體的愛麗絲、莎拉夏、繆爾互相扶持地站了起來，很快地互看著彼此。

「快……快點下去吧。」

實在不想這麼引人注目。梅莉達等人趕緊轉身離開，朝樓下前進。

「學校的同學們不要緊吧？」

繆爾一邊揹著昏倒的德特立修生，一邊這麼說道。莎拉夏接著說道：

「有弗立戴斯威德的老師幫忙帶領，應該沒事吧……」

「噯，妳看。莉塔！」

愛麗絲尖聲吶喊。她指著彼方某處。

順著她指的方向一看——可以看見鬥技場外側，也就是展示館正燃燒著。究竟發生了什麼事？殘留著非常悽慘的慘劇痕跡……！

但愛麗絲之所以發出緊迫的聲音，還有更迫切的理由。

「那裡……是入口附近！莉塔給我看的地圖上標記著……」

梅莉達此刻才察覺到愛麗絲想說的話，她震驚地吸了口氣。

「那是在莫爾德琉武具商工會……在外祖父大人的帳篷附近呀！」

† † †

在「刺骨火焰」爆裂四散後沒多久──

要說從決戰場墜落的金怎麼樣了，他當然是無法靠自己有所作為。他遍體鱗傷到還有呼吸簡直算是奇蹟。在他茫然地思考著自己是否會就這樣摔落地面斷氣死亡時，忽然有個影子橫跨過視野。

一名青年從中央武器庫下層跳了出來。正好就在金通過的瞬間，他從樓層邊緣跳出來，漂亮地接住了金。青年就這樣在空中一邊調整姿勢，一邊像滑行似的在地面上著地。在鞋底著地的瞬間，地面盛大地被削了起來，響起悠長的巨響。青年「唔」了一聲，蜷縮起背，雙手不停顫抖著。

「拜……拜託你稍微減肥好嗎……」

「……你講話真過分呢。我可是很苗條的喔。」

姑且不論玩笑話，庫法看準時機救了金一命。他從軍服懷裡拿出藥瓶，粗魯地將裡

面的藥水灑在金的身體上。

以胸口壯烈的刀傷為中心，煙霧從裂開的皮膚裡咻咻地升起。

「嗚哦哦哦……痛死啦！」

不過這疼痛比死掉好太多了。就在金像個小孩似的痛得打滾時，有另一名人物從迷宮出口朝這邊走近。

「任務辛苦了，威廉·金。」

是白夜騎兵團的團長。看他悠哉地在吞雲吐霧，似乎是順利地掃蕩完「安納貝爾的使徒」了。金露出一臉怨恨的表情。

「……我可是賭上性命了耶。」

「是啊，我確實見識到你的忠誠心了。」

團長擦拭稍微濺到臉頰上的血液，繼續說道：

「試用期結束了——我正式承認你加入白夜騎兵團。」

歡迎你——團長彷彿想這麼說似的張開雙臂，金像在鬧彆扭似的移開視線。

「……那還真是謝啦。」

金正是「雙面諜」。他假裝成潛入白夜騎兵團的安納貝爾的使徒的刺客，但實際上卻洩漏黎明戲兵團的犯罪計畫給白夜騎兵團。

那麼，他究竟是站在哪一邊呢？

——這次他就是賭上性命來證明他的立場。

就在這時，觀眾席掀起了如雷般的掌聲。團長看向頭頂上。即使燈光復活，也無法看到中央武器庫的上層。

「『無能才女』抗拒了暗殺嗎……真是的，實在是個頑強的公主殿下啊。」

團長搔了搔頭。庫法稍微偷窺上司的嘴角。

「這下梅莉達小姐就不被允許輕易地死亡了。她不得不背負起安傑爾家的威信一直戰鬥下去。這是難以想像的艱辛道路……！說不定以後會覺得今天在這邊迎接悲劇的死亡還比較好喔，『無能才女』跟——」

他斜眼看人的眼神帶著要撕裂人似的敵意。

「煽動她的**某人**。」

庫法緩緩地站了起來，從正面承受他的視線。

「這可難說呢。」

金確實地感受到，覺悟的利刃在兩者中間宏亮地撞擊——

就在這時，又響起了第四人的腳步聲。有一個老人從迷宮裡爬了出來。

「……這究竟是怎麼一回事啊……？」

LESSON VI ～火之契約～

是經過這幾個小時後，看起來更加老態龍鍾的莫爾德琉卿。他本身似乎沒有受傷，但穿在身上的緊身長外衣沾滿血跡。

「計畫是……從……從何時開始變更的？老……老夫什麼也沒聽說啊。黎……黎明戲兵團的人們上哪兒去了……？為何沒有任何人來迎接老夫………」

「那個啊，莫爾德琉先生。」

團長像是在跟小孩講道理一般，搔了搔頭。

「我們白夜可是體制方的人喔，你覺得我們會當真跟犯罪組織聯手嗎？」

「怎麼會………」

「就算是評議會的人，也該有個限度啊。像你這樣輕易地邀請恐怖分子進入最重要軍事據點的人，我們不能放任不管。不只是『無能才女』和黎明戲兵團，**你**也是我們的肅清對象喔。」

團長豎起三根手指，一根一根地彎下並數著。

「我們這次的作戰目標一共有三個。暗殺『無能才女』、讓被誘餌引來的『安納貝爾的使徒』全滅，還有將與犯罪組織有勾結的危險人物——漢米許・莫爾德琉撵下權力寶座！」

「……」

看到莫爾德琉卿退後兩步、三步，團長聳了聳肩。

「雖然其中『一個』失敗了就是。」

「怎麼可能……老……老夫是……！」

「請放心，要是我們引發醜聞就沒有意義了。商工會的營運會請你將所有權限都讓給繼任的格特魯德會長後……請你退隱山林。」

團長宛如死神一般這麼宣告後，朝背後的部下隨意揮動手指。

「抓住他。」

就在庫法走上前，莫爾德琉卿「噫！」一聲地往後退的時候。

鐵塊衝撞到他們眼前。地面盛大地掀起，沙塵膨脹起來。

團長立刻護住臉部，接著反射性地仰望上空，然後理解了。是激戰的餘波嗎？只見中央武器庫的鋼架從上層開始剝落崩塌。

啊——當他猛然轉回頭時，為時已晚。

在沙塵消散後，渾身是血的老人身影突然消失無蹤。雖然不能責怪部下……「嘖！」

但他還是無法克制地咂嘴。

「啊，可惡，真不走運！你們趕緊追上去！」

「咦，我也要？」

金驚愕地回問。團長像是在鞭屍一般，好幾次拍打他的肩膀。

「這還用說！我們部隊沒有在休假的！好啦，快工作，行動俐落點！」

「可以幫我叫辯護律師嗎……」

「我倒是可以介紹法官喔？」

庫法與金一邊用玩笑話互相掩飾疲勞，一邊快步地飛奔進入迷宮。

你覺得他會逃到哪裡？金用視線這麼詢問。

庫法摻雜著感傷回答：

「應該是『自己的家』吧。」

† † †

展示館仍然被火焰包圍著。這是武裝奇美拉引發的慘狀。目前是人命最優先——鬥技會的學生選手早已經逃離展示館，博覽會的參展廠商也在騎兵團的引導下幾乎都避難完畢了。

不過，在這當中有人被遺漏了。

就是直到剛才為止都躺在醫務室裡的一名男學生。

「這──到底──是怎麼一回事啊──？」

聖洛克．威廉斯頂著昏沉的腦袋，漫無目標地徘徊在火海中。這也難怪，畢竟他不但從遊行途中記憶就中斷了，火烤著肌膚的熱氣與纏繞在臉上的黑煙，也妨礙著他的思考。

「潘德拉剛校長呢……？遊行呢……？鬥技會呢……？我什麼都想不起來……嗚！我還在作夢嗎……？」

配上這超乎現實的光景，聖洛克放棄行走。

他沮喪地跪在地上，拒絕周圍的惡夢，意志消沉。

「沒……沒錯……我一定還躺在宅邸的床鋪上睡覺……我得快點醒來，跟學校的大家一起前往博覽會……好啦，快醒來。惡夢啊，快醒來吧……！」

這時，火花在他的頭頂上爆裂。

彷彿要讓他體認到現實一般，纏繞著火焰的展示臺倒落下來。聖洛克抬起頭。緩緩覆蓋過來的火焰牆映入眼簾。

「唔……唔哇啊啊啊──！」

地面搖晃著。

展示臺碎成粉末，纏繞著火焰的碎片呈扇形翻滾。

LESSON: Ⅵ ～火之契約～

聖洛克看著這一幕。就在腳尖僅僅幾公分前的距離，他逃過一劫。

這都是因為──有人在千鈞一髮之際抓住他的衣領，將他拉向後方的緣故。

「…………」

威廉．金靜靜地俯視有著相似名字與容貌的少年。

「咦？啊……謝……謝謝……你……？」

聖洛克斷斷續續地這麼說道，金鬆手放開他。

才這麼心想，只見他將指尖伸向少年的喉嚨──在碰到前突然停止動作。漲滿到指尖的殺意，有一瞬間宛如陽焰般地搖晃、消散。

──其實今天就在這裡殺了你也不錯。

他用力握住五指。

──但我在賭博賭上了一切。是否要把這個當成「落敗」……

他把這之後的思緒嚥入心底。金搖了搖頭，重新抓住聖洛克的衣領，把他拉起來。

金拍了拍聖洛克的肩膀，彷彿想說「振作點」一般。

「現在反倒是待在鬥技場比較安全。你混入觀眾裡，服從引導指示。」

「咦？是……是！」

聖洛克反射性地坦率點頭。看來青年所指的方向似乎是安全的道路。

不過在聖洛克正想飛奔而出前，金又再次抓住他的手臂。

金從背後將嘴脣湊近耳邊，開口說道：

「……轉告父親與母親，『可恥的長男』一定會回去。」

「──咦？」

聖洛克反射性地轉過頭看。

但那時包著繃帶的青年身影，還有抓住手臂的手的感觸，都已經消失無蹤。

是陽焰造成的幻影嗎？但若是那樣，救了自己一命的是？在耳邊朝自己低喃的聲音是？總覺得自己很熟知那聲色。

「…………哥哥？」

呼喚兄長的曖昧聲音，混在火花爆裂的啪哩聲響裡。

就在這時，火海當中還有另一個人影在徘徊。

是莫爾德琉卿。就如同庫法所想像的，現在的他能當成依靠的地方，只有自己建構起來的城堡。

不過，就連那城堡此刻也被火焰包圍，燒得面目全非。裝飾壯麗的攤子猛烈燃燒著。火舌燒遍商工會的旗子。四處都聽不見商人的號令，也沒響起打鐵的熱情聲音。這全部

LESSON: VI ～火之契約～

都是自己招來的後果——

莫爾德琉卿注意到一把滾落在腳邊的劍。他撿了起來。

那把劍被踩，被踢飛……被煤煙弄髒了。他漫無目標地轉動著脖子。

「得磨亮才行……」

在他以蹣跚的腳步邁出步伐時，又響起了另一個腳步聲。

新來的人影在火海中一心一意地奔馳著。亮麗的金髮宛如鏡子一般反射著火焰，更加閃耀發亮。少女在通過前注意到莫爾德琉卿的背影。

「——外祖父大人！」

梅莉達猛然停下腳步，然後鬆了口氣。

她在觀眾席和布拉曼傑學院長等學院的人家會合，聽說了大概的情況。展示館已經開始避難，照理說沒有任何人留下來……即使這麼聽說，還是有一種不祥的預感撕扯著胸口內側。

跑來這邊確認是正確的。祖父果然還是逗留在自己的攤位。雖然梅莉達試圖接近他，但崩塌的瓦礫纏繞著火焰，熱風阻擋著去路。

「外祖父大人，請快點到這邊來！一起逃走吧！」

「……梅莉達。」

莫爾德琉卿茫然地轉頭看向這邊。該不會是因為博覽會變得亂七八糟，讓他大受打擊而搞不清狀況吧？就算來硬的也想靠近他，但在梅莉達這麼心想後，隨即吹起來的強風將火焰地毯掀起，讓梅莉達感到畏縮。

就算想強硬地突破，瑪那也因為剛才的激戰，連最後一滴都耗盡了。

莫爾德琉卿的手裡握著劍——

他果然還是看不見眼前狀況似的，開始說了起來。

「梅莉達……老夫小時候啊……很想成為具備瑪那的騎士。」

「咦……？」

「因為那很帥氣對吧？從劍身發出光芒，揮劍一砍！就解決了壞人。一直很嚮往呢……那時深信自己長大會成為騎士，保護大家。」

莫爾德琉卿突然揮動劍，掃開燒遍攤子的火焰。

只有一下子，他看見了彷彿那把劍本身纏繞著火焰般的幻想。

「畢竟還是個孩子嘛……那時根本不曉得，沒有貴族血統就無法成為騎士。只有一點點也好，想跟他們更接近而試著開始經營武器……但無論如何壯大商工會，內心都絲毫無法獲得滿足。」

他撫摸刀身。無庸置疑地是一等品。

LESSON: VI
～火之契約～

但揮舞那把劍的，並不是這皮包骨的手——

「所以……梅莉諾亞被菲爾古斯公看中的時候，老夫真的很開心。就算只有形式，但能成為貴族，感覺老……老夫也成為騎士的一員了呢……」

莫爾德琉卿放開了劍。劍在鋼鐵地板上跳起，金屬聲響讓梅莉達的肩膀抽動了一下。

莫爾德琉卿已經甚至沒面向梅莉達這邊。他在熊熊燃燒著的類似金色火焰中看到了什麼呢？他的語調變得空虛起來。

他回想起了什麼時候呢？

「啊，可愛的梅莉諾亞……明明對做生意的事情一竅不通，卻總是跟著我去談生意……然後噘嘴抱怨『好無聊』，真是個傷腦筋的孩子。在回家的路上買冰給她吃，她的心情就立刻變好了呢……呵呵呵。」

他似乎慢慢地回溯著記憶，雙眼忽然蒙上陰影。

「……老夫實在不願相信那孩子居然會外遇。那……那種事一定是騙人的！有一種世界從腳邊崩潰的感覺……——啊，原來是這樣。」

莫爾德琉卿總算看向了現實。看向在眼前燒燬崩落的世界。

「所以老夫才開始了這種事啊……實在太愚蠢了………」

「外……外祖父大人？」

「對不起啊，梅莉諾亞……居然會懷疑妳，老夫一定是哪裡不對勁。居然想把梅莉達……把我們重要的寶物給……啊，啊，老夫之前到底在想什麼。」

他東倒西歪地踏出腳步。因為跟自己完全是反方向，梅莉達慌張起來。縱然前方是火海，莫爾德琉卿也沒有要停下腳步的樣子。

「老夫馬上去跟妳道歉。妳願意原諒我嗎？親愛的梅莉諾亞……」

「等一下！外祖父大人！」

隨後，右手邊的攤子伴隨著巨響雪崩了。

雖然實際上滾落的是火焰球，總之梅莉達護住了臉。瞬間，有人用力地將她拉向後方。可靠的胸膛與體溫，還有熟悉的軍服氣味包圍住梅莉達。

她猛然睜眼一看，發現強壯的手臂抱住自己。

「——老師！」

庫法一邊側身保護梅莉達，同時用銳利的眼神瞪著前方。

「**什麼人！**」

咦？梅莉達也嚇了一跳地轉過臉看。

當然不是對莫爾德琉卿說的。**還有另一個人在**。瓦礫堵住道路，火焰高舉雙手遮住視野。在火焰的另一頭，莫爾德琉卿的身旁不知不覺間站著另一個人影。

陽焰一味地隱藏住那人的身影。但能看見那人將一隻手放到莫爾德琉卿背後。那人轉身。茫然自失的莫爾德琉卿任憑擺布地跟著離開。

「等等！你打算把那個人帶到哪去！」

那人當然不可能回應庫法的聲音。梅莉達在庫法的手臂保護下仍拚命地伸出手。外祖父的背影逐漸遠離。

「外祖父大人……！」

他沒有回應。說不定連聲音也聽不見。梅莉達忽然想起與母親的死別。少女拚命的吶喊宛如悲劇的落幕一般，迴盪在火焰之中。

「外祖父大人——！」

梅莉達為數不多的血親，最後就這樣被帶往火海的另一頭——

† † †

有人從城牆上眺望著火勢總算逐漸平息的展示館。

是優雅地將望遠鏡從雙眼上移開的塞爾裘·席克薩爾。

「總算解決了嗎……」

他的嘴角一如往常地露出穩重的微笑。

——還浮現出滿足感。

有另一個人影從背後走近那樣的他身邊。

「……允許這次作戰的人是你嗎？」

塞爾袞轉過頭，然後像在歡迎似的張開雙臂。

那是忙碌不已的騎兵團總帥，同時也是安傑爾家的現任當家。

「菲爾古斯公！沒想到連您都大駕光臨了……！」

菲爾古斯嚴厲的眼神並未動搖。他輪廓立體的臉浮現出陰影。

「燈火騎兵團出現了幾名戰死者。」

「真是令人心痛。」

塞爾袞將手掌貼在胸前，看起來像是由衷地在替他們哀悼。

「但是，請看。這下弗蘭德爾就變乾淨了！」

他用演戲般的態度，高舉手心比向展示館的方向。

被破壞得亂七八糟的展示場哪裡乾淨了？菲爾古斯無法理解。

「已經把黎明戲兵團的指揮官階級斬草除根了。剩餘的人不過是殘兵……！應該可

LESSON: VI

～火之契約～

以報導弗蘭德爾最凶殘的犯罪組織已經在今天『毀滅』了吧。」

對於還是一臉嚴肅表情的菲爾古斯，塞爾袞情緒高昂地繼續說道：

「倘若沒能趁今天這個機會收拾他們，人們今後也會度過不安的夜晚吧。說不定也會波及到民間，出現幾百人，甚至幾千人的犧牲者……！但那只到今天為止！他們將會有平穩的明天！」

塞爾袞高舉雙手，沐浴在幻想的聚光燈下。

僅僅一名的觀眾沒有回應。塞爾袞一臉無趣似的放下了手。

他邁出步伐。

距離慢慢縮短。菲爾古斯的腰上佩帶著長劍。塞爾袞的手上拿著單薄的望遠鏡。

在交錯的瞬間，有一種時間停止般的錯覺——

就這樣什麼事都沒有發生，連視線也沒有對上，塞爾袞通過了菲爾古斯身旁。等他的背影遠離之後，菲爾古斯才總算轉過頭去。

「塞爾袞．席克薩爾……他究竟在想什麼？」

被告知眾人的「無能才女」的位階、終於毀滅的最凶殘黎明戲兵團、人類與藍坎斯洛普逐漸摻雜在一起的世界——

以世上最年輕的王爵誕生為契機，菲爾古斯伴隨著顫抖地感覺到，弗蘭德爾正準備衝向前所未有境地的預感。

芙莉希亞

位階：槍手

HP	763	MP	874		
攻擊力	61（1041）	防禦力	82	敏捷力	39
攻擊支援	0～25%	防禦支援	—		
思念壓力	？？%				

主要技能／能力

遠見Lv.9／遠距離戰知識Lv.1／鐵匠大師Lv.1／增幅爐Lv.3／明鏡止水Lv.5／修劍士・初級守衛法「月桂防護」／修舞士・初級翻步法「滑行鞋跟」

【槍手】

將瑪那灌注到各種槍械中來戰鬥的狙擊手位階。只要能維持自己的攻擊距離，面對所有敵人都能在戰鬥上占優勢。習得技能、能力也都是特別強化遠距離戰鬥，因此對運用方法不會感到迷惘吧。

資質[攻擊：C　防禦：C　敏捷：C　特殊：遠距離攻擊A　攻擊支援：B　防禦支援：—]

Secret Report　七大災禍

黎明戲兵團為了打倒弗蘭德爾所提出的最終戰略（概念）。其威力筆墨難以形容，幸運的是七個都並未發展到實用化的地步。

這次將少數的成功例子「刺骨火焰」、「到達臨界點」，還有「安納貝爾的使徒」一舉投入的選擇雖然令人瞠目結舌，但結果這種執迷不悟反倒成了毀滅他們自身的「災禍」吧。

HOMEROOM LATER

說到威廉斯宅邸自傲的地方，就是寬廣到能舉辦板球比賽的庭院。

即使是在首屈一指的千金小姐學校培育出來的神華・茲維托克，這副光景也讓她感受到比至今看過的每座庭園都更爽朗舒暢的風。白鴿在橄欖田上飛舞。

在上流階級，花園的品質代表著夫人們的身分地位——

有一天我也會繼承這座庭院嗎？神華茫然地思考著。

從桌子對面傳來忙碌的茶杯聲響。

「我不明白什麼才是正確的……！」

難得是和未婚妻兩人獨處的茶會，聖洛克・威廉斯卻一直無法掩飾自己看似煩躁的態度。神華悄悄嘆了口氣。

一份報紙攤開在桌子正中央，他的話題一直圍繞著上面的報導打轉。

「因為騎兵團幕後的活躍，黎明戲兵團毀滅了……？」

頭版這麼讚揚著。據說犯罪者計劃趁鋼鐵宮博覽會期間進行捨身的恐怖活動。但事先察覺到這件事的騎兵團精銳部隊在千鈞一髮之際阻止了這凶惡的罪行。奇蹟似的，民間死傷者人數為零。然後在這次作戰賭上一切的黎明戲兵團，其核心終於完全崩潰，邁向實質上的毀滅——

也有許多難以理解之處。據說黎明戲兵團是捨身的拚死總力戰，但為何那般多的人數能進入以銅牆鐵壁為傲的賽勒斯特泰雷斯凱門區？能夠潛伏到實行作戰為止？據說引發了相當大規模的戰鬥，但民間的死傷者人數為零？要說是事先察覺到有異，行動會不會太過俐落了……

諷刺的記者大力抨擊要塞防衛網過於薄弱。關於這點，騎兵團方面也提出反駁，目前似乎展開了相當激烈的脣槍舌戰。在沒完沒了地點綴著這些經緯的報導當中……也能看到小篇幅的這種記述。

「尚．沙利文專門學院的前任校長潘德拉剛辭職。」

旁邊還附帶獅子頭的照片，以及他發表的感言：「在學院的生活對吾充斥著過錯的生涯，帶來許多有意義的經驗。」辭職？有意義？對於這篇報導，身為學生的聖洛克也察覺到背後另有內情。

換言之，就是不能將誓約書並不完全這件事實聲張出去。要是被知道他差點造成許多人死傷，民意將會傾向無一例外地肅清與人類方進行交易的「鄰居」吧。

有許多人會因此感到困擾。無論在民間，恐怕在掌權者中也是……所以才會隱蔽。不難想像聖洛克在遊行中失去意識後，潘德拉剛淪落到怎樣的結局。尚‧沙利文的講師會堅決保持沉默吧。理事會肯定會立刻選定下一任校長……

「真教人不敢相信！」

聖洛克拍打桌子。一旦開始心生懷疑，所有報導看起來都像是欺瞞。無論是騎兵團非常活躍一事，還是黎明戲兵團毀滅了——已經能夠安心生活這件事也是。

原本就覺得他會激動起來的神華，事先端起了茶杯。

「你之前不曉得嗎？聖洛克大人。」

神華將茶杯放回茶碟上，開口說道：

「世上充斥著學校不會教我們的事情。」

「這……」

「我只是比你稍微早一點學到這件事。」

看到聖洛克一臉懊悔地咬著嘴唇，神華覺得他非常孩子氣。

「請銘記在心，這世上也有人因為更過分的理由遭到貶低。也有人被當成不存在過。但是，我也不認為那樣是好事。」

「既然這樣，該怎麼做才好？」

「既然知道了，就要去正視。」

彷彿在勸告自己一般，神華挺身向前。

「然後去思考！知道真相的自己能夠辦到什麼……」

「……我不明白。」

「請跟我一起思考吧。」

神華掀起了幾份報紙。還有另一個醜聞，跟黎明戲兵團毀滅分到差不多大的版面。

那也是已經無法不去正視的「真相」。

「公爵家——梅莉達・安傑爾的位階是武士！這正是無可動搖的證據？」

還細心地刊登了梅莉達在遊行中高舉長劍的照片。今後她將會面臨比被貶低為「無能才女」時更嚴苛的逆境吧。她必須用那嬌小的身軀不斷開拓出道路前進。

——庫法老師，請指引我可愛的學妹……！

神華闔上眼皮，盡棉薄之力祈禱著。

然後她堅定地挺直脊背，開口說道：

「聖洛克大人，我今天來是為了講一件事——關於我們的婚約，不曉得是否能暫時

延期呢？」

「咦？咦……！」

「雖然之前說等你一畢業就立刻入籍，但我這邊的情況有所改變了。我並不是打算毀婚。」

神華含了一口紅茶，滋潤嘴唇。聖洛克用沙啞的聲音詢問：

「既……既然這樣，為什麼……？」

「跟你剛才動怒是一樣的理由。」

神華以輕鬆的語調回答，將嘴唇從茶杯邊緣移開。

「我身為『知道真相的人』之一，也忍不住想做些什麼。」

她無意識地撫摸報紙。在版面的角落有個小小的篇幅，刊登著一篇報導。

「漢米許．莫爾德琉卿下落不明。逃避追究——真相究竟是？」

爽朗的風吹過庭園。但神華抱持著一股難以言喻的不安，擔心這種和平的氣氛，可能隨時會被混亂的火焰摧毀。

† † †

那裡是充滿潮溼空氣的陰暗通道。感覺呼吸困難……有一股壓迫感。漢米許・莫爾德琉卿領悟到這裡大概是地下吧。

設置在通道各處的燈光，稀奇的並非太陽之血的亮光，而是電力光芒。但光芒非常微弱，感覺很危險，好像保險絲隨時會燒斷，導致燈光熄滅。

「你打算帶這種老頭子上哪去啊……」

莫爾德琉卿用毫無活力的聲音提問。通道上響著兩個腳步聲。

在被火焰包圍的展示館獲救之後──算是獲救嗎？總之莫爾德琉卿也不曉得要前往何處，只能跟在「他」的後面。

──話說他到底是為了什麼，救了自己這種人一命呢？

走在前方帶路的人物，在曖昧的黑暗彼端轉過頭來。

「哦呵呵，別警戒成這樣嘛！同為武器商人，讓我們交個朋友吧！」

男人伴隨著機械聲響扭動身體，一邊哼著奇妙的歌，一邊前進。

塗著小丑妝的顏面充滿躍動感地擺出笑容。

「快樂～幸福的庫羅巴～！哦～呵呵呵呵……………！」

像是在對話又聊不起來。莫爾德琉卿嘆了口氣，無精打采地邁出步伐。萊寶財團的社長與莫爾德琉武具商工會的前任總帥。兩名武器產業巨頭的身影，很快地消失在連電燈都沒有照耀的通道深處。

也不確定究竟會邁向何方……——

† † †

庫法靠在列車的牆壁上，沐浴著窗外的光芒。這裡是無人的展望室。燈光請人先關掉了，因為他正在翻閱不能讓人看見的東西。

「依然無法掌握莫爾德琉卿的下落」——

是來自白夜騎兵團的報告書。從鋼鐵宮博覽會經過一晚，我們徹夜調查，卻無法確定他身在何處。他不可能已經過世……果然並非看錯，而是有人帶走了他——這麼認為比較妥當吧。

現在的梅莉達原本就有許多事情要擔心。那麼，該怎麼告知她這件事呢……就在庫法這麼煩惱時，身為當事者的少女打開門扉，來到了展望室。

她似乎一直在尋找庫法。眼神交會的瞬間，少女綻放笑容。

「老師。」

庫法收起報告書，引領她走向自己身旁。

也沒必要重新點亮燈。展望室的四面牆壁——甚至到天花板——都是玻璃窗。然後從弗蘭德爾第二層延伸出來的軌道非常高。眺望眼底下二十幾個坎貝爾的全景……十分震撼人心。

師徒一起觀賞景色一陣子後，庫法開口說道：

「小姐不用跟班上同學待在一起嗎？」

「有點尷尬。」

梅莉達露出苦笑，老實地回答。

以強勁軍火庫競賽為開端的昨天的大事件。經歷事件後的隔天，報紙的報導非常嚇人。事實與臆測，從讚美梅莉達到中傷安傑爾家，像大請客一樣，什麼奇怪的內容都出現了。在用早餐時看到頭版的梅莉達，立刻「嗚嘔」地發出呻吟，將報紙蓋在桌上。

相反地也有許多學生仔細地閱讀報導。好奇的視線讓她很難受吧。

而且現在的人數比去程時加倍了。這是因為從賽勒斯特泰雷斯凱門區出發的列車突然不夠用的關係，聖弗立戴斯威德女子學院和聖德特立修女子學園包了相同一班列車踏上回程。附帶一提，尚・沙利文專門學院的學生和教職員還被留在凱門區裡……恐怕是因為潘德拉剛校長反叛一事，得跟騎兵團先套好說詞吧。

彷彿總算能喘口氣似的，梅莉達大口地深呼吸。

「對不起，老師。我的位階明明應該要保密的……」

「沒關係，小姐。我也認為那樣是正確的。」

梅莉達一臉意外地抬頭仰望庫法。

「咦？可是……」

「小姐還記得嗎？請小姐對位階保密那天……我應該是說『只要暫時保密即可』。這次不過是碰上了坦承的好機會……」

況且原本就是庫法設計好**讓事情變成這樣的**。

——這種狀況正是為了讓梅莉達活下來，唯一能想到的一條道路。

莫爾德琉卿打算讓大家誤認梅莉達「是聖騎士位階」，然後葬送她。既然如此，讓眾人得知她真正的位階就行了。

那樣無法守護安傑爾家的威信？那只要更進一步證明就行了……證明梅莉達就算身為武士位階，也能與其他公爵家千金媲美。

這並非輕鬆的道路。而且還有好幾個制約。

最重要的是，庫法在表面上必須以刺客身分服從白夜的計畫。假如梅莉達不靠自己的意志展現她的存在價值，這前提就無法成立。因此庫法能做的只有以家庭教師的立場猛烈訓練梅莉達……

因此庫法需要協力者，代替庫法說出他不能講出口的話。

『只要拿著長劍……就能說自己是出色的安傑爾家之子嗎？』

儘管庫法只能做出曖昧的委託——內容還是「讓梅莉達發憤圖強」——但可以說繆爾很完美地達成任務了吧。

雖然作為代價，感覺又要被迫背負不得了的業障……

庫法搖了搖頭，逃避現實。總而言之，能像這樣平安地與梅莉達兩人一起跨越了考驗就夠了。雖然是個危險的賭注，但她漂亮地回應了庫法的期待。

也因此今後還能繼續與她在一起……——

「嗯～……可是，我還是覺得有點遺憾。」

梅莉達似乎還隱瞞著其他該說的事情。她忸忸怩怩地交纏著手指。

庫法對此內心完全沒有底，因此他露出疑惑的表情。

「遺憾是指？」

「其實我那時在中央武器庫，是因為其他理由感到迷惘。」

「其他理由……」

是的——梅莉達點了點頭，一邊露出苦笑，一邊抬頭仰望庫法。

「其實關於我的位階，原本應該是我跟老師兩個人的祕密……讓很多人知道感覺有點寂寞呢……嘿嘿，對不起。我那時在想這些事情。」

梅莉達害羞地低下頭。

所以庫法將手貼到她的下頷上。

真是個壞小姐——必須這麼斥責她才行。庫法這麼心想，將臉湊近——

「小姐。」

「咦？什麼——」

在讓她面向這邊的瞬間。

——嘴唇交疊。

梅莉達不禁愣住了。庫法心想既然左手貼著下頷，便將自己的右手放到少女的後腦杓上。他一邊抱緊梅莉達，讓她無法逃到任何地方——一邊深情地熱吻。

啾——當庫法緩緩移開嘴唇時，梅莉達也不禁領悟到情況。

她任憑擺布是因為身體僵硬，臉部發燙到不知所措，明明對眼前的狀況無法置信，卻只有嘴脣的感覺——真實到不能再真實。

雙手的手掌在臉頰附近徘徊。要是碰觸那裡，大概會燙傷吧。

「老……老師……？」

「……小姐。」

庫法還沒能找回話語。他自己也覺得這麼做彷彿理所當然一般，不由分說地吸住眼前的嘴脣。貪婪地舔舐著。

梅莉達束手無策。不可思議的是，每當嘴裡發出淫蕩的甜蜜聲，就有一種彷彿要融化的快感竄上大腦，身體開始發軟無力。梅莉達的手搭在庫法的肩上，但她無法推開庫法。只能淪陷成不檢點的熱吻俘虜，只顧著用嘴脣與舌頭回應庫法——梅莉達毫無辦法地被迫意識到一件事。

——老師現在正渴求著我——

兩人的影子在黑暗中重疊，看似焦急地互相纏繞著。不絕於耳的甜蜜聲，有時還摻雜著少女溫熱的氣息——「「呼——」」嘴脣毫無預兆地分離了。

庫法立刻移開視線，擦拭甜膩的嘴脣。

「非……非常抱歉。忍不住就——」

「**忍不住**？」

梅莉達柳眉倒豎。她抓住庫法正要遠離的袖子，拉了回來。

「忍不住是什麼意思！老師會因為『忍不住』而親吻女孩子嗎！」

「呃，那個，這是……這……這要怪小姐不好！」

「咦？咦咦咦咦～！」

庫法又說了不講理的話，用手心包住梅莉達的雙頰。

他捏了捏梅莉達的臉頰，然後撫摸，確認臉部輪廓，搔癢著下頷。一撈起髮絲，便發出沙沙的高雅聲響。這一切都在告訴庫法的手指。

告訴他梅莉達還活著這件事。

「都怪小姐在我鬆懈的時候！講出那種話……！」

「咦……咦……？」

「這幾個月來，我不曉得有多緊繃！說不定今天就是最後一天，說不定約好的那天永遠不會來。每天晚上我都害怕要道『晚安』……」

梅莉達完全不懂庫法在說什麼。總之有一點可以確定的是——庫法老師還……還在渴求我呢——只有這件事。

要說為什麼，因為臉很近。庫法將臉頰磨蹭過來……這距離彷彿隨時會再吻上來。

「小姐……我想妳應該無法想像，在水塔旁的那晚，我究竟是以什麼心情目送妳離開的吧……？」

「咦？呃……老師……！」

「小姐，可愛的小姐……要是妳不在了的話——」

——我可能會變成廢物。

是這樣的低喃傳入耳中，還是溫熱的吐氣讓人有這種感覺呢？梅莉達並不曉得。嘴脣被拉近到彷彿要擦過，梅莉達萌生讓脊背顫抖起來的期待感，還有些微的畏懼。因為要是在這時再一次接吻，一定會——

一定會忍不住接納他的一切——…………

喀嚓——展望室的門被打開了。

「哇哇！為什麼這裡會這麼暗啊……？」

以這麼呻吟的蘿賽蒂為首，公爵家的友人也紛紛現出身影。也就是愛麗絲、莎拉夏和繆爾。後面跟著彷彿領隊一般殿後的拉克拉老師，她在黑暗當中看到重疊起來的男女，突然停下腳步。

「……他們在幹麼？」

其他人當然也注意到，排成一列觀察這一幕。

觀察庫法與梅莉達不留空隙地重疊起身體，讓手腳交纏，庫法抓著梅莉達的手腕，讓肩膀緊貼在一起，將梅莉達推到窗框上，固定她關節的模樣。

「好啦，小姐，關節要這樣固定！小姐的技巧還太嫩了！」

「啊嗚！老師，好難受啊！這樣我無法掙脫！」

「這是當然的！固定技要活用槓桿原理……這樣就能排除好幾倍的體格差距，封住對手的動作！小姐也要精通這個技術，試著壓制住我的身體吧！」

「……你在做什麼呀，小庫？」

「哎呀，蘿賽！還有各位！」

庫法彷彿想說恭候多時似的將身體移開。梅莉達也轉過頭來，彷彿想說「哎呀，真巧呢」一般……兩人之所以滿身大汗，沒錯，一定是因為進行了激烈的運動。

「我在教學！」

庫法一邊大口喘氣，一邊這麼斷言。蘿賽蒂蹙起眉頭。

「……教什麼？」

「就如妳所見，在教關節技！哎呀，在回顧鬥技會時，忍不住熱血沸騰起來，雖然是在這種地方，卻不禁想要活動一下筋骨……！」

「就是說呀，老師真是的！實在太認真教學了啦。」

梅莉達也拚命地配合庫法的說詞。「啊哈哈！」、「呵呵！」看到假惺惺地互相笑著的師徒，其他人——主要是蘿賽蒂和公爵家千金面面相覷。

拉克拉老師也有些不高興似的蹙起眉頭，但還是告知該說的事情。

「學院長找你喔，『庫法老師』。」

庫法立刻繃緊表情。

「我馬上去。」

恐怕是關於這次圍繞著鋼鐵宮博覽會的一連串事件，需要說明內情吧。雖然不能詳細地坦承一切，但庫法想盡可能誠實地回應。真傷腦筋，還有一份工作啊……庫法轉頭看向自己的主人。

「那……那麼，梅莉達小姐，我稍微失陪一下。」

「請……請慢走，老師。」

這對話讓人感覺跟平常一樣，但周圍的公爵家千金蹙起眉頭。

——不看彼此視線？

庫法就那樣匆忙地轉身離開。蘿賽蒂雖然一臉疑惑，還是並肩到他身旁，拉克拉老師一臉無奈地跟在他們後面。一片漆黑的展望室只剩下四名女學生，門扉「砰」一聲地關了起來。

「妳跟庫法老師發生了什麼事？」

門一關上，其他三人立刻團團圍住梅莉達。梅莉達舉起雙手。

「我……我們在聊博覽會發生了很多事啦……！」

這並非謊言。這種也不能胡鬧的內容，讓氣勢洶洶的友人鬆手放開了梅莉達。說到頭來——為什麼她們會這麼拚命呢？只要談到關於庫法的話題，愛麗絲就會認真起來，想要「跟梅莉達做同樣的事」，莎拉夏注視庫法時的那種彷彿要融化的眼神，總是在梅莉達的少女心敲響警鐘。

但是，目前是我領先一步？梅莉達若無其事地按住嘴脣，萌生自信。

不，不能掉以輕心——梅莉達立刻搖了搖頭，重新繃緊神經。

畢竟庫法非常喜歡女孩子，喜歡到會因為「忍不住」而吻上來呢！

梅莉達就這樣與情敵兼摯友，同時也是競爭對手的三人並肩而站，眺望著窗外。

暫時享受美景之後，繆爾開口說道：

「我一直在想，我們該不會——」

其他三人都將視線集中在繆爾身上。繆爾呵呵笑了笑。

「是麻煩製造者吧？」

梅莉達忍不住噴笑出來。愛麗絲也罕見地呵呵笑著。

「我們所到之處總是有大騷動。」

「真的……總覺得很對不起周遭的大家……！」

與莎拉夏互看彼此，笑了一陣子後，梅莉達爽朗地說道：

「可是我呀——雖然的確老是遇到很麻煩的事情，卻一點也不覺得『不跟大家相遇也無所謂，能有安穩的生活比較好』呢。」

這次換梅莉達被眾人注目。溫暖的視線讓人有些害臊。

「宅邸的艾咪她們說過，我們有著坎坷的命運。但如果是那種命運像這樣讓我跟大家產生羈絆——」

梅莉達特別斬釘截鐵地說出口。

「我可能寧願當個『無能才女』。」

「我也這麼認為。」

「我也是……」

看到她們回以笑容，梅莉達非常開心，重新依序眺望著三人。

「今後也儘管大鬧一場吧？繆爾同學、莎拉夏同學、愛麗！」

只見繆爾冷淡地將臉撇向一旁。

「妳在叫誰呀？」

梅莉達瞬間不曉得是怎麼回事，但她立刻猛然察覺到。

「啊，那時因為太慌張了，忍不住就……！對……對吧，莎拉夏同學？」

「哼。」

沒想到就連莎拉夏也贊同著繆爾。梅莉達驚愕地向愛麗絲求救，但堂姊妹不知為何，充滿威嚴地雙手交叉環胸說「沒辦法」。

要重新那麼叫的話，雖然很難為情……但梅莉達下定決心，顫抖著嘴唇。

「請……請多指教嘍……？莎……莎拉、小繆。」

被呼喚的兩人綻放出滿面笑容，將自己的手勾到梅莉達的雙手上。

然後她們張開另一隻手臂，愛麗絲進入最後一個空位。四人勾著手臂圍成圓圈，這姿勢是怎麼回事呀——她們由衷相互嘻笑著。

繆爾一邊更用力地抱住左右兩邊的手，同時將身體探向圓圈的中央。

「嗳，經過這次的事情，我有個想法！」

大家都注目著繆爾，看她會說出什麼。繆爾揚起嘴角一笑。

「四人組成小組戰鬥時——我感受到一種理想無比的反應呢。我心想『就是這個！』妳們呢？」

四人看向彼此，露出不可思議的表情。

因為她們沒想到大家居然都抱著同樣的想法。梅莉達感慨良深地點了點頭。

繆爾看似滿足地繼續說道。她像是在揭露惡作劇時一般壓低聲音。

「只要我們四人同心協力，無論怎樣的強敵都不是對手——庫法老師也一樣。」

那名字讓愛麗絲和莎拉夏有強烈反應。愛麗絲的眼眸發亮起來。

「我明白妳想說的話了……呵呵，終於到了讓那個老師大吃一驚的時候呢。」

「啊哇哇哇哇……！」

莎拉夏大概是因為跟繆爾交情比較久吧，她想像著為了攻略庫法，繆爾會做出什麼提議，臉頰很快地沸騰起來。

對了——繆爾像是忽然想到似的將上半身抽回。

「**勝負的報酬**一直丟在一旁呢。要不要現在來領呢？」

梅莉達瞬間沒反應過來，但她電擊般地想起來了。這麼說來，她和繆爾在博覽會賭上與心上人的接吻在決鬥呢。

但「現在」更加不能那麼做！梅莉達緊緊地抱住繆爾的單手。

「那是平手喔！所以不分勝負！」

「哎呀，真可惜。那就只領一**半**吧——」

一半？怎樣算是「一半」呢？梅莉達並不曉得。直到**那一瞬間**為止，她都沒能察覺。

直到自己的臉頰響起「**啾**」的接吻聲，她作夢也沒想到會被繆爾的嘴唇碰觸——

看到莎拉夏滿臉通紅，梅莉達才總算也理解了情況。眼看她的臉逐漸發燙，假如用手去觸摸臉頰，想必蜜液會弄溼指尖吧。

「什……什……什……什……什……！」

似乎很喜歡看到梅莉達不知所措，繆爾伸舌舔了舔嘴脣。

「哎呀？我只有說是『跟喜歡的人』，並沒有斷定是庫法老師喔？」

繆爾在彷彿會再次親上來的近距離，朝梅莉達吹氣。

「我也很～喜歡梅莉達喔。」

「妳膽子真大…………」

愛麗絲不知何故燃起鬥志。她背後揚起熊熊火焰，用力地將右手拉近——也就是將手勾在那裡的莎拉夏拉近。

「如果小繆想搶我的寶物，我也要拿走一半小繆的寶物——啾。」

「啊哇哇哇哇哇！」

這次換愛麗絲吻上莎拉夏的臉頰——好……好像變成很不得了的狀況。魔騎士與聖騎士抱著彼此無法退讓的寶物，互相瞪著對方。

愛麗絲先發制人。

「其實我從之前開始，就對莎拉軟綿綿的胸部很有興趣。好香好好聞……」

繆爾彷彿想說「正合我意」似的挺起胸膛。

「很好，愛麗。我們是四身一體……！要對庫法老師發動有效的攻擊，有必要先熟知彼此的優勢呢？」

「啊嗚……啊嗚……啊嗚嗚……！」

只能任憑擺布的莎拉夏不禁淚眼汪汪。梅莉達抓住她的手腕。

「莎拉——不是哭的時候了——快逃吧！」

金色與櫻花色火焰噴發出來，兩人猛然飛奔而出，白銀與漆黑火焰立刻滑到門扉前方。四色光芒在黑暗中交錯，展開混戰——卯足全力。

「啊哈哈！討厭，這到底什麼狀況啦！」

她們不知不覺間跌落在地毯上，制服打扮的四人擠成一團，梅莉達笑了出來。邋遢地躺著的繆爾輕快地跳了起來。她扭動手指，說了聲「來吧」。

「哎呀，因為我們不是單純的好伙伴——我們都擁有公爵家的血統，是摯友，也是競爭對手。所以也會打架的喔？」

聽起來像藉口。梅莉達翻滾爬起後，從正面抱住她。

「那聽來就好像——家人一樣！」

繆爾打從心底感到滿足似的將手繞到梅莉達的背後。

「一點都不會覺得寂寞呢？」

† † †

結果只有四人的大騷動，沒有被任何人發現責怪，一直持續到庫法回來為止。庫法穿過展望室的門扉時，看到依舊陰暗的室內，蹙起眉頭——

「哎呀哎呀……真是會給人找麻煩的姊妹。」

據說看到並肩坐在沙發上打瞌睡的四名天使身影，庫法不禁露出了苦笑。

後記

各位讀者大家好，我是作者天城ケイ。

《刺客守則》第七集，為您送上前所未有的份量。您看得還滿意嗎？在此向閱讀到這一頁的「您」——還有瀟灑地站在書店翻閱的您致上最深的感謝之意。

就如同在第一集的後記所期望的那般，庫法與梅莉達的旅程得以進展到這裡，過程順利得令人驚訝。這都要歸功於各位相關人士的協助，還有各位讀者的聲援……

就像劇中的登場人物會歡笑，會哭泣，有時也會感到頹喪一樣，身為作者的我的創作活動，也絕非一條平坦的道路。

儘管如此，我還是拿起筆，不斷寫下新的故事。

因為我寫得很開心。

應該沒有比寫小說更能充實我生活的事情了吧。在空白頁上創造出沒有人看過的世界，從頭開始打造出還沒有人知道的故事……這段時光總讓我雀躍不已。特別是在結尾劃上句點時的達成感！

同時還有好幾次鼓勵我創作的聲音——

也就是各位讀者表示「很有趣」的感想。

我想在此再次告訴各位，這一句話是多麼強力地支持著我——呃，其實是最近有機會接觸到同業人士的價值觀，重新回顧自己的工作後，我再次體認到累積到這邊的成果並非只靠我一人之力。

給予拙作不勝惶恐的獎賞，替我開啟出道之門的編輯部。

替角色注入七彩生命力的ニノモトニノ老師。

以無比的深度理解展開漫畫舞臺的加藤よし江老師。

從事出版、流通、販售業的各界人士——

還有現在翻閱到這一頁的「您」，請讓我說聲「謝謝」。

但願各位今後也能繼續守護踏上嶄新地平線的暗殺教師。

天城ケイ

創始魔法師 1~2 待續

作者：石之宮カント　插畫：ファルまろ

龍族魔法師這次要傳授的，
是全新的嘗試——農耕與畜牧！

預測未來將會出現糧食危機，決定要展開新的嘗試，卻沒有異世界動植物知識的「我」，決定向其他族群學習相關知識，迎接來自人魚、半人狼與蜥蜴人的留學生。儘管要為價值觀完全不同的學生上課困難重重，「我」還是希望能讓魔法學校聞名全世界——

各 **NT$240/HK$80**

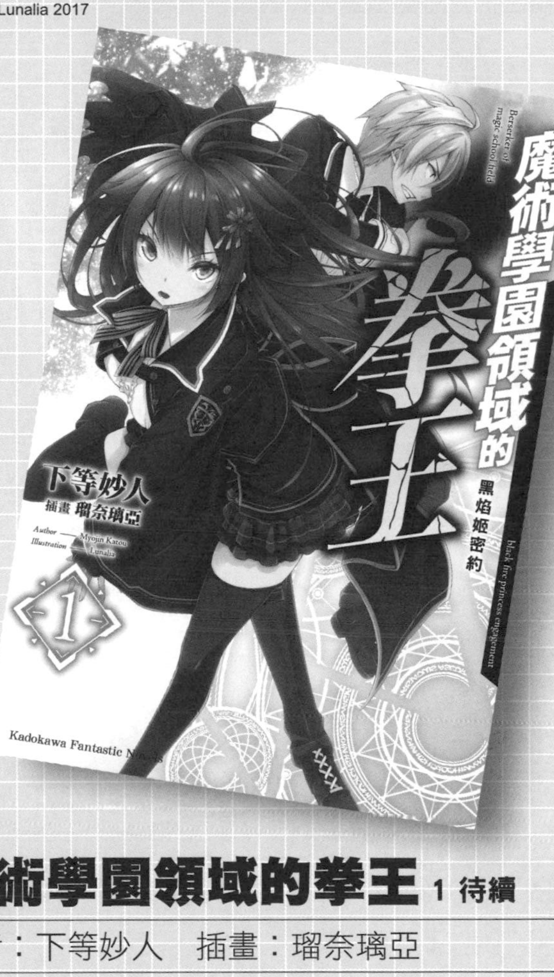

魔術學園領域的拳王 1 待續

作者：下等妙人　插畫：瑠奈璃亞

第二十九屆Fantasia大賞銀賞！
與最強美少女一同向上奮發的校園戰鬥劇開幕！

以自身靈魂為武器而戰的現代魔術師——就讀魔術學校的立華柴闇，是個連異能都無法活用的瑕疵品。但與學園最強美少女黑鋼焰相遇後，力量得以激發！在爭奪頂尖魔術師的戰鬥中，柴闇向命中註定的宿敵提出挑戰！柴闇不斷以下犯上，挑戰頂尖高手——

NT$230/HK$75

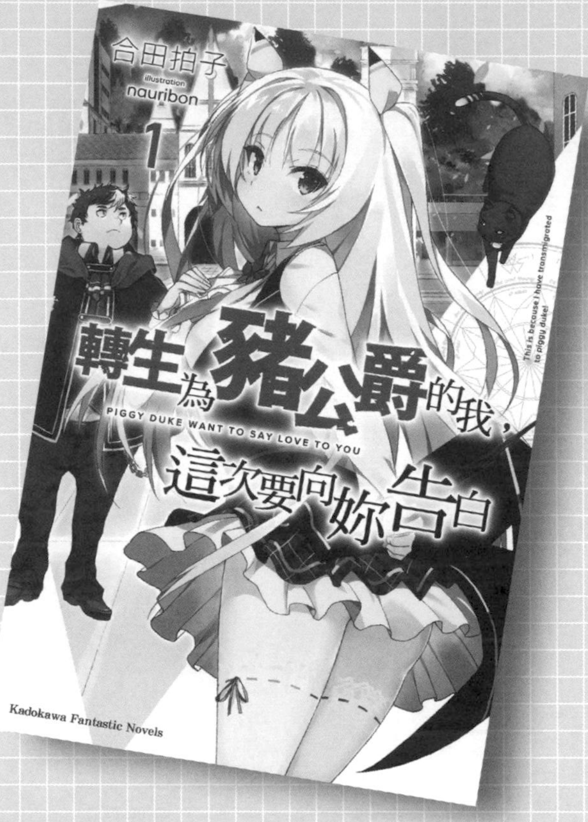

轉生為豬公爵的我，這次要向妳告白 1 待續

作者：合田拍子　插畫：nauribon

第一屆カクヨム網路小說大賽特別賞得獎作！
轉生到動畫世界的少年向壞結局的命運反抗！

意外轉生到動畫世界成為反派豬公爵的我，照劇情走就會直奔壞結局!?這可不行！我要運用熟知的動畫知識以及「全屬性的魔法師」這神扯的無雙能力，變成學園人氣角色，改變命運！然後，致我所愛的夏洛特——我要成為配得上妳的男人，向妳告白。

NT$220/HK$75

普通攻擊是全體二連擊，這樣的媽媽你喜歡嗎？1~5 待續

作者：井中だちま　插畫：飯田ぽち。

為了不讓兒子移情別戀，
真真子竟然變身成各種族母親!?

大好真真子參加天下第一母道會，挑戰遊戲世界第一母親。具冠軍相的真真子備受矚目，而作為大會工作人員的真人，同時也受各種族母親的喜愛，後宮要開啟了？還出現和真真子一模一樣的神祕母親HAHAKO，就為了爭奪真人？真真子的母親身分陷入危機！

各 **NT$220/HK$68~75**

國家圖書館出版品預行編目資料

刺客守則. 7, 暗殺教師與業火劍舞祭 / 天城ケイ作
; 一杞譯. -- 初版. -- 臺北市 : 臺灣角川, 2019.07
面 ; 公分
譯自 : アサシンズプライド. 7, 暗殺教師と業火剣
舞祭
ISBN 978-957-743-085-4(平裝)

861.57 108007853

Kadokawa Fantastic Novels

刺客守則 7
暗殺教師與業火劍舞祭

（原著名：アサシンズプライド 7 暗殺教師と業火剣舞祭）

2019年7月8日　初版第1刷發行
2019年10月16日　初版第2刷發行

作　者：天城ケイ
插　畫：ニノモトニノ
譯　者：一杞

發行人：岩崎剛人
總經理：楊淑媄
資深總監：許嘉鴻
總編輯：蔡佩芬
編　輯：陳書萍
美術設計：胡芳銘
印　務：李明修（主任）、張加恩（主任）、張凱棋

發行所：台灣角川股份有限公司
地　址：105台北市光復北路11巷44號5樓
電　話：（02）2747-2433
傳　真：（02）2747-2558
網　址：http://www.kadokawa.com.tw
劃撥帳戶：台灣角川股份有限公司
劃撥帳號：19487412
法律顧問：有澤法律事務所
製　版：巨茂科技印刷有限公司
ＩＳＢＮ：978-957-743-085-4